十卷本《吴春荣文稿》（续一）

散步思絮

吴春荣 著

中国文史出版社

图书在版编目（CIP）数据

散步思絮 / 吴春荣著. -- 北京 : 中国文史出版社, 2017.4

ISBN 978-7-5034-9157-3

Ⅰ. ①散… Ⅱ. ①吴… Ⅲ. ①散文集－中国－当代②随笔－作品集－中国－当代 Ⅳ. ①I267

中国版本图书馆CIP数据核字(2017)第079579号

责任编辑：全秋生
封面设计：徐　晴

出版发行：中国文史出版社
网　　址：www.chinawenshi.net
地　　址：北京市西城区太平桥大街23号　　邮编：100811
电　　话：010－66173572　　66168268　　66192736（发行部）
传　　真：010－66192703
印　　装：北京印匠彩色印刷有限公司
经　　销：全国新华书店
开　　本：787×1092　　1/16
印　　张：22.25　字数：300千字
版　　次：2017年6月北京第1版
印　　次：2017年6月第1次印刷
定　　价：50.00元

作者一家人

灯 火 平 生

侯建萍

> 苏轼《次韵答舒教授观余所墨》:“自我养花花养我,非人磨墨墨磨人。”
>
> 王安石《示长安君》:“草草杯盘供笑语,昏昏灯火话平生。”

一

曾几次向吴春荣老师提出采访要求,都遭拒绝。

参加过一位著名作家的创作与作品研讨会。在会上,一位专家在发言中言及这位作家为人低调,说着说着,说到了他,“松江的吴春荣老师,虽硕果累累,也很少让人宣传”。上海作协创联室原负责人在听说松江还有他这么一位老作家时多少有点惊奇。看来,吴老师的拒绝采访,是他为人的一个原则。他牢记着他十分尊敬的前辈作家柯灵说的,一个作家重要的是默默耕耘,不宜多事宣扬。是啊,即便是大山，那么巍峨，你听到它说过什么吗？

前两年，他为自己制订了“减轻负担，放慢节奏，疏淡交往”的12字“方针”，我对其中的后四字表示不解，他笑了笑，未作任何解释。两年过去了，在我看来，他未能做到这12字。去看望他的人仍然不少；仍然未能辞掉两所学校所聘请的“专家组成员”；仍然在帮助三个单位编辑内刊；仍然接受区有关部门交托的编撰任务。用李君如先生的话说，“年近80高龄的老师，还在抱病工作，查资料，做考证，日夜兼程，编写文稿，为家乡的文化事业和精神文明建设做贡献”(《松江人物·序》)。一名他钟爱的学生，在发给他的新年贺信中，曾正告他：“您得学会拒绝!”在对我说及这短信时，他说，古人云：拒人不能太过，太过则路艰。说完，显得无奈地笑了笑。我从他的笑中感到了他难言的苦衷。

他说，从2016年开始，得下狠心了。在《在80岁路口》一文中，他说他要像简媜（台湾女作家）一样，要求掌管命运之神让他在路口旁好好想一想，“当然，我不是想要不要继续走下去。命运赐给我的，我是不能也不应拒绝的。我得坚定地跨过去，走下去。那么，我得想什么呢？我得深味简媜的话。在我看来，她的这些话，既渗透了老庄思想，又有着儒家的积极入世意愿和释家的慈悲情怀……我得在80岁后的人生路上，在继续完成《散步思絮》的同时，尽力写好另一本‘书’”。他告诉我，这本“书”的主旨是：简单。

完成《在80岁路口》初稿后，我获悉，在接待造访者时，他总是处于被动应答；极少参加活动，除了少数几位，不主动与人交往；终于辞去两所学校的“专家组成员”……但愿他能进一步做下去，完成他所谓的主旨为“简单”的这本“书”。

二

在漫长的人生之路上，吴老师一直铭记着几位老师，其中一位就是徐振维。他在多篇文章中写到她。“她有个性，是位不怎么规范的人。”他多次这么说过，语气中充满敬仰。我不认识徐振维老师，自然不了解她怎么个不“规范”，但从他的神情可知，这个“不怎么规范”肯定是个褒词，有着丰富的含义。

他在长篇小说《初吻人生》中写了一对师生，老师曾这样告诉学生：“……在身不由己的情况下，要顽强地保留住自己，在缭乱、炫目的色光中，要清醒地找回自己。人可以失落一切，唯独不应该失落自己。”小说中的这位老师说这段话，有着特定的语境及针对性，但从中多少可以了解到吴老师的某种理念。

他在一篇短文中这样写自己：“我还有自己的思考，而且，几十年来，尽管世情纷扰，风雨无常，但顽固地保留着自己的个性。”（《垂暮感言》）

尤其是最近几年来，他并不太在乎别人的月旦，认为过于在乎了，会束缚自己的手脚，甚至丧失自我；他信奉歌德说的，走自己的路，任由人评说。

他曾请一篆刻家刻过一方三字印章：我属牛。他的案头放置着一头红木制的牛，这头牛，总是深情而静静地目睹着他阅读与写作。“老牛亦解韶光贵，不用扬鞭自奋蹄”；即使病牛，也能做到“但得众生皆得饱，不辞羸病卧残阳”。但牛有脾气。牛的脾气俗称“牛脾气”。他的脾气还真是牛脾气。他要发起牛脾气来，就毫不顾及对方是学生，是朋友，是领导；是君子，还是小人；也不顾及自己会受到多大的伤害以及别人对自己的看法。

但在我看来，他的“牛脾气”中有可爱甚至可敬的一面。一位中学校长，是几十年中与吴老师始终保持着真诚联系的学生。他写道：“他（指吴老师）爱憎分明，对于平民百姓，他的学生及老师，又多慷慨正气，敢于仗义执言，好打抱不平，为此常常得罪某些领导，但他不后悔，依然故我，颇有‘侠士之风’。”（《一位有个性的老师》）

某领导也曾经是他的学生，很敬重他的为人，吴老师对其也常怀知遇之感。一次，吴老师又发起脾气来。他劝慰道：对小人不值得动怒。吴老师双目圆睁，搬出了毕淑敏的话：没有愤怒的人生，是一种残缺；我（指毕）愿以我生命的一部分为代价，换取永远珍惜愤怒的权利。这个吴老师！人家这是好言相劝，怕你肝火太旺伤了身体，而且又是特指；人家又不是一般的领导，岂不懂毕淑敏讲的这点道理！你犯得上这样较真吗！

但据我了解，他后来完全认同了清·张潮的话："黑与白交，黑能污白，白不能掩黑；香与臭混，臭能胜香，香不能敌臭。此君子小人相攻之大势也。"转而很欣赏这样一句话："人生需要四种人：名师（指路），贵人（相助），亲人（支持），小人（刺激）。"

我想到了林语堂说过的一段话：做文人，要带点丈夫气，说自己胸中的话，不要取媚于世，这样身份自会高。要有点胆量，独抒己见，不随波逐流，就是文人的身份。所言是真知灼见的话，所见是高人一等之理。由此我想，文人也许就该有点脾气。

近几年来，他的"牛脾气"已经改了不少。无论是对身外冷暖，还是背后褒贬，他基本能做到处之淡然。

三

一位有很高文化素养的领导曾经说过一段话："如果说吴春荣同志是一位好老师、好作家，也只说对了一半，他还是一个极认真的人。吴春荣同志无党无派，无宗无教，但他就是认那个真，没有矫揉造作，没有虚情假意，更不会阿谀奉承，敢于直面人生。好是好，差是差，对是对，错是错，脱口而出，从不害怕，几十年如一日，我行我素。'文革'期间，在滚滚'红'流中，他敢于站出来为挨斗的校长、教师说话。在滔滔商海横流时，他仍然埋头书斋，钻研学问，呼唤良知，不为时势所左右。若有人有求于他，只要他能办到的，耗时耗力，在所不辞。编辑教材时一句一逗他都寻根究底，真可谓字斟句酌。上级交办任务，只要他认可的，必全力以赴，高效优质，为常人所不及。

吴春荣就是有那种敢于保持思想独立、人格完整的可钦品性。”（五卷本《吴春荣文集·总序》）

这段话，说得很深刻，很到位，从各个方面，真实地说出了吴老师“是一个极认真的人”。从中，我们可以看出，他的“极认真”——

在为人方面，表现为正直、真诚，是非鲜明，不趋奉时势，有独立思想与人格。

在为学方面，表现为态度严谨，研究深入。在与他一起编撰《松江人物》的过程中，更让我深切感受到他那种惨淡经营、钩沉辑逸、爬梳钻勘的一丝不苟的学者品性。

但他的这个“极认真”，给他带来的并非都是赞誉。有人说他“偏激”，过于尖锐；有人总用为官的一套理念规劝他；更有个别的诋毁他。总的说，他仍“我行我素”。比如他常说：我是读书人，言外之意是“为什么要用干部的处事原则要求我”；外科医生手术时，不见血能切除病灶吗？诸如等等，仍固执地坚守着自己的理念。

但在他的晚年，对这“极认真”有所反思。我曾读过他的一篇残稿。其中说：“不是世界上怕就怕认真二字吗？可我不知道，我过去的‘认真’是对还是错，抑或对中有错、错中有对、对错各半？比如对我的学生，过去，凡学生我都认真对待，还真有点倾我所有、满腔热情、诲人不倦呢！现在，除了个别的，我一般不想或不会这样了。”对许多事，他似乎也采取“无所谓”“不在乎”的态度。说实在的，我还真不理解，他的这种改变，是前进了，还是退步了。

四

吴老师一生与书结缘。他读书，教书，编书，写书，藏书。

他读了一辈子的书。读书成了他的一种生活方式，一种习惯。他曾说：“没有喜欢的书读，尤其晚上，我会觉得无聊，会睡不着觉。”

在他的晚年，他悟到了两点：

一，读书主要为自己，用前辈的话来说，是求真知，得陶冶，以不断完善自己，尤其是读人文之书，首先是精神之需要，自我修养之需要。“我以为，我的这一觉悟，是我人生的一大收获，可惜为时已晚，所以与‘完善’相距甚远。”（十卷本《吴春荣文稿·总编后记》）

二，终于懂得，读书要有自己的思考。艺术家创作，讲求有“自己的面貌”，读书也一样，贵在读出自己，读出自己的理解。用俄·屠格涅夫的话说，“重要的是我敢称之为自己的声音的一种东西”。宋·朱熹《偶题》：“门外青山翠紫堆，幅巾终日面崔嵬。只看云断成飞雨，不道云从底处来。”对诗中的后两句，有学者理解为：“作者在此时，不禁会心地想到：人们只会看到云腾致雨的现象，却不知云从何处来这个根底，因之悟出个凡事要追求根源的道理。”（《宋诗鉴赏辞典》，上海辞书出版社 1987 年 12 月第 1 版）吴老师认为这段分析里有两个问题要商榷。1.“不道云从底处来”中，“不道”何解？他以为，不道，似非“不知”而是“不见”；2.谁“不道”？他以为，应是诗人自己。为了证实自己的理解，他引用了古代戏文中的多个例句。类似的这种“自己的声音”，在他的著作中，每每可“闻”。

他的整个教学生涯中，大部分时间从事的是中学语文教学。1994年，他被上海市人民政府授予特级教师称号。在几十年的语文教学中，他十分注重教育、教学的研究。“他不是一般的教书匠，而是对中国诗文有深厚造诣和自己研究心得的专家”（李君如《吴春荣文稿·总序》）。

他认为，在基础教育阶段，尤其在小学，应注重以下四个方面：激发学习兴趣，培养良好习惯，重视积累（就语文教学而言，尤其要求学生重视语言的积累），在诸多能力培养中着重提高两种能力，即质疑能力和想象能力。

有一段时间，语文教坛立论颇多，花样频出。他认为，我们要与时俱进，不断创新；但有些需要坚守，需要一以贯之。他坚持徐振维老师的以下主张：教学语文，要启发学生从语言入手，正确把握课文的思想内容，又要在把握思想内容的基础上，引导学生体会作者语言运用的准确、生动，即所谓因文解道，因道悟文。他进而认为，在这两步中，第二步是尤为重要的，只有走好第二步，才能达到语文教学的目标，体现语文教学的本质特征。

他告诉我，部分中小学或中小学中的部分教师的语文教学，曾一度出现教师在讲台上津津乐道、学生在讲台下昏昏欲睡的状况；后又出现忽视钻研教材而偏重于考虑教法（或所谓的“策略”“模式”）的倾向；近又出现在强调学生自主学习时减弱教师主导作用的现象。所有这些，让他不安与不解。而粗制滥造的教辅材料源源不断进入学生书包的现象又让他深为忧虑。他深受传统教育思想的影响，认为语文教学质量的提高，关键在充分调动学生的学习积极性与主动性。他担心，学生的学习负担加重了，学习却趋于被动，尽管有教辅材料的代劳，但教师的负担没有减轻，而且，久而久之，可能都不会出习题了。

他是不是成了“杞人”？我不了解教育界的情况，不敢妄加评断；但我获悉，他曾在多所学校、多种场合，或听课评点，或作讲座阐述，从中，我深切感受到了一位老教师对语文教育事业的一往情深。

编撰书稿，是他生平所从事工作中的重要内容。在《草庐磨墨》（上海教育出版社 2002 年 5 月第 1 版）一书的附录中，他开列了 21 种他所编撰的正式出版的书目(其中四种是与人合编的)。但据我了解，这只是一部分，截至最近，几近百种；还有许多未正式出版的书刊。他还参与几种大型工具书(如《中学语文教师手册》《中学教学全书·语文卷》等)的编撰。由他具体编撰的《中学文言实词手册》，发行量达 60 多万册，还出过修订本。

他编的第一本书是《毛主席诗词注析汇编》。那是个特殊的年代。学校师生大多数在打“派”仗，一部分在家“逍遥”。老师们的处境与运动开始时相比稍稍宽松了些。他觉得可以做些事了。于是想到了编这本书，只有编读毛主席作品，既可堂而皇之，又能得到方方面面的支持。这本书前后耗时一年多才编成，可惜只印了上百册供校内教师参阅与校际交流，未能正式出版。虽未正式出版，但为他今后的编书奠定了基础。

他编的第二本书是《忠诚党的教育事业》(属文艺通讯类)，是上海人民出版社（当时由五家出版社合并而成）特约的，于 1976 年 4 月出版。1977 年春节过后，他又受该社特约，与一名作家一起，赴江西组编《红日照征程》一书，这是“文革”结束该社最早出版的一本书，后来还出了修订本。1979 年他被借调至上海市教育局教学处工作，在协助徐振维老师开展全市中学语文教研之余，受徐老师委托，编了一本《上海市初中补充教材·语文》。该书第一次就印了 355000 册，后多次重印。接下去，又编了《上海市高中文学作品读本》，也多次重印。

1987 年开始，他奉调专职编撰上海市中学语文教材（H 版）。他在徐振维主编领导下，倾心倾力，不辞劳苦。教材组几经调正，而他自始而终，前后达 10 年之久。后阶段由于副主编调离，初中组的工作，尤其是 4 个年级 8 册教材的修订，实际上由他负责。

这 10 年，他几乎没有一个休假日，极少有机会外出旅游，好多个除夕，他甚至还在赶回松江的路上。为校阅，他双目失明过，又曾两次晕倒。他开始患有胃病、高血压等。对这些，他不在乎，也不后悔。唯一让他有点失落而感慨的，是他所喜欢的文学创作无暇顾及。“每天清晨从远郊乘坐头班车赶来市区。多次看到他在僻静的马路上独自疾走。有时，我会遐想联翩，每到新学年开始，莘莘学子们捧着那些新书时，会不会想到有多少这样辛勤的教师曾为他们撒下希望的汗珠！只是这个时期，他个人的文学创作明显减少了。”（周嘉俊《小城人的风格》）

1965 年 6 月 28 日，《文汇报·笔会》用大半版面刊发了他的散文《民兵图》。这是他发表的第一篇文学作品。他出的第一本书是记述中国著名小学语文教育家袁瑢教育生涯的《崇高的岗位》。“我作为该社教育编辑室的特约编辑，刚编写完一部关于江西共产主义劳动大学的书稿。待核完 20 多万字的清样，我几乎马不停蹄，立即开始了新一轮的采访。”（《想起了对袁瑢的采访》）而今，几十年过去，他已积有累累成果。2012 年 7 月，上海教育出版社出版了《吴春荣文稿》。凡十卷，含《唐人 100 名句赏析》《初吻人生》《流光碎片》《草庐磨墨》等书稿近 20 种。其中有几种是与学生等合作的。涉及古诗文评注、小说、散文、随笔、报告文学、论文等多种样式。这是他一生创作的结晶；编辑这部文稿，也是他晚年所做的一件大事。

他的这些书稿，一部分是业余时间撰写的；一部分是退休后创作的，“不用扬鞭自奋蹄”，他要在晚年趁脑子、精力尚可时，实现在编教材时无暇实现的夙愿。

宫清三先生有一段关于吴老师散文创作的抒情评述：“(他)用一双善于观察的眼睛，捕捉校园中的真、善、美，采撷大自然中的精、气、神。同学之间的一支钢笔，村姑头上的一朵野花，岩峡缝中的一滴水珠，在他笔下，都能化出洋洋洒洒的如流文思，鲜鲜光光的似彩云霞。”(五卷本《吴春荣文集·总序》)

他与竹林老师有着几十年真诚的交往。竹林曾为他的两部长篇小说握笔作序。在序文《大爱无痕》中，她说：“这《小镇上的爱》，也是从吴老师血管里流出来的血，没有惊天动地的喧哗，却溢满了浓浓的、真挚的情与爱。我虽然没有做过教师，但我理解并尊崇这种至纯至美的人类之爱。”在《云间柳如是·序》中，她说：“平心而论，我阅读长篇是比较挑剔的。尤其是当下的许多长篇，不管它们的名气有多大、被炒得多红火，能让我一口气读完的，实在凤毛麟角。而这部《云间柳如是》，却给了我阅读的愉悦与美感；柳如是这位蕙心兰质、性格正直坚强、追求自主意识的女性形象，在我的心中久久不能拂去。”

他早在 20 世纪就参加了中国作协，在人事关系一直在松江的人里，他是新中国成立后的第一个中国作家。

在语言风格上，他的散文、随笔、报告文学及小说创作，呈现出质朴、简洁的走向。他践行前辈作家“真诚与朴实，正如水土之于花木，是个根本”的理念。对此，我本人就深有体味。他曾多次用孙犁的话教导我：“我写文章从来不选择华丽的词，如果光选择华丽的词，就过犹不及。炉火纯青，就是去掉烟气，只有火。”他说：“质朴也是一种美。”

吴老师家有两间屋子被打通了用来放书。最近，在通往书房的走道中，他又做了个大书橱。我曾经问他共拥有多少书，他告诉我，没有统计过，大概不下万册。

他所藏的书，大致分四类，一是古籍，二是史书，三是中外现代文学名著，四是辞典等工具书。他虽有少量较珍贵的版本，但并不特别注重版本，而是注重书的作者及出版单位。

“文革”中，他所购的千余册书，“大概有二十几本书，怕遭来祸害，来了个焚尸灭迹，到乡下作柴火用，烧开了一小锅水；绝大部分被勒令上交；有些古典文学作品，不甘心上交，就捆成两大包，先寄放在一位贫农出身的生产队长家里，后这位队长也受批斗，让我赶紧将书转移，我就在一个深夜，将它们藏到了一学生家的阁楼上，后来被他家的孩子在与小朋友捉迷藏时发现，部分被折成方‘豆腐干’玩，部分被一邻居用几根棒头糖换了拿走，终于全‘军’覆没。”（《吴春荣文稿·总编后记》）

在60岁前，他所购的书，大半是选本。之后，他所购的则基本上是全集类书。年届80，他仍然在购书；有些古籍已经买不到，他就托人到大图书馆不惜工本复印。

仅此一斑，就可见他对书的钟爱。

五

在“文革”中，吴老师曾研习过古典诗词格律，但他平时很少创作诗词。在年届80时，有一首七绝《夕阳芳草——80初度述怀》：

行运万程将作已，
草芳相伴送西归。
一生好景当须记，
最是晚年这等陪。

“这等陪”之“芳草”，当是他的学生吧。

在他的整个教育生涯中，学生无数。

他的学生分为两类。一类是，作为教师在学校任教过的学生；另一类是，作为作家在业余与退休后辅导、培训过的文学爱好者，这类或曰弟子。

担任过松江教育局党委书记、松江二中校长的离休干部朱献成曾为他的教育随笔集《草庐磨墨》作序（序题为《教师·编者·作家》），其中说："作为一位从事教育工作 40 多年的老教师，我以为，吴春荣同志在以下三个方面作出了贡献。首先，他在松江二中工作期间，在学校党支部的领导下，忠诚党的教育事业。在教育学生的工作中，既严格要求，又亲切关怀，从而帮助学生为今后的成长打下了良好的基础。今中共中央党校副校长李君如同志，当年就是吴春荣同志班上的学生……其次，他在松江县教师进修学校及电大工作期间，曾排除种种干扰，顶住种种压力，组办了一些班，其中包括两个借助高校力量组办的中文本科班，一个是华东师大的中文函授班，一个是上海师大的专升本中文班。两个班毕业人数达 160 多人。现今许多学校的领导人，乃至区里各部委办局的许多主要干部，都或毕业于前个班，或毕业于后一个班。当年，他们因此得以有系统学习的机会。第三，他参与教材编写工作，则在更大的范围内为党的教育事业作出了贡献。"朱献成的这段话，对吴老师大半生的工作作了很好的总结。在我看来，他的这些工作可以归结到一点：培养学生，培养人才。

作为一位语文教育工作者，一位业余作家，在他的学生中，除了像李君如这样的高干与学者，自然不乏作家及文学上有一定成就者。

在中篇小说集《梦回校园·后记》中，他有这样一段文字："大约在 1973 年，我被回家探亲的一位军人邀去他家做客。他的家在农村。这位军人早先是我刚踏上教育工作岗位时的学生，其时正在西藏吉隆边防站工作。傍晚，在他家屋前的场地上，在美丽晚霞的映照下，我听他讲边防地区的风土人情、斗争生活。我被他生动的讲述深深地打动了，决定与他合作一篇小说。我先写第一稿，他提了一些意见，我再写第二稿，前后仅用了两天时间，就把近万字的稿子寄了出去。当时正在《解放日报》文艺副刊部工作的谢泉铭同志看了后很重视……他高兴地告诉我们，他一口气读完了稿子，认为是最近一个时期来收到的稿子中基础最好的一篇，决定不惜版面刊发。他提出了一些建设性意见让我们再改一稿。稿子最后取名为《边防线上》，并很快打出校样。”与学生合作书稿，是吴老师培养学生的一条途径，也是一项行之有效的措施。这名学生后来出版了第一本集子。可惜由于“十年国乱，十年家乱”（给吴老师信中语），未能在文学创作的道路上继续走下去。每每忆及，他总为之惋惜不已。

我有幸忝为他的弟子。在一篇随笔中，我曾回忆他对我的辅导：一是推荐文质兼美的作品让我认真阅读。他还鼓励我观察自然与社会，说这也是一种阅读。二是辅导我写作。一度我曾追求语言的华丽而忽视表达的准确性。他引用陆机《文赋》里的话，开导我意要称物、文要逮意。后阶段，他对语言表达提出了简洁、纯净的要求。“语言的质朴、纯净，也是一种境界，更是一种修养。”他如是说。三是让我与他合作书稿（就像那位军人）。我意识到，这不仅是一种实践，更是一种学习的机会。

子曰，为政以德；其实不仅为政，育人也应以德为先。在后期对学生的辅导中，他更重视为文中的为人修养。他常说，德与才，一若树之根，一若树之枝，只有根深，才能叶茂；一若河之源，一若河之流，只有源远，才能流长。

2016 年 9 月

目　录

CONTENTS

卷 三

卷 四

卷 五

卷 六

卷七

卷一

人生路上，不必也不需要一直匆匆赶路，有时得左顾右盼，在意沿途的风景，有时得回顾，最美的发现往往在回顾之中。

○ 我散步时，有时让大脑一片空白，有时看看花草、落日与烟雾，有时会被天籁所吸引；有时还有些回忆与思考，关于人生、世态、风情、读写……漫无边际，随心所欲。

散　步

前几年，侯生送我一进口计步器，从而给了我一份期盼。

为不辜负这份情意，自第二天开始，我每天走一万步。

有人建议，步子要大，节奏要快，近乎跑步，直走得体肤湿润，在夏天，得大汗淋漓，只有这样，才能达到锻炼的目的。我试过一次，走得呼吸急促，能感到胸脯起伏的节拍，甚至上气不接下气。于是决定不再。我想，像我这样有了些年龄的人，还是得缓慢些，得随便自如，无拘无束，这样，心才是松弛的，才是冲淡闲适、容与自在的。

除了侯生及几位平时亲近的学生，我喜欢独自一人散步。与人散步，免不了要寒暄、应付。而《遵生八笺》云：凡行步时，不得与人语，欲语须住足，否则令人失气；医生也曾说过，老年人心肺功能较差，走路而又与人话语，容易疲劳。

据说，爱因斯坦常在郊外河边散步。我开始散步时，总在自己居住的小区里。后发现常遇到熟人，还有希望一起散步的；小区住户，多有小车，大概归家（或出行）心切，不肯减速，常“呼”地擦身而过，让人心悸。于是改变路线，从小区东大门出，沿龙源路转入新松江路复转入三新路，再由文翔路向东至我小区北大门入。这一大圈几近万步。开始几年还行，这一年来，常感体力不支，于是缩小圈子。无论冬夏，不避雨雪，总算坚持到了现在。

康德开始散步的时间总是在下午 3 点半，邻居们甚至以此来校对时间。我不固定一日中何时散步。有这么一两年在晚饭后，近年来改在了下午三时前后，有时候则是在完成了一篇文章后（这时候的散步如有所思，往往与刚完成的文章有关）。

有人散步时常能听到蝉鸣。清·张潮云：蝉为虫中之夷、齐。蝉以露水为食，洁身自好；它们的生存期不长，但不忘自己来到这个世界的使命。为此，台湾一位作家曾说过，她喜欢一边散步一边听蝉声。她认为走进蝉声的世界，就如欣赏一场音乐演唱会，“它们各以最美的音色献给你，字字都是真心话，句句来自丹田。它们有鲜明的节奏感，不同的韵律表示不同的心情。”她认为，在现代文明的噪音中，蝉声“让人了却忧虑，悠游其中”。我目前散步的区域，很难听到蝉声，因此无缘拥有这份享受。台湾的另一位女作家一次发现，一家在长窗前有一座十分可爱小巧的阳台，周围栏杆上爬上叶子泛红的爬山虎，紫红色的九重葛像春花一样艳丽，一丛小黄菊从栏杆上向外泻下来，有一种把秋阳收集起来再凝成浓烈的黄色。阳台上有一张小圆桌，配着两张白色镂花椅。桌上有一杯还袅袅上升着热气的茶，一本书正翻开着，旁边有一副金丝眼镜……这一切在午前的阳光里简直是一幅有生命的画。在我散步的几年里，可惜还未曾欣赏到“把生活弄得这样诗情画意”的场景。

有人说，散步是思想的牧场。卢梭说过：散步能促进我的思想，我的身体必须不断地运动，脑力才会开动起来。但我散步时，则按朱自清说的，什么都可以想，什么都可以不想，觉得自己是自由的人。我有时让大脑一片空白，有时看看花草、落日与烟雾，有时也会被天籁所吸引；当然有时还有些回忆与思考，关于人生、世态、风情、读写……漫无边际，随心所欲。

○ 我得多多左顾右盼，在意这沿途的风景，但愿能发现风景的性格；不仅如此，甚至适时地停下脚步，小坐片刻，或转入一曲折小径，看看脚下的花草，天上的云朵，听听小鸟的歌唱，可能的话，还可以捧起一勺清凉的河水，品尝一下它的甘甜。

在意沿途的风景（外两篇）

在漫长的人生旅途上，总是有一个个具体的前进目标，最后是那个终极目的地。为了尽快到达某个具体目标，需要匆匆赶路。嘉俊曾撰文，提及他在市区的马路上多次见我匆匆赶路。那是在上个世纪编教材时，整整十年，我赶场子，赶编务，赶写稿，赶发排，赶宣讲，总之是赶时间，赶进度，最好一天当三天用，为了及时达到编好教材给全市的中学生用这个目标。而今，我已是奔八之人。还有具体的目标吗？应该还有那么几个。但似乎可以不必匆匆赶了。济群法师说，如果将一个人的出生作为人生旅途的起点，那么，从他来到这个世界开始，每时每刻都在接近旅途的终点。再匆匆赶，不是会更快到达那个终极目的地即“终点”？在编教材时，心目中只有那个具体目标，即使赶出了胃病，赶出了高血压，赶出了种种疾病，但那个终极目的地渺远得似乎并不存在。现在，那个地方已经候在了前边的不远处。文学大师茅盾曾说过，“人的一生要走多少路是阎王预定好的，当你把路走完了，阎王就招你去了。”茅盾自然是在说笑。但人到晚年，真的得注意放慢脚步。

就在校读此文样稿前，读了铁凝的一篇文章。文中写到：一青年和老者清晨在公园里跑步。本来跑在老者后面的青年冲到了老者前边，并回头说：“老人到底跑不快啊。”老者不生气，说：“年轻人，你前边是什么呀？”青年说：“是路啊。”老者又问：“路的前边呢？”青年说：“还有一座桥。”老者说：“桥的前边呢？”青年说：“是一片树林。”老者问：“树林的前边呢？”青年说：“也许是山吧。”老者问：“山的前边呢？”青年说：“我看不见，恐怕就是生命的尽头吧！”老者说：“那你跑这么快做什么呢！”铁凝因此“感受到一种苍凉的智慧”。

据说，阿尔卑斯山谷中有一条路，两旁风光无限，路边竖着一块牌子，上书“慢慢走，欣赏啊”。其实，不仅是阿尔卑斯山谷，在我们所经的地方，都有美丽的景色。曾经闲步小巷，体验过它的弯曲幽深；曾经驻足老屋，观赏过它的古朴沧桑；曾经凭依大桥栏杆，俯视水中的拱形如虹；曾经生活于水乡，感受到它的宁静、清淡。古人曾有“笔补造化”之说。其实，对“造化”之美，重要的不是“笔补”，而是发现。而真正的风景，应该在人与景的互相对视之中，在“相看两不厌”中，只有与风景对视，才能感受到风景之美。台湾作家张晓风曾说，风景是有性格的。我得多多左顾右盼，在意这沿途的风景，但愿能发现风景的性格；不仅如此，甚至适时地停下脚步，小坐片刻，或转入一曲折小径，看看脚下的花草，天上的云朵，听听小鸟的歌唱，可能的话，还可以捧起一勺清凉的河水，品尝一下它的甘甜。这样，或许会让我下一刻的前行，愈加自然、从容、怡然。

美，其实就在身边

被接去某单位谈点事，谈完，M君陪我去一条小弄走走。

小弄真够简陋的。两旁都是老屋。饱经风雨的墙上，低矮而残破屋顶的瓦上，长满了岁月的绿苔，墙缝中长出了叫不上名的小草，瓦片间簇生着长长的狗尾巴草。M君大概常在这小弄中漫步，她告诉我，这些小草，还有那狗尾巴草，春天绿着，秋季就黄了，春天又到来时，又绿了起来。

相传这不是一条寻常小弄，因为离此不远处，曾有两位名人居住过，其中一位还是由西风起而苦思鲈的张翰。如果确是如此，那么除了在这湿漉的青石砖路面上留下名人的足迹，应该还有女子手腕中编织得很精致的竹篮，而竹篮里装的是新鲜的乌笋、红菱与马兰头等，是江南的春天，还有油布伞上雨点奏出的美妙乐曲，还有叫卖杏花的吴侬软语……这条几近废弃的小弄，定然有着深厚的文化积淀，是一本珍贵的历史读本。

我们缓缓地走着，顾盼着。偶见一墙内的院子里的一棵树探出墙头。正是暮春季节，枝条上缀满了碎小的花朵，在迎着我们，朝我们欢笑着，让我们感受到这寻常小弄的几许风情，也不由得联想到院内主人的逸致雅兴。梁衡曾说：要记录历史，有三种形式，一是文字，如《史记》，二是文物，如长城，三是古树，一百年以上的为古树，五百年以上的就是国宝了。因为未能入内，我无法探知这棵树的生命，但粗看之，应该有些年龄了。

墙角边，一些小草，开着各种小花，红的，白的，天蓝色的，喇叭形的，扇状的，星星般的。M君蹲了下去，用手机将它们一一摄藏了起来，随后沉思起来：你说，能有多少眼光顾及、赏识它们？居住在这里的人不会在意它们，这样的小弄，即使有人路过，也是脚步匆匆。“它们的开放，也许并不在乎外界的认可与否。”我说，“一位哲人说过，智慧的人，永远不会活在别人的嘴里，或者眼里。有人曾问程派名家张火丁平时喜欢穿什么衣服，她说：不要太张扬，走在大街上没人会回头看的衣服。”

曾翻阅过罗大经的《鹤林玉露》，记得其中录有一尼的悟道诗：“尽日寻春不见春，芒鞋踏遍陇头云。归来笑拈梅花嗅，春在枝头已十分。”

曾有一次被学生邀去乡下小住。夜间漫步田间。时值初春，有风，犹有丝丝寒意。月光如水，静静地泻在麦苗上；碧绿的苗叶在风中摇曳，摇出一片乳白色的光，让我发觉了风与麦苗的缠绵。我蹲下身，凝视着它们，似乎听到了一种声音，再听，是一种拔节生长的声音，一种不可阻挡的春的脚步声。

古人曾告诫过不能道在迩而求诸远，所谓道不远人。美，其实也如此。芒鞋踏遍寻春而不见，春却就在她礼佛的庵边的梅枝间；那些比肩继踵、张袂成阴、热闹非凡的名胜处，有多少人发现了美！霓光闪烁、灯红酒绿的喧嚣市肆，又有多少人感受到了美！而乡间月夜的田径上，却美不胜收，美得让你心动。

这条小弄，不同样如此！

夕　阳

在内蒙古大草原旅游时，一天凌晨曾裹了一条棉被观看过日出的情景，后稍加改动，写在了《黄道婆》一书中——

南国的早晨，有一种诱人的美丽。晴朗的天空，几颗晨星正在渐渐淡去，在海天相接处的上方，那条云带刚才还是灰色的，须臾间，它的下沿变成了金黄色，且不断扩大，很快，成了一条光带。光带不断加长，亮度不断加强，不一会儿，太阳开始露脸，随着海浪的起伏，它好像在浮动，人们正惊异于它的上下蹦跃，一刹那间，它已跳离了水面，发出白色的令人炫目的光芒，而一条光道，凭依水面，直通到你的面前，似乎让人可以沿此走到太阳升起的地方……

与朝日相比，夕阳似乎没有这般炫目；但同样美丽。

在我的记忆中，留有一个看夕阳的故事。那是从《广州日报》刊发的一篇短文中看到的，据作者说，是发生在美国洛杉矶的一个真实的故事。文中说，一对老伴在山崖上看夕阳时，丈夫不小心失足，妻子拼命拽住了他，又无力把他拉上来，就这样咬紧牙坚持了两个多小时，才被举着火炬的旅游团的人发现。为此，她一口牙全都脱落，并在医院住了好长时间，出院后，再也未能站立起来。丈夫每天用轮椅推着她，说："当初你为何拼命救下我这个糟老头子!"她说："我明白我当时一松口，失去的就是一生的幸福!"

真是一个美丽的看夕阳的故事。

这一天，我正走在一座高桥上，前面的一轮落日吸引了我的脚步。开始时，那橘红的霞光燃烧着西天的云絮，如一场缤纷而下的太阳雨，洒落在草木、屋舍上，仿佛给镀上了一层灿烂，让其显得无比的辉煌。渐渐地，那落日有了轮廓，但没有了刚才的那种绚丽，也不像中午时刺目而不能直视。那落日似扬州咸蛋的蛋黄，就搁挂在一片疏林中。一时间，许多古今诗人的诗句浮现脑际。

"夕阳无限好，只是近黄昏。"（李商隐）

"落照原能媲旭辉。"（清・范肯堂）

"何须惆怅近黄昏。"（朱自清）

"夕阳何惧近黄昏。"（吴小如）

"人间重晚晴。"（李商隐）

"一天好景君须记，依依正是近黄昏。"（邵燕祥）

"老夫喜作黄昏颂，满目青山夕照明。"（叶剑英）

谁的诗句道出了我此刻的心情？我吟诵着，深味着。也许，谁都道出了我此刻的心情。

在阅读札记本上，曾抄摘了三段关于夕阳的语录，惜没有连同录下作者姓名，现抄录于此——

夕阳表达对星星的信赖，
拾净了洒在大地上的余晖。

耗尽心血，悄然退后，
一声赞语也不准备享受。

含笑向辛勤的男女告别，
给他们留下收获爱情的时节。

○ 无需指挥，也不要歌谱，但配合默契，鸣声是这么和谐，这么悦耳。这是生命的歌唱。

蝉 鸣

路边散步时，终于可以听到蝉鸣了。

但这几天散步时，又很难听到了，偶而的几声，也不再像前些时那般高亢、有力。尽管如此，仍让我驻足，屏息谛听，唯恐惊吓到了它们而不再歌吟。可我失望了。是已经受惊？是需要再聚力以继续？

不管什么原因，秋终将宣判蝉的死刑。想到一个鲜活的生命行将消亡，在失望中又增添了些许惆怅。

乡贤鹓雏先生有《寒蝉》一文，不长，兹录于此：

微雨初过，绿阴如幄。树杪蝉声戛然，不绝如缕。因念所谓寒蝉者，殆是物耶？蝉本夏虫，奈何言寒？或者本是热客，忽为冰人，其失去本来面目，如是其速也。故蝉遂以寒著名耳。

记者尝有诗曰：“一样晚风千树柳，夕阳残唱似江南。”盖宣南七月闻蝉作也。至于夕阳残唱，而寒蝉之寒可知矣。

虽然，幸而尚有此戛然之蝉声，八尺龙须，已凉天气中，警回人乱梦不少。

在应上海文艺出版社约而撰写《大自然的语言》时，也曾想写蝉，为之还读了几首古诗。印象中，一首是南朝·梁王籍的《入若耶溪》，其中有“蝉噪林逾静，鸟鸣山更幽”。诗句中的这个“噪”，有本子注释为“蝉的聒噪声”。我虽也理解，这个“噪”与下句的“鸣”同义，指的是鸣叫；但这个词显然还有“嘈杂”意，你看这么多个“口”，薛道衡因之有“笳声喧陇水，鼓曲噪渔阳”(《奉和月夜听军乐应诏》)的诗句。所以，当时我不喜欢诗人用这个词来写蝉。另一首是唐·虞世南的《蝉》：“垂緌饮清露，流响入疏桐。居高声自远，非是藉秋风。”停栖高枝，饮吸清露，鸣声传远；“声自远”而非“藉秋风”，语虽直白而寓有深意。这首诗里的蝉的形象、品格，要高尚得多。这才是我心目中的蝉。但想不起来是什么原因，当时仍没有写蝉。

或许有人讨厌蝉鸣。天这么热，你还一个劲地叫喊，叫得天更热了。我为其感到惋惜。我分析，当时他多半因事不遂而心里正烦躁着，于是迁怒于蝉。其实，他可以好好听听蝉的鸣叫，细细品味它的节奏、韵味，心就有可能沉静下来。再说，我们也需存一颗包容之心；夏天，不仅是属于人的，也是属于所有生命包括蝉的，人可以有几十个乃至上百个夏天，蝉却只能享有一个夏天。

大概三周前的一天，我刚从新松江路折向湖滨路时，一阵蝉鸣从一处空旷的草坪上传来。我悄悄移步树下，蝉声倏忽停歇。但也只是那么十多秒钟，一只蝉首先又鸣唱起来，旋即，大概所有的蝉都跟着鸣唱起来。那鸣声，那气势，仿若海潮，汹涌而来，宛如阵雨，倾盆而下，一两分钟后，大部分蝉消停了，有那么三四只继续着，但不再是齐唱，而是轮流着唱，声音也明显地有短有长，有缓有急，有轻有重。又是一两分钟后，一定是所有的蝉，合着同一个节拍，又唱了起来。那鸣声，或如行云流水，或如惊涛骇浪。蝉们无需指挥，也不要歌谱，但配合默契，鸣声是这么和谐，这么悦耳。这是生命的歌唱，每一声都发自丹田。大概在一刻钟的时间里，我仿佛来到了顶级的音乐厅，聆听到大师级的演奏，饱饱地享受了一顿精神大餐。

感谢可爱可敬的蝉们，你们为夏、秋两季增添了一份美丽；我这就送你们离去，期待着明年与你们的孩子相会。

○ 人和动物、植物，还有山川河流，共享一个地球，大家都是主人……人和动物是永恒的伙伴。如果动物全部消失了，人活着，还有什么乐趣！

生　命

习惯于低着头走路。

想不起来这习惯是什么时候形成的。只记得曾发生过一件哭笑不得的事。在松江二中工作期间，好像是在“文革”中，学校另一个老师因“东窗事发”进了监狱，出来后，似刚从国外留学或考察回来，走在路上，挺胸凸肚，趾高气扬，逢人就大声招呼；而我则低着头，总走在路边树下，给人的感觉是有什么问题而怕见到人。开始时我也不在意，有一次内子在今中山小学对面一小商店（现已拆除）买东西，有人在她的背后告诉同伴，这老师的丈夫刚吃过官司，话说得很轻，但被她听到了，回来告诉了我。造成这样的误解，其实是另有原因，但是事后有人告诉我的，当时我并不知道，我以为是我低头走路所致，为此，从此以后，也想抬头挺胸地走路，以免再被人误解或被人利用，但渐渐地故态复萌。后想，也罢，假象毕竟是假象，终究难以持久，于是，直至今日，依然低头走路。

有人说，您总低着头走路，是否一直在思考？虽然低头往往是一种沉思状，但我不是。走路时，有时也会想些事，但似不必要刻意低头。

又有人说，您一直低着头走路，是希望捡到皮夹子？这自然是一句玩笑话。但因为眼光总看着地面，散步时常常会见到一些小动物。

一次见到两只恹恹的小猫，宛如两条涸辙之鲋。涸辙之鲋还可以相濡以沫，它们可是动都动不了了，低微而哀切的叫声，无异于人的“救命”声，脊骨下两侧凹了进去，明显是饥饿所致。我将它们抱回给了我家斜对面的一户人家，这户人家原是台湾人，收养了许多流浪猫。同时送去的还有特意购买的一包猫粮。此后，每逢家里有鱼，总分一部分给它们吃。它们很有灵性，懂得感恩，每次见到我，总要亲昵地叫几声，还躺倒在地，让我抚摸。每逢此时，我如果没拿鱼，就觉得挺对不住它们的。

进入夏天以后，早晨及傍晚散步时，见得最多的是蚯蚓。蚯蚓一直生活在黑暗的泥土中，大概很想出来旅行，看看这五彩缤纷的外部世界。但它们不知，这种旅行不像人们游山玩水，是一种愉悦的享受，而是一种死亡之旅。死亡往往来自两个方面，一是被行人或车轮压死，一是还来不及返回，就被太阳晒死。我常常看到蚯蚓的尸体，被一群蚂蚁啃噬着，或是被晒成如同干枯的树枝。有的蜷曲着，有的直挺着。那蜷曲的在垂死前显然作过挣扎，那直挺着的，也许都来不及挣扎就一命呜呼了。为此，每每看到一些还在蠕动着的蚯蚓，我总会弯下腰，捡一枯枝（我不敢用手捉），将它们挑到草丛中。

我并非佛教徒，但每见到这些弱小的生命，总会联想起两次餐桌上目睹的杀生事件。这让我发现了人性中残忍的一面。一次见上了一道菜，一笼子状的器皿中放着一只小猴子，头被勒住固定，头顶部的毛已被剃去，服务员将它端上来，用小榔头敲破小猴的天灵盖，让大家吃它的脑。我赶紧逃离餐桌，仿佛被吃的是我的脑。还不到门口，就开始呕吐，那些刚吃进的食物溅了个“一天世界”。还有一次，在一器皿中盛着豆腐，中间有多条泥鳅，器皿下面点着火，豆腐被渐渐烧烫、烧沸，泥鳅开始还挣扎着，慢慢就不动了，再一会儿后，大家开始把筷子伸向它们。这次我同样避席，但算是忍住了呕吐。只是从此以后，我拒绝参加这种圆桌旁的暴殄天物。

在《云间柳如是》中，我曾让柳如是这位美貌才女持有如下看法："儒家讲仁，其核心指人与人相互亲爱，而视动物为异类。道家讲齐物，认为宇宙间一切事物，如生死寿夭、物我有无，都应同等对待，这是否也包含以平等态度对待动物？如是，道家在这一点上似比儒家进了一步。而释家讲普度众生，持'不杀生'之戒，认为一切动物，都是生命，都应善待。"

最近读了毕淑敏的一篇文章，其中说："人和动物、植物，还有山川河流，共享一个地球，大家都是主人……人和动物是永恒的伙伴。如果动物全部消失了，人活着，还有什么乐趣！"每个生命，都曾有过自己的贡献，即使是水面残荷、地上落叶，也都曾摇曳生姿，弄红呈绿，美化过我们生存的环境。

我将继续低头走路。

○　情况往往是这样，最美的发现
有时竟在回顾之中。

回　顾

曾写过一篇小文，言及在人生路上不必也不需要一直匆匆赶路，有时候得左顾右盼，在意沿途的风景。写就之后，觉言犹未尽，但一时又理不清那未尽之言。

今日午后去一单位，办完事离开时，门生要用小车送我，我想走走，就谢辞了，她于是执意将我送到楼下。我匆匆离去而偶一回头时，发现她仍站立在大门口，见我回顾，又向我招了招手。已经有了一段距离，看不清她的表情；但她略略高挑的身材，深色的中长大衣，白皙的脸，还有那扬起的手，定格在了我的脑海中。在那瞬间，我想起了李白在江边送孟浩然时那“孤帆远影碧空尽，惟见长江天际流”的情景，想起了山村的老人在路口深情目送外出打工的孩子离去时的身影，猛然领悟到：人在赶路时，有时是需要回顾的。

不管走过的路是笔直的还是曲折的，是平坦的还是坎坷的，都有着独特的风景，有过独特的体验。回过头去再看时，它们或许会比刚经历时更清晰，更让人有回味。任何风景，因为逝去，或许会让人更留恋，更觉珍贵。在旅游时，我每每有这样的感觉，当我回顾正在远去的景点时，那青山佳色，更加隐然可爱，那萦绕山腰的烟霞，幻出了各种美丽，美丽得让人难以名状。而这些，在你身临其境时是感觉不到的。情况往往是这样，最美的发现有时竟在回顾之中。辛弃疾《青玉案》云：美人在“笑语盈盈”离去时，他“众里寻他千百度，蓦然回首，那人却在灯火阑珊处”。王国维曾有“古今之成大事业大学问者，必经过三种之境界”之说，他把辛氏的“蓦然回首”的发现视作第三种境界，表达的是一种理想得以实现的满足与喜乐。

张晓风说过：日光本不是我们所应得的，月光也未曾向我们索取过户税。还有那些焕然一天的星斗，那些灼热了四季的玫瑰，都没有服役于我们的义务。只因我们已习惯于它们的存在，竟至于习惯得不再激动，不再觉得活着是一种恩惠，不再存着感戴和敬畏。但在风雨之后，一切都被重新思索，这才忽然惊喜地发现，一年之中竟有那么多美好的日子——每一天，都是一个欢欣的感恩节。这所谓的“重新思索”，其实就是一种回顾。

走路时，有时候会感到疲惫，这时候，如果有人道一声问候，赠给你一束鲜花，或者陪你走一程，与你率性随意地说说话，让你收获一份关怀，拥有一份愉悦，增添一份信心，你会感到脚步轻松了许多；有时会突然摔一跤，这时候，如果有人及时将你搀扶起来，送你去医院检查、诊治，你会油然而生感激之情，心中充满阳光。我一次罹遭车祸，有学生整夜伴在病床边，喂食喂水，帮你翻身。这些点点滴滴，理应铭记。经常回顾，就能不忘感恩，即使产生了龃龉与误会，也会很快得到化解。

司机在驾车行进时，总是时时关注着后望镜。人行走，犹如驾车。一次散步，因闻喊声，我站定回顾，见一人逃跑，一人穷追不舍，因为一个一心逃跑，一个只顾追赶，就不再顾及旁人，一小学生放学路上正边走边背诵古诗，猝不及防，被撞着了，踉跄了几步而终于没倒下。我赶紧让立一边。要是不回首见这一幕，像我这样的老者，不用说被撞，就是被擦一下也会跌倒在地。在马路上，在这个物欲横流的社会里，各色人等都有。孟子曾云：“人不可以无耻。无耻之耻，无耻矣！”这种无耻小人，当今随处可见。对他们，自然不必害怕；但得防备。顾炎武说过“不耻则无所不为”。无耻小人，擅长背后术。走路时的回顾，还可以防他们的背后喷污，背后袭击。

○ 古木阴中系短篷，
杖藜扶我过桥东。

终将为“三条腿”之物

依然坚持完成每天一万步的任务。

是的，我把此看作是我余生的一项任务。

自两膝关节先后病变以来，医生告诫：千万少走动，尤其是上下楼梯。但我想，这膝关节退行性病变是老年病，有人曾视之为“不死的癌症”，看样子是好不了了。如遵医嘱，在余下的岁月里，我岂不始终得“少走动”？

大概在五六年前，我患有“三高”（即高血脂、高血糖、高血压），还挺了个大肚子，似孕妇怀胎六月。有学生建言：“像老师这个年龄与体况，凭着我对老师的了解，让老师去健身场所锻炼，怕难以坚持，不妨试试每天走一万步路。”她还真了解我。我曾去过健身房，可只是三四次，就作罢了；后来，入住的小区里有多种运动器材，使用也甚方便，但也未能坚持下去；曾经花了近千元买了只“骑士”，用了一个多星期，而今放在晒台上作搁晒衣被之用。于是下决心散步。一年坚持下来，血脂与血糖指标明显下降，又一年下来，继续下降至临界，第三年体检时，竟发现正常了，直到今天。肚子也逐渐在缩小。如果长期“少走动”，这血脂与血糖岂不又要上去？肚子岂不又要“怀”上？

岂不真的“坐以待毙”？

决定不遵医嘱，仍每天一万步。只是以前一次完成，后分解成两次、三次；今春开始，再分为四次、五次完成；前几年走时，步子大小与速度一按散步，而今每步距离稍缩些，脚底也只稍稍离开地面（其实已不是走而是“拖”）。总算坚持了下来。只是今年“芒种”前夕，又遇阴雨天，两膝疼痛得难以举步。一次自新松江路转至龙源路时，竟剧烈得如刺心裂骨而致大汗淋漓，靠在树上待了好一会，才勉强撑到了家，不得以在家休息了几天。

市区 G 君得知，建议我试用一种名“穴位贴敷治疗贴”。使用时甚是麻烦，先要将“虎力散胶囊”中之粉状物取出来用酒调匀，涂抹于治疗贴上，再敷贴于膝盖，又用一种“灸”什么的（类似于“暖宝宝”）覆盖上；连续三天，未见有多少效果，敷贴处皮肤却奇痒难受，还冒出了许多小水泡。于是决定停止使用。待疼痛稍稍缓解些后，决定再继续走一万步，只是要分解为七八次完成。

一次在杭州西溪湿地游览，发现一“古”街上有手杖出售，猛然想起，何不买一手杖以助走路？手杖，也有云“司的克”者。持杖，曾是一种绅士作派，一种风度的表现，但不知为什么，给人的印象总不怎么好。记得叶圣陶《倪焕之》曾写到：看他挺胸凸肚，一手拄着司的克，这边一挥，那边一指，一副不可一世的气概。影片《战上海》中那个少壮军官，也持有它，常用它来顶抬帽沿，同样颇有“不可一世的气概”。其实，持杖古就有之。南宋·志南有诗句：“古木阴中系短篷，拄藜扶我过桥东。”孔子在责骂他的一位名原壤的老朋友后，“以杖叩其胫”。孔子只活了 73 岁，说这话时自然还不到 73 岁。想起来，我这个年龄使用手杖，大概还不至于被误解或耻笑。

希腊神话里好像有一个故事。有一人面狮身的怪兽，每天踞守路口，要经过者猜谜，猜中者继续前行，不中者杀之。每天竟有多人被害。它的谜面为：有一物，清晨四条腿，中午两条腿，傍晚三条腿。猜此物。谜底原来是一个人。人幼年时手足并用爬行，长大后步行，年老时则扶杖而行。在西溪湿地那天，因对几种手杖都不喜欢，没有买回。但成为三条腿之“物”，看来是免不了的了。

卷二

许多人都有收藏，古玩，字画，孤本……当然都很珍贵；而在我看来，真情是最值得珍藏的。

○ 为读茶圣上翠峰，
品茗阁上同研文；
栏外竹摇雀鸣啭，
欲归蓬莱两腋风。

第 一 次

第一次与侯生在这样一个环境中喝茶，喝的还是紫笋茶。

正值国庆长假期间，侯生父母、胞弟等一家共 8 人拟游抚州长兴山中，邀我参加，我欣然随往。

既到长兴，我们在所居住的“农家乐”放下行李，即首选“茶人圣地”前去；在浏览了关于陆羽的诗文图片介绍后，就来到了这个地方。

茶楼筑于山腰上。全用木料构建。我们所坐之处，是一长廊，已伸出山坡，悬空着，望下看，是山坡上的一片翠绿。陆羽《茶经》，十分讲究茶之“饮”。后之茶人，除如陆羽所说，讲究茶具、茶水等，还讲究环境。这环境，又分内外，而所谓的外部环境，或为窗摇翠影，或为栏倚芭蕉，或为月色濡轩，或为彩霞盈庭。我们所饮处旁边，则是一片竹林。这竿竿青竹，或粗壮，或细柔，或深翠，或嫩绿，山风入林，枝叶摇曳，沙沙作声，委实一品茗佳境。

侯生一同学正在构撰一部小说，让侯生出谋献策。小说主人公拟开一茶室。在饮茶时，我们自然谈到了这茶室的外部环境，侯生认为其址应选在九峰附近，茶人可凭轩眺望，远之翠峰蜿蜒，近之花木扶疏，春可观蝶翻花丛，夏则见蜻蜓立荷，秋有橙黄橘绿，冬能赏雪映红梅，虽在室内，却可悟造化之精神，沐宇宙之惠泽，这样才能随着啜饮，心胸如洗，醉上蓬莱。

约两小时后，侯生陪我去散步。在这山路上与其并肩联步，也是第一次。山路两旁，无非是些树木竹林，景色一般。但空气清新；山风徐来，虽有丝丝凉意，但让人神清气爽。更重要的，这里没有了市肆的喧嚣，没有了名缰利索的缠绕，没有了形形式式的众生相。就在这样的清静中，我们顺着刚才关于陆羽的话题，谈到了陆羽所认为的饮茶之源。相传，神农氏一次尝到一种绿叶，顿觉体内如涤，原来，这种绿叶就是茶。《神农本草》载："神农尝百草，日遇七十二毒，得茶而解之。"我们还谈到陆羽采茶之事，眼前仿佛浮现出当年陆羽葛巾布衣，叩杖击树，在顾渚山区方圆几十里内踏着晨雾采茶并发现紫笋茶的情景。"阳崖阴林，紫者上，绿者次；笋者上，牙者次；叶卷上，叶舒次。"这一发现，使紫笋茶成为贡品，自唐代起，历经宋元明清，独领风骚 876 年。

这让我们领悟到，任何发现，往往要经历千辛万苦，有品位者，尤为如此。我们自然又翩然联想，小说主人公须得经历磨难，付出艰辛，只有这样，才能有茶室的生存与发展，心灵的不断净化，人格的逐步完善……

在顾渚山与后生喝茶与漫步，别人或许视为寻常，在我看来，则是一件雅事。这不仅因为如此情形在近十年的交往中都还是第一次，而第一次总是让人难以忘怀的；又因为让我感受到了一种关怀，人至暮年，或许更需要这种感情上的慰藉；还因为我们有着共同的感受与启迪。

有感于此，我为侯生在"茶人圣地"留了个影，并题小诗一首：

为读茶圣上翠峰，
品茗阁上同研文；
栏外竹摇雀鸣啭，
欲归蓬莱两腋风[①]。

在漫步山路时，又有感而口占：

与君共步顾渚山，
茶圣躬行才得谙；
不闻汩汩山涧水，
只为林菲[②]意翩然。

①卢仝《走笔谢孟谏议寄茶》：“七碗吃不得也，唯觉两腋清风生。蓬莱山，在何处？玉川子乘此清风欲归去。”按，玉川，本为井名，卢仝喜饮茶，尝汲井泉煎茶，因自号“玉川子”。后常以“玉川”代称茶。

②林菲，侯生之同学正撰小说中的主人公。

○ 他俩用具体的行动证实了一个人们都能说却未必都能践行的道理：在人世间，真情是最值得珍藏的。

珍　　藏

已经记不起来最近一次的西湖之游是在哪一年了。

真是久违了，美丽的西湖！

2013 年 5 月 21 日上午，在两位学生的陪同下，我终于又一次来到了西湖。这是此次到杭城的最后一项活动。

已在杭州定居的振翔，曾多次相邀去他那里住几天。“我已经退休了,可以有时间陪老师玩了。”今年春节期间他与妹妹王霜来看望我时，又一次说。我自两膝关节患病以来，已很少外出。但这一次，我下决心接受了。

他是我 65 届的学生。“文革”期间，学校里乱哄哄的；在我的人生道路上，当时又是我最为艰难的时候。他要我住到他家里。我一直犹豫着。为让我接受他的建议，一次，他郑重其事地“求”我：“老师，我爸妈住上海市区，大哥在部队，几个弟弟均落户农村，我在海盐又成了家，家里仅小妹（即王霜）一人，我不放心，就请老师像关心我一样关心她！”我无法再拒绝这份真诚，于是就住到了他们家的楼上，而楼下住的却是他的妹妹。这一住，长达几年（其实，这几年，我很少关心王霜，倒是她十分懂事地为我的日常生活提供了种种方便，还一针一线，用了一个月时间，织了一件绒线上衣送给我）。他不仅作了如此安排，在海盐时，还曾先后两次邀我与王锦雯去南北湖住了几天。

王锦雯是他的同学。她在张家港工作期间，也曾邀我与他，还有我的另一名学生，一起到她那里，前后五六天，吃、住及游览，一概由她安排，所有费用，也由她承担。这一次，他自然也请了她。他知道，当年我做班主任时，对语文课代表的人选是很挑剔的，但她做了整整三年的语文课代表，而我与她也已有十多年未见面了。

明·张岱有文云：西湖七月半，一无可看，止可看看七月半之人。我们这次到西湖，季值初夏，时在上午，不乘游船，再说时代也变了，自然不见声光相乱，无法匿影树下，逃嚣里湖，也看不到名娃闺秀的左右盼望，名妓闲僧的浅斟低唱，不衫不帻的酒醉饭饱者。但湖上画舟轻移，湖畔游人如织。白发蹒跚，垂髫奔逐，这里有画家在凉棚下为靓女画像，那里有老者用水笔于地上题书，彩裙飘逸，热裤包裹，白肤与黑肤相映，汉语与西语交流。如此这等，仍然是西湖之佳景。

我们在西子湖畔漫步。约半小时后，因膝关节疼痛，我在一椅上坐了下来，建议他俩自行前往游览。他俩执意相伴，于是也坐了下来，并建议："休息一会儿后，我们一起留个影。"

杭城这几天的气温高达摄氏三十多度。湖风徐来，凉快了许多。我享受着；游目骋怀之际，我的思绪也生动起来。我的这两位学生有一个共同点：为人反对包装（当今社会是一个注重包装的社会），朴实而懂得感恩。其实，在当年，我对他们的关心，只是我的责任，一种班主任应尽的责任。可他们因此而始终铭记着我，虽经几十年的岁月流水冲刷，不仅没有淡忘，而且日久弥深。我以为这是一份情。几十年中，我们虽然只有很少的几次会晤，但秦观曾云：两情若是久长时，又岂在朝朝暮暮？且不管人们对这两句诗有着怎样的理解，但我以为，它道出了一个哲理：只要是真正的情，总是被深深地珍藏着。而这所谓的情，又岂只存在于情人之间？与王锦雯当年的做法一样，他这次承包了所有的费用，还为我们各准备了一份礼物。古语云，礼轻心意重（再说，礼也不轻）。他俩用具体的行动证实了一个人们都能说却未必都能践行的道理：在人世间，真情是最值得珍藏的。

附：

王振翔的短消息

吴老师：《珍藏》手稿复印后，昨天已用挂号寄给王锦雯。《珍藏》细读了几遍，读懂了一个“情”字，一个将情看得很重的老师，教出了一群重情义的学生。您的毕业赠言“你们出去后，一定要看重情”，我一直铭记在心，用心去做。我在女儿的婚礼上，也讲了这句话。情义是无价的。一个重情义的社会，才会是一个真正和谐的社会。您的《珍藏》手稿我一定永远珍藏心中。

学生王振翔，2013.6.12

○ 东土有圣人匡庐遗范今犹在；
林间无俗客嵩少高踪许共寻。

东林寺纪瞻

幼富邀我去观瞻金山的东林寺，同邀的还有家居市区的晓平、小珍、大灿以及金山的奋立、德林、伟瑛。他们都是松江二中的高中同班同学，是我67届的学生。奋立、德林、伟瑛各自前往。幼富的二女儿驾车先接晓平她们，然后绕道松江接我。一行在观览了我的书房后，立即匆匆前往东林寺。

幼富的这位二女儿在读高中时，我曾为她辅导过语文（同时辅导的还有文友的女儿、关伦的儿子），因而早就认识。只是十多年未见，长得跟她的姐姐一样，越发漂亮了。她后毕业于上海大学，而今的身份是上海龙骧房地产开发有限公司设计管理部主管。

她驾车平稳。我留意到，由于天气晴朗，大家能再一次相聚，兴致极高，一路上欢声笑语不断，她很少插话，表示了一种对父辈的尊重。我还留意到，同行的还有她的女儿，大约四五岁，此刻正坐在幼富的膝盖上打瞌睡。正是这个女孩子，在后来下车步行的整个时间里，一直拉着我的手，主动而亲切地照顾着我这个行将80岁的老人。

幼富是我这一届学生中结婚最早的一个。夫人姓王，出身名门，贤惠明理。正是他们，培养出了两个优秀的女儿。他们的大女儿还是个博士，是研究亚太地区问题的专家。我与她曾见过几面。一次在餐桌上，我让她谈谈中、日、朝、韩关系的走向。她的论述、分析，令我与她的父辈们深深折服。

东林寺出现于我们的视野中。先前，幼富曾介绍，这寺原名观音堂，供奉的自然是观世音菩萨，始建于元朝至大元年（公元 1308 年），延祐四年（公元 1317 年）改名东林禅寺。2004 年，金山（县）政府将 20.5 亩政府大院作东、西寺合一的扩建用地，2007 年竣工。政府部门如此不惜工本，投入巨资，修建这一寺庙，自有其理念支撑。

还真是一座独特的元代古刹，是一道奇观。佛是一座山，山卧一尊佛。山即是佛，佛即是山，山佛一体，佛山一气。更为奇妙的是，整个佛面鼻子上，还有一尊佛。

我们在寺前的场地上下车。有人提议请个导游，幼富说，不用，他来导游，说完，就带着我们绕池子走了一圈。池子中，有一尊童子像。“这是尊景泰蓝雕像，为世界吉尼斯之最。”他说，“老师注意到没有，这池中有八条龙鲤鱼，龙头鱼身，鱼嘴朝着我们，如向鱼嘴投掷硬币而中者，可以听到吉祥语言。老师，我备了硬币，试试!”他将一袋硬币递给我，我没有接。我注意到了一个情况：在有香客提示的“禄”的鱼嘴下，沉积的硬币最多。这或许是世情之“一斑”吧，我这么想着，离开了池子。

右边有幼富相伴，左边有他外孙女的小手相牵，我来到了观音阁。这观音阁大概是目前国内阁顶最高、占地面积最大的了。这少见的空间，渲染出了一种宏大，一种气魄，营造出了一种礼化的氛围。红色的大柱上镶刻着楹联：“东土有圣人匡庐遗范今犹在；林间无俗客嵩少高踪许共寻。”这“遗范今犹在”与“高踪许共寻”，大概是世情之又“一斑”。

香客们正在虔诚地顶礼膜拜，烧香祈佑。面对大佛，我则默念佛号。大概感受到了我的虔诚，我听到大佛说：我就在你心中，心中有我，至少可以挤掉一些烦恼。

观音阁内供奉着 9999 座佛龛。一份介绍折页上说，在东林寺供奉佛龛，避免了在家、在单位供佛怕佛受委屈，佛不能降坛归位而进行庇佑等烦恼与忧虑。幼富告诉我，这万尊佛中，据说有一尊佛是古代传留下来的，如有人能发现，则说明与佛有缘，甚至可以成佛。还真有人多次前来细细辨认、寻找过。我想，是否找到，可能已经不是最重要的了，最重要的他（她）在寻找中有了一种信念，一种追求，一种精神上的寄托。我由衷祝福他（她）此生与佛结缘。

幼富领着我们继续观瞻，弥勒菩萨、普贤菩萨、文殊菩萨等所在诸殿都留下了我们的身影。我的计步器上显示，进入东林寺后，已有五千多步。在连续的时间里，走完这么多步，是近一两年少有的。幼富见我步履维艰，让我在山顶休息片刻。我让小手去她妈妈处，我则避开幼富他们，独自找了个地方坐了下来。

山下面大概就是朱泾镇了。房屋参差，道路纵横，绿地若茵，池塘如镜。凉风徐来，回味着幼富他们的尊重与照顾，我感到神清气爽，感到惬意舒坦。

“吴老师呐？吴老师在哪？”是幼富在找我。他总是关心着我。在我曾经的学生中，不乏关心着我的学生，但他的情义，他对我“忠”心的程度，或许是绝无仅有的。而今社会，讲求功利者多，像他这样依然关心着我这个对他来说已没有什么帮助的老人，实属可贵。他插柳而不让春知晓。他以往曾对我的付出在我的心中播下了春色。

小女孩又过来拉住了我的手。我得站起来了。幼富他们大概看出了我的疲惫，就决定先去寺里的餐厅吃斋饭。

○ 历史老人的警示是多方面的。在我看来，要严防身边、尤其是背后的小人，是其中的一个重要方面。

宣城纪游

曾经的学生卫民君约我出去走走。这几个月来，几乎夜以继日，埋头于故纸堆中，与松江历史上的人物神交，虽不乏情趣，但甚为疲惫，确实需要调节一下，于是老实不客气，欣然应诺。

这次主要去安徽宣城。5 月 16 日下午出发，18 日晚返回。第一个晚上住广德的一家山庄，第二个晚上原定住桃花潭一家豪华的度假村（每晚近 600 元），后因刚完成装修，改住潭畔一“农家乐”，前后跨了三天。

关卡被阻

上海正要开什么峰会，说是亚洲各国首脑都要来，为此，各站口，检查颇严。我们乘坐的小车是卫民君学校即将上任的总务主任 L 的，也由他驾驶。我正在打瞌睡，醒来时，车已被拦住。问原因，说是小车年检已过期，不仅要罚款、罚分，还得扣住小车。L 抽出一支烟递给一警察，希望能通融一下，警察不接烟，正告“不可能”。大家一时没了主意。卫民君决定拦开往松江的车，到家开了自己的小车来。我把他叫住了。一是能不能拦到车，什么时候拦到车，都是未知数；二是他的车是辆“老爷车”，有点像自行车中“什么都响就是铃不响”者，如此长途行驶，我有点不放心。我在想，先考虑拦前往宣城、广德、泾县的长途汽车（我已打听到有好几个班次），实在拦不到，让我的一学生来救急。

在等车的时间里，一名警察问我“是不是吴老师”，我有点惊奇，一问，才知是松江二中毕业的，但不是我任教的班上的。于是攀谈起来。在这种地方、这种场合见到曾经的学生，有点如“他乡遇故交”，至少消除了等待的焦急与无聊。期间还看到一男子被两警察逮住并上了手铐，那学生告诉我，这是个贩毒犯，已通缉多时。

大概一小时后，终于拦到了去广德的大巴。

钻太极洞

太极洞在广德境内，古称“长乐洞”，又称“广德埋藏”“太极真境”，集壮观、险峻、绚丽、神奇为一体，自汉以来就是旅游胜地。有“桂林山水，广德石洞”之说，明·冯梦龙曾将其与雷洲换鼓、登州海市、钱塘江潮并称为“天下四绝”。

一进洞内，见有高山峡谷，石柱林立，流泉飞瀑，云雾弥漫，真是神仙幻境。首先看到的一景是“太上老君”。但见他稽首合掌，悬于半空之中。相传他云游此洞，乐而忘游，在洞内炼丹修行，瞬间万年。据说，洞中奇观有十处，它们分别是“槐阴古树”“洞中黄山”“万象揽胜”等。

洞中石级时上时下。有句关于电梯的广告语曰“上上下下的享受”，我因膝盖疼痛，举步艰难，加上此类溶洞，我游过不少，看过几处之后，已无多兴趣，所以未觉是一种享受，但在同游的 W 生的搀扶下，总算走完全程（计步器显示，有5000多步），多少感到欣慰。出洞时忽然想起明代有一官员曾有一诗，却忘了具体诗句。回来查了一下，是：

原野初晴稼穑生，
官闲游视玉骢鸣。
流云洞口春衫湿，
隔岸桃花溪水声。

我的衣衫也湿了，也听到了溪水声，但未曾有诗。经过太极观时，看到了门两旁的一副对联："老子天下第一，洞观太极弗二。"

登谢朓楼

作为古代山水诗的开山祖，"二谢"（谢灵运为大谢，谢朓为小谢）为我所喜爱。两人精描细摹、锤字炼词，留下许多名句。"野旷沙岸净，天高秋月明""池塘生春草，园柳变鸣禽"（大谢），"余霞散成绮，澄江静如练""天际识归舟，云中辨江树"（小谢），等等，至今尚能背诵。

谢朓曾为宣城太守，曾建"谢朓楼"。到了宣城，我自然希望一探芳址。

一径百绕。正是初夏季节，两旁树林，枝叶繁茂，党结寒阴，使人脸面，为之染碧。楼耸立在一片绿霞之中。楼周围有众多老人，各围小桌而坐，或博弈，或闲聊。我可是分明听到了李白的吟唱：

江城如画里，
山晚望晴空。
雨水夹明镜，
双桥落彩虹。
人烟寒橘柚，

秋色老梧桐。
谁念北楼上，
临风怀谢公？

遗憾的是，楼门紧锁。我沿楼走廊走了一圈，远眺绛雰白云，还真让人杳然生翼。

走进历史

经过宽阔的楼前广场，拾级而上，我们进入了一幢巍峨的大楼。

与刚才在谢眺楼周围的云蒸霞蔚绝然不同，这里是刀光剑影，血雨腥风。眼前的一张张照片，一件件实物，一座座雕塑，让我置身于一个个浴血奋战的场面，看到一个个伟岸的形象。

周恩来的愤怒抗议震撼着我们的心：

千古奇冤，
江南一叶，
同室操戈，
相煎何急！

一位历史老人带着他的故事，从历史深处向我们走来。

考虑到孤悬皖南，1941 年 1 月 1 日，新四军军长叶挺、副军长项英率九千余人，遵中央令北移。1 月 7 日，国民党顾祝同、上官云相奉蒋委员长令，在泾县茂林地区突然对新四军实行“清剿”。项英等突围转移至濂坑一个山洞下的茅棚里隐藏。14 日凌晨，项英的警卫排长李德突然听到枪声，急忙赶去时，发现项英头部中两枪，新四军副参谋长周子昆胸部中一枪。凶手竟是项英的副官处副官刘厚总。

历史老人的警示是多方面的。在我看来，要严防身边、尤其是背后的小人，是其中的一个重要方面。但小人终究不会有好下场，终将被钉在历史或道德的耻辱柱上。

○ 许多地方，一经商品化、娱乐化，似难有高雅、洁净，不仅环境，而且人之心灵。

渔人码头

五一节日，喻小鸣的胞姐奉贤阿华相邀去她家。“春荣喜欢吃老式大饼，”阿华丈夫志强接过话机说，“我让他们多烘几个，让他一定来。”喻小鸣有几个姐弟，分住在市区、青浦、奉贤等地，退休以后，时有往来。这类聚会，我一般不参加，这次是去滨海之她家，我也需要休休一下，就一起前往了。

到她家后，见喻小鸣胞弟建民及其漂亮妻子小张已到达，同来的还有振淮夫妇。振淮的母亲与喻小鸣生母是亲姐妹，虽是表兄妹，平时却较少往来。

吃过午饭后，有人提议搓麻将，我则想去海滩走走。20世纪曾来过这里，也去海滩走了走，感觉颇好。振淮夫妇、建民夫妇，还有我的小孙女及她的母亲秦琼都表示陪我前往，振淮说由他驾车。还未到达海滩，儿子克非打来电话，言正乘“残的”赶来。

奉贤海滨有两个游览场所，一为“碧海金沙”，一为“渔人码头”。询问一住宅区保安（一名外地来的打工者），说一在东，一在西，并说东边的“碧海金沙”要买门票，“渔人码头”则可免费进入。大家朝着我看，遇到这种人多主张多的时候，我一般不发表意见而“悉听尊便”。经过一番“争论”，于是调转车头，向西边驶去。尽管大家身上都不缺钱，但传统的省钱观念还是占了上风，既然同是海滨，可以不花钱何必白花钱。

通往“渔人码头”的是一条显然是新建的商业街，一边是饭店、宾馆之类，一边是海堤石栏。街上熙来攘往，用昔晏子自夸齐临淄之“张袂成阴，挥汗成雨，比肩继踵”来形容，似也不为过，与刚才在“碧海金沙”门口的冷清，有霄壤之别。我们只能下车步行。

沿着石栏走，每见下面海滩上有不少人在寻拣着什么，问振淮，说大概是在捉小海蟹。石栏比下边的海滩足高几十米，那些人不知是从何处下去的。

足足走了半小时许，才抵达“渔人码头”。但要进入，还是要买门票，价与“碧海金沙”同。克非于是抢着给每人买了门票。

码头实际上是一个娱乐场所，有包畹蓉中国京剧服饰艺术馆，有贝壳自然保护区，有国际风筝放飞场，有人工沙滩等。我转了一圈，权作散步，大致浏览了一下。馆、区之类，几乎无人问津，这所谓“国际”场上空，也只有二三只风筝在有气无力地飞翔着；众多游人热衷地在玩转盘、飞车、冲浪（一种人造的设施）等，各类烧烤摊前更是人头攒动，纷呈着各种吃相，整个场所弥漫着烧烤散出的烟雾及烤品的杂味。码头的一处，有一大幅标语：春天赶海，夏天闹海，秋天嬉海，冬天拜海。然而海面上静静的，众多的人是冲着这些摊位来的。

从口音及与几名年轻人交谈得知，游人绝大多数为外地人，不是在古镇或名胜处所见的有组织的旅游团队游客，而是在沪的打工人员。他们穿着入时；一些女青年穿的衣衫，不仅款式很露，而且衣料劣质，而裸露的肌肤是黝黑的，粗糙的。大概是难得穿一次的高跟鞋，让她们举步艰难。他们大声喧哗，旁若无人，其举止，也改变不了在家乡时的那种散漫、粗俗。有几对男女青年，不知是由于认为人多反而不被注意，还是难抑沸腾热血澎湃激情，竟在这种场合拥抱、亲吻，甚至还有一些极为不雅的动作。一些人随吃随扔食品垃圾，自然还有随地吐痰的。在我漫步的半小时内，倒是未见吵架、斗殴的。

我独自到了海滩。这次来奉贤，除了难却盛情，还想再次感受一下海的辽阔与碧蓝。然辽阔则辽阔矣，海水则如曾经看到过的黄河之水，一片黄汤，浑浊之极，水面上还有不少塑料袋、矿泉水瓶之类的漂浮物，与前几年在三亚、青岛所见的海，迥然不同。与上次看到的原生态的海也不一样。看来，而今的上海不再是看海的地方。这里依然不堪久留。

匆匆离开“码头”后，不由得想得很多。许多地方，一经商品化、娱乐化，似难有高雅、洁净，不仅环境，而且人之心灵。还有，作为国际大都市的上海，许多事看来离不开外地来的打工者，打工者中的大多数是质朴、善良的，但这支日趋庞大的队伍的整体素质及由此带来的诸多社会问题，实在让人担忧。这些问题，也许当由“肉食者”谋之，草民们又能奈之何？在有些人眼里，你的这种担忧，或许还是杞人忧天而已。

○ 当什么都是“文化”的时候，实际上就没有了文化。

发展、变化与缺失

这次散步的路线移到了某省 N 市区的街上，时间也改在了清晨。

尽管下榻的是准五星级宾馆，又是一人一间，房内的各类设施均属一流，但或许是心绪不宁的缘故，一夜无眠。当第一缕晨曦抹上窗帘时，我就起了床，并且走出了宾馆。

一条市中心区的街上静静的。一辆公交车停靠在一个站上，未见车内有人。街上很少有人走过，偶见一二，都是脚步匆匆；有两个背着书包的学生边啃着包子，边走进了一条弄堂，学校可能在弄堂的另一端，或者从这里穿过可以减少些路程。临街的商店都关闭着。我在一家商店前停了步。昨日晚上似漫步过这里，一名小姐站在门口还甜甜地招呼我们进入观览、选购；而此刻已换了一名，其容貌比昨晚上见到的要漂亮，手里托着一块“欢迎光临”的牌子，始终笑容可掬，真难为她了，站了整整一夜，笑了整整一夜。

整条街还沉睡着。与昨晚上相比，判若天壤。昨晚上八时后，附近的大广场以及整条街上，人如潮，灯似海，繁华、喧闹的程度，绝不亚于上海的市中心区，直到十时以后，其情状有增无减。

大约一二十年前的一个深秋季节，我也曾到过这 N 市区。在订好了一家旅社后，晚上也曾漫步街头。还不到八时，街上已灯火阑珊，行人稀少。那晚上也没有睡好，但不是由于心绪，而是因为同住一房的同志鼾声如雷。就是真打雷，也就一阵子，他却持续了整整一夜。我也在第二天清晨走在了街上，虽则还是晨光熹微，街上却是一片忙碌景象。人们熙来攘往，多半是赶着上班的。印象中曾经过一家茶馆，但见灯火通明，人声鼎盈，热气腾腾，茶客翕翕。在另一处，一摊上正烘着大饼、煎着油条，旁边已排起了长长的队伍。

N 市明显发展了，一些生活方式也改变了。宾馆里有一本小册子上介绍他们的餐厅，说这里“虽然没有紫荆花广场，没有弥敦道，没有维多利亚港”，但“这里也许就是尖沙咀，也许就是九龙城，也许就是南丫岛”，“不是香港胜似香港”。街上的一块广告牌上，则有“德高住 N 市”字样。但昨晚上我留意到，当整条街正热闹得近乎疯狂的时刻，唯一见到的一家新华书店则已关了门，面前是黑乎乎一片；昨晚上加上整个上午，我们大约步行了 5000 多步（计步器显示），却未见一个书报摊。城市里的书店，是透示该城市的文化品味与程度的窗口。没有书店的城市，尽管高楼林立、富丽堂皇、五彩缤纷，显得前沿时尚，充满现代气息，但怎么也不像个有历史底蕴的古城，而像个“土豪”。还有意味的是，我们住的宾馆大厅内，赫然竖立着一广告牌，上书：“消费满 3000 元，赠送一大包房”。这“赠送一大包房”可是有歧义的。

历史学家芭芭拉·塔奇曼曾言：没有书，历史会喑默，文学会失音，科学会瘫痪，思想会停滞。

由此联想到，而今，什么都是文化，餐饮文化、服饰文化、洗浴文化……有些人出入娱乐场所，嫖娼狎妓，也大言不惭地说是“青楼文化”，连厕所也有人说“厕所文化”的。城市发展了，商业繁荣了，真正的文化却式微了。许多学者已经惊呼：当今的文化已趋于商品化、娱乐化、低俗化。也许，当什么都是“文化”的时候，文化就成了一种装饰，就成了味精，实际上就没有了文化。但愿这话说得有点绝对、极端。

○ 历史假使被割断，即便保持着原貌，甚至被装点得更加华美，也可能已经变味。

丁香花园

3 月 8 日傍晚，与小徐、钱蓉芬漫步在坐落于市区华山路上的丁香花园里。

下午，去了大同中学。

进入校门，几幢大楼对称而气魄地矗立在我们面前，楼墙上的醒目大字“笃学敦行，立己达人”显然是校训。反正还未到与盛雅萍校长约定的时间，我们就在校园内散步观览。整个校区，建筑、布置等，和谐、大气，透视出一种震撼人心的底蕴；尤其瞩目的是院士墙，这里竟出了 13 名院士，“每一位院士为我们树立了伟岸的标杆”（盛雅萍语）。

与盛校长在她极为雅致的小会议室里喝茶，商谈小徐的学校与大同中学交流合作事宜。这次会晤是由蓉芬兄牵的线，盛校长是她当年的徒弟，两人关系甚近。交谈结束，小徐拟请大家吃顿饭，以示谢忱。但盛校长先生突然来电，需要她抓紧离校。盛校长既不能赴饭局，我就建议直接回松江。我与蓉芬兄交往诚笃，吃不吃饭，就无所谓了。可小徐坚持要请我们，说今日是三八妇女节，权当陪钱老师过个节，我虽常去他的学校，但都在学校食堂用餐，这次也算请我一次，权作弥补。我仍不想在市区用餐；可他说已在丁香花园订了桌次。预订可以退掉，但“丁香花园”这个所在引起了我的兴趣。

就在刚才，我们在花园内一家自诩“绿色饭店”名为“申奥轩”的酒家吃了饭。据闻，这丁香花园在1952年曾动修改建，我们用餐的这酒家是那时新建的，名2号楼，曾是兴国宾馆分部，后又成为上海市委老干部局所辖的老干部活动室。

饭后，我提议在园内走走。我所以对此园产生兴趣，一是由于被宣传的自然环境。它是上海第一座西式花园，曾被列为市级近代优秀建筑。有份资料上说，这里小径蜿蜒，古木参天，蛟龙卧园，鸣凤栖亭，散植的多种花木中，丁香尤多，花开时节，满园飘香，沁人心脾，引人遐想。但也许由于在晚上，景色不明，也许时代的车轮已驶进了新世纪，众多新建筑精彩纷呈，也许想象得过于美好，提升了期望值，也许未到丁香花开时节，园中充溢的不是花香而是美食味……这众多的“也许”，让我在置身其中时，当初引人眼球、让人羡慕的景观，没有留给我太深的印象。在漫步时，倒是它的过去，它的变易，它的神秘，让我想得很多。

关于此园，传说众多。一个传说，此园是李鸿章为他的宠妾建筑的，宠妾名丁香，故园名为“丁香花园”；另一个传说，李鸿章有一个侍婢叫莫顺喜，被李收房后成为其幼子李经迈的生母，此园即为李经迈的房产……究竟何种传说符合实际，于一般人来说，似并不重要，也无兴趣去探究其孰是孰非。亦真亦幻，扑朔迷离，自有其独特的美学意味。但以下的事或许是真实的——

上个世纪三十年代，影坛真正的明星周璇曾在这里居住过。

卜万苍编导、由周璇饰林黛玉、袁美云饰贾宝玉、王丹凤饰薛宝钗、白虹饰王熙凤的《红楼梦》曾在这里拍摄。

新中国成立初，这里为华东局机关所在地，陈毅等领导同志曾在这里办公。

一份资料上说，1961 年 3 月 16 日，陈赓大将因心肌梗死逝世于此园。

1964 年至“文革”，这里驻有两个班子，一是内刊编辑部，另一个就是市委写作班。“文革”期间的写作班，一名为“丁学雷”（取“丁家花园学雷锋”之意），一名为“罗思鼎”（取“螺丝钉”之意），《评新编历史剧〈海瑞罢官〉》《评三家村》等文，在这里草拟，江青、张春桥、姚文元也曾在这里居住过。这里有条河，写作班的李子云、陈冀德、倪蕊琴三人常在河中划船，据传为丁香一景。丁香花园一时成为政治旋涡。

……

在漫步时，很少见人在此徜徉如我们，多数人川流不息地出入酒家。曾就这个花园的故事问几名站立酒家前形貌昳丽的迎宾小姐，她们几乎一式地笑容可掬地说“不”。或许不能责怪她们，她们的任务只是微笑着将客人引入酒家。所谓的丁香花园此刻弥漫的是商业的气息。

想到了下午在大同中学校园里的情形。两个有着同样深厚历史积淀的所在，但给人截然不同的感觉，虽然两者不能类比，但我仍不由得生出些许感叹。酒家坐落于此名园，显然有点不协调。如果这里搞个陈列馆而不是酒家，感觉或许会协调一些。但话又说回来，不协调又怎样？又有什么关系？

人文底蕴倘为商界所用，历史假使被割断，即便保持着原貌，甚至被装点得更加华美，也可能已经变味，只是一具躯壳而已——这或许只是不合时宜的书生不谙世情的迂腐之想。

○　学院将我们这些退休的老人召集起来，来到南汇野生动物园，让动物们观看。情况也许就是这样，观看者似可以处有意无意之间，而被观看者往往比较在乎。

动　物

何为“动物园”？或曰是这样一个所在：一个把号称高等动物的人（男人与女人、老人与小孩、聪明人与糊涂人、君子与小人）召集起来让动物们观看的所在。

妙哉斯言！

重阳节后第三天，学院将我们这些退休的老人召集起来，来到南汇野生动物园，让动物们观看。

一份“简介”说，这个野生动物园汇集着世界各地具有代表性的动物两百余种，上万头（只），其中有来自世界各地的长颈鹿、斑马、羚羊、白犀牛、猎豹等珍稀动物，也有中国特有的重点保护动物大熊猫、金丝猴、金毛羚羊等。

也许看惯了人类的众生相，动物中的大多数对我们的到来似无多大兴趣。湖中的几只天鹅，比较友善地朝我们游来，但表现很是悠然，不像我们这般热情而充满兴趣；还有众多鸽子，可以飞到你手臂上，甚至头上，也任你抚摸，前提是得有玉米等东西吃。除了天鹅与鸽子，其余的，自管自地躺卧着或散着步，只是偶尔抬起头或回过头看上我们一眼。

不知道动物们在看我们这些老人时想到了些什么，在我，可以说是浮想联翩。

在被一批又一批动物观看的漫步过程中，常有麻雀陪伴，或在树枝间跳跃，或在我们面前的地上啄食掉落的面包屑之类。麻雀可以说与我们人类的关系最为密切。只要有人之处，几乎就有麻雀。如果说其他的鸟类或动物可以为人所豢养和驯服，那么麻雀永远是“野生”的，永远属于天空与自然。有一个冬天，大雪连续下了三四天，整个环境还真是“银装素裹”，给麻雀的生存带来了严重的危机。我在窗台上放了些饭粒。没过一会儿，发现被啄了个精光。如此三四天，终于见有麻雀飞进了我可以封闭的阳台。阳台比外界暖和得多，而且不至于被饿着。可自封闭阳台之后，麻雀不再啄食，只是一个劲地飞撞着窗玻璃。我猛然想起，在我观赏过的所有的动物表演中，从未见过有麻雀表演。于是重新打开窗子，让它飞了出去，但从此再也不见有麻雀来啄食我供应的食粮。麻雀坚守着自身的天性，拒绝人对它的任何方式的征服和有可能影响自由的任何诱惑，可以说至死不渝。

在食草动物区，我看到了几头黑牛，一头在啃着草，一头躺着，两头在相互顶撞嬉戏，只有一头抬起头看着我们。这些牛，虽然没从事过耕作，但保持着忠厚状。看着它们，我默念起李纲的《病牛》来：“耕犁千亩实千箱，力尽筋疲谁复伤？但得众生皆得饱，不辞羸病卧残阳。”不由得油然而生敬意。芸芸众生中如我等者，有病牛之如此境界？

在表演场上，我看到了来自草原的马。一个姑娘戴着长舌帽，骑着的马全身如白雪铺成。她手挽着缰绳，脚夹着鞍辔，让马由慢步而至于追风蹑影，逸尘断鞅。由于狂奔，姑娘的那束头发飞扬着。那狂奔之情状，让我想起诗人周涛笔下巩乃斯的马：“在马的世界里，我找到了奔驰的诗韵，辽阔草原夕照中兀立的群雕，大规模转场时铺散在山坡上的好文章，熊熊篝火边的马经，毡房里喑哑的长歌，醉酒的哈萨克青年在追逐的群犬中纵马狂奔的油画……”我想，在我们人类的生活中，有多少时候与场合，能让人感受到这种不朽的壮美？

看到了羚羊。据说它们是“进口”的，但我想到了我国的藏羚羊。宗仁先生曾赠我他的一本散文集，其中收有《藏羚羊跪拜》一文。在被老猎人的枪瞄准时，那只肥壮的藏羚羊没有逃跑，只是用企求的眼神望着他，然后冲着他前行两步，两条前腿跪了下来。枪声响起。那只被子弹击中而死亡的羊，仍然保持着跪的姿势，“两行泪迹也清晰地留着”。老猎人在将那只羊“开膛”时，发现她的腹中“静卧着一只小藏羚羊”。尽管老猎人在埋葬那只怀有身孕的羊时也埋葬了他的猎枪，但我至今仍然不能原谅他的残忍。

在狮、虎、豹等散养区，我们被要求待在车子里让它们观看。可这些动物，根本不想看我们。一头老虎，横卧于车行的路上，视我们的车而不见。司机按响了喇叭，它才慵懒地起身，慢慢地让开，连头也不回。在形象威猛、神情不屑的状态中，我却读到它的另一面。曾经读到过一篇文章。在那个人性被残踏的特殊年代，被迫下放东北林场的一女子与她的女儿，悉心地治愈了一只有病的母虎，从此，它成了女孩的朋友和保护“人”，亲如家人。在一个秋天（老虎寻找配偶的季节），它突然失踪，几个月后，女孩终于发现了它，但已死去，留下一只猫样的小虎还在使劲吮吸母体的乳汁。母女俩又将小虎抱回家抚养其长大。一次，为保护女孩，它与一只大黑熊殊死搏斗。后来国家落实政策，母亲被召回单位而将要离开林场时，将它送给省杂技团，但它从此绝食，不得已，又被送回母女身边……如此懂得“感恩”，在我们人中，恐怕也不是每一个都能做得到的。

离开野生动物园时，我有点不舍，因为它们让我想得很多，让我又一次对它们肃然起敬。

情况也许就是这样，观看者似可以处在有意无意之间，而被观看者往往比较在乎。

卷三

许多理念在转变，我们当然要与时俱进；但有些传统，得坚守，不仅得一以贯之，而且要发扬广大。

○ 因了曾经是同窗，我们拥有了一份圣洁的情谊；日久弥深，岁月使它越显珍贵。

同　　窗

一

国庆前夕，师院的一位老同学要来松江看望我。

子曰，有朋自远方来，不亦乐乎！

我在一篇文章中写到过这位老同学、好朋友：“十多年前，曾经与师院的几个同学有过一次聚会。是国雄相约的。那天，他突然来信，言将去法国讲学，‘你不想来送送我吗？’他说，‘本月 28 日，到我家里来，好吗？’接着就告知去他家的几种走法，尽管像是在指点一个未进过大上海市区的小学生，但透示了他的诚意。我放下信纸，立即拨通了他家的电话，告诉他，准到。‘可要风雨无阻啊！’他强调。‘那天就是下铁，也到！’我说。”

将要来访的这位，就是国雄，郑国雄。

那篇文章写于 2010 年 7 月，大致算来，我与他已经 20 多年未见面了。我依稀记得，他与我同岁，就是说，现在也已经 80 岁了。据说，他仍住凉城复旦大学的教工宿舍。尽管而今交通便利，但得穿过整个市区。他的情意让我感动。我决意提前去松江新城地铁站迎候他。

我们是1957年考入师院的。那一年，全国高校招生数仅十万七千人，能被录取，已属不易，他又是我们班中的佼佼者；毕业后，又是国家专门培养的出国师资，国家对外汉语教师资格证书首批持有者之一，曾三次由国家教委派往法国任教。

在地铁站，我迎来了一拨又一拨人，还真是“过尽千帆皆不是”。又有一拨人上来后，其中一人停了下来，左顾右盼着，似在找迎候者。我看了他一眼，上前一步，还未开口，他忙说：“我不是你要等的。”说完，朝一个背影追了上去，健步如飞。

我拨通了国雄的手机，他说“正在宜山路站”。

宜山路站到新城站尚有十多站，我来早了。

二

还是让他先认出了我。

他穿一件有黄色横条的红色T恤，一条黄色短裤。

我们真的老了。他的脸上，也出现了老年斑，步履同样显得蹒跚。

他带了个“拐杖”，一个约40多岁的小伙子。

我叫了辆“的士”，将他们带到一家茶楼，选了间敞亮、雅静的小包间。点了两杯龙井，一杯菊普，侍者又送上水果及各类小吃。

杯底香生千古韵，齿间味出十分甘。杯中茶水喝淡了的时候，已过了三个小时。他建议就近走走。主从客需，我将他们带入“泰晤士小镇”中。英国式的建筑、街道，中国的小桥、流水，竟组合得十分融洽。

茶道讲究自然，撕去包装，让茶之色、香、味、形融于水中；散步讲究随意，在微风中，在阳光下，在秋色里，任翠帘拂脸。在喝茶时，在散步时，我们聊天文地理，聊中外古今，聊教学中的酸甜苦辣，聊生活中的起承转合，什么都聊，想聊什么就聊什么，聊到哪里就哪里，聊得海阔天空，云里雾里。聊得较多的是我们的同学。我们聊及已经故去的周贻谷、茹王宝，聊及“老夫子”李锦璜、新时代的陶潜赵绍生、词家及书家蒋受聪、书家及旅行家张允文，聊及干部兼学者屠棠，等等。由此，我们回到了师院的岁月。

那是一段特殊的岁月，一段丰富多彩的岁月。我们过的是集体生活，我们集体下乡、下厂，参与各项活动与运动。我们向老师问学，向农民学朴实，为工人的无私奉献感动，与此同时，我们与古今中外的大家神交。因为生活在一起，因为个性，免不了有龃龉；因为当时还年轻，免不了幼稚与过失。但岁月是流水，冲走的是种种的不悦，沉淀的是曾经的美丽。浙江绍兴有一种风俗，女儿出生后，父母将一坛米酿的酒埋在了地窖里，十七八年后，就将它取出来，作为女儿婚礼上的佳酿。因了一点酒曲，岁月使米饭变成了“女儿红”。可见，岁月又是位慈善的长者。因了曾经是同窗，我们拥有了一份圣洁的情谊；日久弥深，岁月使它越显珍贵。

三

当然，那天我们聊得最多的，是我们各自走过来的路。

临走，他赠我一本他的随笔集《足迹》。

《足迹》，漓江出版社 2012 年 3 月第 1 版。《人民日报》原副总编辑、著名报人周瑞金、上海大学文学院教授吴欢章分别为书作序。

读着他说的、写下的他的人生足迹，一个形象，从不远处走来，渐至清晰、生动起来。

他正直，骨子里有股浩然正气。在深圳，为保护旅游者利益，与导游及其上级据理力争，终于争取到几乎不可能获取的赔偿；同样为维护合法权益，他致电法国外交部，办成让妻子来法的签证。在凉城，他与几位教师一起，推倒了为街道批准的违章建筑，并上书（照片）

校党委书记，直言批评其群众意识淡薄。在办去英国旅游的签证而遭到刁难时，他理直气壮，不卑不亢，宁可不去，而决不低三下四、卑躬屈膝，“国有国格，人有人格，人不可有傲气，却不可没骨气。”他说。

他真实、真诚，血管里流淌的是中国农民的血液。同学有急难，他伸出援手，将半个月的工资捐赠给一个在农村生活的高中同学。为一个被人举报的新招的出身农村的研究生，正在家乡度假的他深入调查，实事求是，力排“宁左勿右”论，以“救人要紧”的理念，保护了一个人才。这个差点被除名的青年，后来评上了教授，当上了某高校语言研究所所长。他热心促成了一跨国婚姻。这位叫“小谢”的留学生，后来十分感激，说：“你毅然的决定，改变了我的命运。”“文革”期间，在出国前被组织参观延安接受革命传统教育时，他发现延安受灾严重，一片萧条，他感到失望，他内心甚至发问：革命的前途在何方？他有着中国农民优秀的传统美德。

他有真才实学，笔底下还流泻出勤奋与执着。他早年毕业于浙江温州中学。这是所百年名校，十多位院士在这里打下了扎实的基础。他曾因进这所学校而感到骄傲，而今，母校为他而骄傲。他可以说著作等身，其中，主要的是对外汉语教材。《汉语入门四十讲》还荣获等第讲，国内出了汉英本，日本出了汉日本，十年间印刷了十多次。为编撰出由浅入深、循序渐进的高质有效教材，他可谓呕心沥血。对外国人来说，“把”字句是个难点。为攻克这个难点，他自编教材，短短的课文中，“把”字重复出现 14 次；他又大海捞针，从二三十个歌本、几千首歌中找出了一首瞿希贤作曲的《时光老人的礼物》，“你把春风带给树枝/让小鸟在天上快活地飞翔/你把细雨带给土地/让禾苗闻到了泥土的芳香/你把春天带给我们/也带来一年的美好时光”。退休后，还编写了两套对外汉语教材。有感于面向华人的华文教材脱离国外实际，不能引起孩子们的学习兴趣，他要像陶行知那样，鞠躬尽瘁，再为国外华人孩子编写一套易教易学的华文教材。他视对外汉语教学和华文教育为一项值得为之奋斗终身的事业，认为需要一种“春蚕到死丝方尽，蜡炬成灰泪始干”的精神。

对他的《足迹》，周瑞金认为“是怎样做人，怎样生活的足迹，是追求者奋斗者的足迹，也是爱的足迹”。吴欢章认为：“贯穿国雄人生足迹的是一个‘情’字。在他看来，人间最珍贵的是真情。情是生命的根，有根才有爱，才有生活的温馨。”

○ 乡村小路蜿蜒游，
解冻河水汩汩流；
东风吹醒枯枝绿，
阵阵暖意涌心头。

在田野小路上

与H生在田野的小路上散步。

这已经是第二次。几年前，一个冬末春初的下午，也曾与她这么在田间漫步。我的本子上记着："二月二十四日去古松H生老家，吃菜饭，步田野，口占一首：乡村小路蜿蜒游，解冻河水汩汩流；东风吹醒枯枝绿，阵阵暖意涌心头。"

这一次，虽值深秋，但没有风，阳光和煦，我同样有一份悠闲，有一份愉悦。

刚才，在她老家屋前的场地上，在几垅种有各类蔬菜的绿地旁，我们就她刚完成的一篇报告文学作品进行了研讨。此刻，研讨还在继续。

"记得老师曾说过，报告文学作品具有政论性，我想在这里——"她将随身带着的稿子翻开，指着某一处，"加几句议论。我曾读到这么几句：一个人能否成就一番事业，主要取决于两个因素，一是境界，二是毅力。境界决定了成就事业的大小，毅力决定了能否成就事业。"

"你写的是一位科学家，我记得马克思有段名言——"

她接着轻轻地背了出来："在科学的道路上，是没有平坦的大路可走的，只有在那崎岖山路上攀登的不畏劳苦的人，才有希望到达光辉的顶点。对，把这段文字也引上。"

"你用三千多字写了这位科学家的生平事迹，我在想，在这之前最好有几句话挈领。"

她很快领悟了，稍稍思考了一下，说："老师说得对，要不在前面加上'作为一名档案工作者，敬重之余，我萌生了一个意念：探寻这位前辈乡贤的人生之旅'，好不好？"

"好。"

或许由于在熬了两个晚上后终于完成这篇长达万字的文章，此刻又作了些润色，她多少有点兴奋，有种如释重负的轻松。在一棵树前，她站住了。这是一棵樟树，在花事沉寂、绿色日减的这个季节，它仍呈现着勃勃生机。她还发现，有这么一两片绛红色叶子，掩映在翠丛中，特别醒目。她拿出手机，把它拍了下来。我想起来了，一个时期来，她一直有心地做着一件事：看到一个景，就摄取下来，然后配上一段话。"再为它写上几句。"在她收起手机后，我指着那绛红，说。她笑了笑。

我们继续漫步。最近的一个流行词跳了出来：分享。"这个月里，积了多少这类小作？"

她又只是微微笑了笑。

我记得她曾说过，多次"拜访"过几片树叶。如果说第一次见到它们纯属偶然，那么以后几次就是有意了。

她终于拿出手机，先向我展示了三幅照片。都是同一种树的叶片，但颜色分别是绿色、绿黄色、绛红色。照片下面有这样一段题名为"御寒的树"的文字：

那是长在桥坡下的一群树。

我不知道它们的芳名，但在秋天里让我驻足，每一次经过时都会。

那些大心状的青翠叶片啊，被一条红色的锯口包了边，叶片从两边卷起，就像人们为了避风把领子竖起。圈起的叶片一串串地排着队，煞是可爱。

秋风、寒霜打在它们身上时，深藏在树干里的血液开始向上输送。流向叶柄，叶柄红了，宛如小时候把玩的一根根红色游戏棒；渗入叶片的经脉，细密的脉络托着叶片走向生命最后的辉煌。

当秋的脚步走远时，叶片由青慢慢变红，特别是站在东南角的叶片，抢先一步染得绯红，且匀称，就像盛开的一簇簇花朵。

已听见冬的脚步声，它们将如何面临又一场考验呀！

又一张题名为“落叶的话”的照片下的文字是这样的：

一直被母亲的手牵着长大，一直被母亲托举得高高的，忽然有一天，母亲松开了我的手，说：“孩子，自由飞翔吧！”我被风裹着，不由自主地飞呀、撞呀。我在人们眼中，如蝴蝶一样翻飞。我跟在飞驰的汽车后面奔跑，我学着车轮一样转动着，我在空旷的场地上兜圈，我躺在河面上随波逐浪；我被吹向角落，我被撞向墙体……终于，我在一棵大树下驻足。不再牵着妈妈的手，我成了“流浪儿”。我想家了。

第五张照片是“藤和树”，她又写下这样一段话：

那是一根藤与一棵树的爱语，被突然闯入的我听到。“悄悄地，我努力弯着腰垂下手，用一抹绿唤醒行将消沉的你。”“你用秋风染红了的两片唇，温暖着我。”白云经过，扭扭身子感慨良多：生命在此点亮！那是一场爱的演绎！

……

她关上手机。我们继续缓步前行。她似乎仍沉浸在被凝固了的意境中，我则感到欣慰，作为一名文学爱好者，她有了长足的进步。她注重观察，而观察让她有所发现；她善于想象与描写的画面化，想象与画面化为她的文字增添了文彩与可读性；她在认真积累，积累使她富有，或许，在某一天，她蓦地又拿出一本散发着油墨香的集子。

我们来到了一条河边。有两个人在垂钓。秋阳用她在这个季节里难有的温暖支持、鼓励着他们。这好像是一条新开挖的河。河中有鱼吗？我们默默地站了会儿，未见有鱼上钩。他们旁边的水桶中，也未见有鱼。

在离开他们时，我们几乎想到了一起：有些垂钓者，钓的不一定是鱼，而是一份宁静，一份悠闲，一种境界。我进一步想，垂钓如此，在田野小路上与相知者散步，何尝不是如此？

○ 教师物质上或许较清贫，
但精神上十分富有。

小　英

“到山路上散步去，”吃完晚饭，小英对我说，语气几乎是毋庸置疑的，“你今天的散步任务不是还没完成吗？这就去完成！”

小英，即郑国英，几十年来，我一直用她父亲的称呼。她父亲是我的老朋友。

我们于是走了出去。

刚刚下过一场雨，满目湿润，满目清幽。两旁的山坡上，长满了翠竹，其间清泉竞流，汩汩作响。远处的山上，正冒着白色的烟雾。不像是山居人家的炊烟，炊烟是袅袅的，而它是成片成片的。大概就是所谓的山岚吧。

空气分外清新、鲜洁，细细辨之，还有缕缕绿的馨香。

“真适意啊！”她深深地吸了口气，朝我看了一眼，那意思分明是说，真的应该出来散散心。

我们是中午到达这里的。前天晚上，她来访，一见面，就说我面色不好，神情憔悴；我说岂止如此，还得加上头昏眼花，腰酸背痛。“怎么搞的？要不去医院检查一下？”我说都是古代的松江人“害”的。“什么人害的？”她不知道我正在从事的撰写，显然没有听懂。我笑了笑，没作进一步解说。第二天下午，她打来电话：“已经与一老板联系好，明天到天目山去。”我毫无思想准备。见我还犹豫着，她接着说：“我陪你去。已经落实好，上午7时我来接你。”

几乎是被“勉强”出来的；再一想，也好，这段时间以来，感觉确实不好，是该调整一下，休息几天。

山路上湿湿的，还偶有车辆驶过，她怕我滑倒，怕我被撞，有多次挽着我的手，并提醒着我。

“郑医生待吴老师像待她的老爸。”从后面传来议论，他俩是这次一起出来的旅伴。

还真是这样，但我与她的关系，除了长少，还有两层，一是师生，一是医患。20世纪90年代初，我曾写过一篇短文，其中一段文字写到她：

> 在参加校庆的那天上午，我还见到了一名学生。尽管我们经常见面，但在这样的时刻，这样的地方，在这样的洋溢着浓浓师生情意的氛围中，我感到分外亲切。我由衷地向她道一声“谢谢”。
>
> “谢嘛，就不必了。”她的性格总这么开朗，“可你得听我的话。”
>
> “听你的话？”我的心情也特别好，“老师听学生的话？”
>
> “老师就不能听学生的话？我是说，听医生的话，病人听医生的话。”
>
> 是的，她是一名医生，几乎是我的保健医生。我体弱多病，每患伤风感冒，她总主动上门，送医送药。我的扁桃腺常常发炎，一发炎，又常常是高烧不退；我又不愿住进那嘈杂的病房。每当这样的时候，她就把吊液架搬到我家里，如果需要，甚至调休后陪伴在我床边，既做医生又做护士。最近，我胃部不适，她为排除那个可怕的病症，为我做了较为全面的检查。化验，做B超，拍片，做胃镜，都由她与有关组室事先联系好，并且代我挂号、

记账，我只要到时去一下就是。当确诊是一般疾病后，她又与主任医生商议，选择药物，叮嘱服用。“看到没有？”她指着药瓶上的说明文字，“要‘遵医嘱’。”这种表现为轻松却发自内心的关切，让我感到无比的宽慰。我觉得我是十分幸运的。我，一个普通的教师，却享受到了异乎寻常的待遇。

这篇题为“欣慰”的文章在《文汇报》的副刊版上刊发后，还接到了几个电话，听了不少好话，说教师真幸福，说教师物质上或许较清贫，但精神上十分富有。

还能说明她对我的关心的，是发生在今天中午的一件事。

车子途经一超市时，司机给了我们半个小时，让我们进去购物，因为返回时可能不再从这里经过。

超市几乎是超大型的，一进去，就如水滴流进江河，融入人潮中。我只想买几包大核桃，买了后，就匆匆寻找出口，所以第一个来到车上。大概是十分钟后，她上车见到我时，才松了口气，旋即冲着我，又埋怨，又责备，说是刚进超市就不见了我，于是边喊边找，像寻找一个失散了的孩子，见到旅伴，问是否见到我，还到楼上男厕门口叫我，总之，就差动用超市的广播了。见到她如此生气的样子，我才觉得问题严重。她怕我寻不到出口误了上车时间，怕上厕所而跌倒在那里，怕……显然怕我有意外而在为我担忧，为我着急。在我从她视野中消失之后，偌大一个超市，几百号人，她能找到我吗？我于是连连道歉，并被深深感动了。

时已是黄昏。开始下起了毛毛雨，其状如丝；烟雾弥漫过来，周边一片迷茫。旁边的山坡绿得如墨所濡，岚气在树枝间飘浮；已有几把花伞在我们的前后移动。这一切，仿若一幅国画。她却立即转身，并为我撑了伞，替我挡着雨。我其实还想走走，想成为这国画中的人物，可她又一脸严肃：回去！并挽着我，赶紧返回。

○ 诚心待人，热心行善，爱心传递，在物欲熏心的当今社会，被一些人视为可有可无，甚至被讥为“落伍”“戆”，但他们倍加珍惜。

坚　守

与钱蓉芬，既是上海师院（今上海师大）同学，又是维持了几十年交往的好友。

但我们不是同一届的。第一次见面，记得是在师院东部的音乐厅。当时，她是学院舞蹈队的，又是中文系文娱部部长，我是文学社社员。那天晚上，舞蹈队要排练个节目，邀文学社派员前往观摩并提意见。文学与艺术，本就相通相亲，我于是被派前去。大概是外请的一位专业演员，先做示范，一位身材不高而貌美的女同学随之舞蹈起来，舞步轻盈，动作自然流畅，显示出有良好的基本功。她就是钱蓉芬。

后来有否联系，已经没有印象，好像曾写过一封信给她，内容可能是对那次舞蹈的意见。之后，我就毕业离校，分到了松江工作。记忆中的又一次见面是在“文革”刚结束不久。由于内子的亲生父母住南市区陆家浜，我在寒暑假内、逢年过节时，经常前往。还真是有缘。她的家就在附近，两家弄堂相通，仅几十步距离。无意中，相遇了。于是就有了往来。我去陆家浜，总或被邀或主动前往她家。她家在一幢三层旧式楼房内，底层是共用厨房，二楼是他与夫君的卧室。我去时，一般就在二楼喝茶聊天。

一次他们举家来松江玩，让我前往相陪。一见面，她女儿就直白："吴老师，我将妈妈交给您了，我们要自己玩。"说完也没有征求我的意见，就径自离去。是日，烟雨迷濛，我陪她观瞻了岳庙，丈量了中山路最热闹的一段，品尝了松江的特色小吃，足足有两三个小时还不见她女儿前来。这孩子！但这说明她女儿，还有她先生，都知道我与她的相知相交程度。

她喜欢用钢笔写信，在纸质时代行将离去、手写书信一般不再的这几年，依然如此。我这里还保留着她的四封信。其中一封，写于2003年9月12日，写了满满三页。信纸质地精美，字迹秀美中透出一种刚劲。信是从日本东京都发出的。她的女儿在那里开了一家"居酒屋"。信开头，她说："来东京已快半个月了，今日早晨醒得早，他们都还睡着。"在中秋节的次日清晨，在异国他乡，她念及我这个朋友，让我有点感动。另一封信是在她脚扭伤后写的。整天躺在床上，就有了时间回忆过去并整理自己的人生感悟。她写道："对生我的人，我生的人，要负责；对相濡以沫的爱人，肝胆相照的好朋友，要挂念；对做事无道义、处事无诚信的人，要谢交；对敢借钱给我的人，真心牵挂我的人，要珍惜；对遇到好处就伸手，碰到难事就躲闪的人，要远离。"这类语言，网上颇多，我估计是摘录下来的，但定然是她用自己的人生亲历验证过了的，她将之抄寄给我，用以忠告我，也足见她的一颗诚挚之心。

大概五六年前，她在电话中告诉我，陈文高写了一部长篇小说，希望我看一看，提提意见。说得郑重其事，不容置否。我与文高兄在上海市中学语文教材（H）编写组共过事，中途他离开教材编写组去浦东新区教育学院担任院长后，少有联系。我在电话中立马答应。随后，文高兄就给了长长20多万字的打印稿。我花了整整半月时间，或作眉批，或提修改意见，不少处作了修改，"郑重其事"地完成了她交托的任务。

此后，我与文高兄也恢复了往来。好几次他们相约来松江。她促成了朋友间的交往。而她的这种热心，同样体现在与他人的交往中。她也常说及这方面的事例，言语之间，充满了欣慰，充满了成就感。

作为上海市优秀教育工作者，她还具有一颗爱心。她多次讲到她的一位干女儿。1989 年夏天，她作为上海大同中学获奖学生的带队老师去大连参加全国中学生作文比赛获奖学生夏令营。一个名为蔡丽的中学女生的作品和表演吸引了她。她候在会场门口与这名女生见了一面，后来就有了联系。1991 年冬，她先生去黑龙江佳木斯出差，让他带上在上海精心选购的礼品，在办完事后专程去牡丹江看望这个姑娘与她的爸妈。1994 年暑假，已考上大学的蔡丽来上海看望他们一家。他们热情接待了她。在火车站台上，用摄像机录下了她到站的一幕；让她在高档餐厅第一次享用自助餐，陪她第一次逛豫园、参观“一大”会址；还带她去无锡游览太湖，听一位农民出身的企业家的成功人生经历。这许多的“第一次”让蔡丽深受感动，认为他们不是父母而又胜似父母，于是就认他们为“上海妈、上海爸”。大学毕业后，她被分到威海，并与一小伙子相识、相知、相爱，终成伉俪。两人来上海商量今后的发展。钱蓉芬先生权衡再三，鼓励他们去广州发展。2000 年，他们赴广州开启了创业之路。尔后，他们不仅经营企业，而且积极从事公益活动，将工作当作公益事业，将公益活动当作工作，不仅成为广州颇有影响的企业家，而且成为从事慈善事业的活动家。她的爱心传递给了蔡丽，蔡丽夫妇又将爱心传递给了社会。她不求回报，但蔡丽给了她真情回报。钱蓉芬夫妇曾多次要我去广州看望他们的干女儿，遗憾的是，我虽心有所愿，但由于衰老相侵，一直未能成行。

社会在发展，许多理念在转变，我们当然要与时俱进；但许多传统美德，得坚守，不仅一以贯之，而且发扬广大。诚心待人，热心行善，爱心传递，在物欲熏心的当今社会，被一些人视为可有可无，甚至被讥为“落伍”“戆”，但钱蓉芬他们倍加珍惜，表示将一如既往，甘愿为之。

卷四

我们纪念一代人，是为了不忘却一个时代！

——欧阳代娜

○　桂棹兮兰桨，击空明兮泝流光。

渺渺兮予怀，望美人兮天一方。

思　念

已经是晚上八时多了。虽然计步器上显示今天已逾万步，但是白天陪君如走访而非散步所致，再说，今天是中秋节，去踏踏那中秋月色，不正可消除一天走访的劳累？

我来到了新松江路沈泾塘大桥上。

朗洁的月轮洒下的清辉，使桥面及桥两端的树木清晰得如同白昼所见。很少有行人与车辆经过，桥上静静的。桥下，河水粼粼，一片空明。我忽然想起了苏子的诗句：

桂棹兮兰桨，
击空明兮泝流光。
渺渺兮予怀，
望美人兮天一方。

君如此刻到了哪里？几天前，他被邀于中秋节后去安徽参加一个活动。他匆匆离开车墩后，是否已在去安徽的路上？

昨天，车墩镇党委的小沈来访，顺便说及“北京的李君如明天要去汇桥村”。小沈离去后，我立即与君如通了个电话，告诉他我想陪他一起去。我所用的“陪”让他感到不安。在与我的交往中他一直执弟子礼，他还知道我因膝盖有病曾跌倒在马路上的事。但由于我态度坚决，他表示，很高兴能与老师聚一聚，走一走。放下话机，我又拨通了小沈的手机，她也表示欢迎。

于是，就在今天上午，我去了村里，随君如走访了一家又一家村民，在村民家又吃了可口的南瓜饼；刚才出来散步前，还草就了一篇君如访问乡亲的文章。

在文章中，我写到，曾为“知青”的他，后来走上领导岗位并成为一位有影响的学者，除了具备其他的素养，具有农民的情怀，心中始终装着农民大众，绝对是个重要因素。

君如曾在今汇桥村里插队落户。

对“文革”中开展的那场“上山下乡”运动，人们的看法似乎还不尽一致。我无意对其进行评论。曾读过君如写的一篇文章。君如说他是“幸运者”；他同时认为，“知青”的青春应该无悔，“我们谁也没有权利否认那么多的知识青年把自己的美好青春奉献给农村、农场和边疆的崇高行为”。

附：

中秋节，与乡亲团圆

——李君如看望车墩汇桥村乡亲纪实

一

中秋的阳光已不像夏天般炙热，在飒飒秋风中，甚至让人感受到了一种温暖，大家的脸上被着上了喜悦，还有点被压抑着的兴奋。

就在这国庆节前夕、又一个中秋节日，我加入了车墩镇汇桥村人的行列，迎接一位来自北京的“特殊客人”：中共中央党校原副校长、全国政协常委李君如。他曾经是这个村的插队知青。

汇桥村村主任、党支部书记叶国贤给我看了君如事先发给他的短信：“小叶，您好！我在县里和市里工作时，每年都回队里，有时还帮大家干点活。到北京工作后，回上海机会少了，想队里的次数却多了，有时在梦中回到了队里。今年国庆节前我在杭州出差，国庆节可能在上海过，所以想回队里看一看。您不要准备什么，也不必告诉当地领导，来之前我会告诉陈斌章和您。”短信中提到的这位陈斌章，是当年生产大队的三把手，是知青君如的领导，也是他松江二中的校友，后来上大学时又成为同班同学。

尽管有如此叮嘱,但叶国贤还是给车墩镇党政班子领导作了汇报。当小车徐徐驶来停下、穿着淡色外套的君如下车时，负责接待的镇党委副书记姚银弟、宣传委员沈旻莺，上前先后与他紧紧握手，姚银弟说：“车墩竭诚欢迎您的到来！”

大家在简朴的小会议室里坐下。我注意到君如背后的墙上挂着的横幅。横幅用了“重返故里”一语。君如的人生之旅，如果松江二中是他的第一个驿站，那么这里是他的第二个驿站。我深味着这个用语，觉得用得十分得体，把汇桥民众的深情熔铸在了里面，也确切表达了君如此刻的心情。

“八月十五月正圆，中秋月饼香又甜”，考虑到今天是中秋节，叶国贤准备了月饼，当然还有一些水果，可君如什么都没有吃，刚坐下就急着要去村里。叶国贤想到这是个难得的机会，就说“您给我们村写几个字再去”。君如不好推却，就挥笔题下“汇桥村”三字。我见落款“李君如”三字写得太小了，就在被要求写第二幅时让他写得稍大一些，他说：“还是要小一些。”写完，就匆匆前去村民家。

二

当村民的幢幢房屋出现在前方时，君如显然加快了步子。

我能理解他的这一急切心理。

我由于腿脚不便，落在了一行的后面。

我缓缓地走着。一些岁月的碎片在我脑际接连浮现。1968 年 12 月，毛泽东主席发出“知识青年到农村去，接受贫下中农的再教育”的号召，全国立刻掀起知识青年上山下乡的高潮。但我这个当年的君如的班主任，依稀记得，作为校团委委员的他，主动报名奔赴农村时，是在 1968 年 10 月。我曾在一篇文章中写及，在他下乡不久，我曾去看望过他。那天晚上，在摇曳着的昏黄的灯光里，我们谈了很久，直到午夜，在共同躺在了一张吱嘎作响的单人竹榻上时，还继续在谈。就在此刻，我还记得，第二天凌晨，我在睡意朦胧中，感觉他已起床洗漱，随即就不见了他。我起床后询问这一户的一位妇女，被告知，小李早已下田劳动了。“他每天都这样贪早摸黑。”她说。

我很快跟上了他们一行。在从一村民家出来走向另一家的间隙，君如告诉我，在队长用自行车载着他简单的行李将他接到生产队的第二天，大队党支部召开了下乡知青座谈会。“党支部书记是一位经历过新中国成立初土改的老同志，”君如回忆说，“老书记说，从今天起，你们是我们大队有知识的新农民了。”

从这次座谈会开始，君如就听从老书记的教导，主动融入农民中。他很快就意识到，在这里，响亮的口号，空洞的字句，都黯然失色。这里需要的是璞真，是实在，是行动。他于是积极劳动。新采的豌豆，当天就要送到上海市区去；别人一车两袋，他装三袋。割稻，按规定，每人 6 棵，割得慢了，就要把自己割的这一行让给后面的人，农村里叫“卖埭（行）”；他努力割，还按要求割干净，放整齐，尽量不让后面的农民追上他。

在一条小河边，他停下脚步给我讲了一件事。当时的这条小河上，有一顶用小石条架起的桥。他挑了满满的两桶粪过桥时，石条突然断了，他及所挑的两桶粪，慢慢沉陷河中。当时，农村的生活，他已经适应了，他一点也不着慌、紧张。等断裂的石条一端撑到河底（另一端仍搁在岸上），他踩着斜着的一半断桥，挑着粪桶，一步一步地上移并终于挑上了岸。

白天劳动之余，尽管劳累得像换了副骨架，但他坚持着办政治夜校，自编哲学简明读本，给大家讲哲学。所谓的教室是农民家的客堂，“学生”年龄、文化程度也参差不齐，但联系农业生产和农民生活实际的深入浅出的讲解，让大家都听懂了，原来哲学就在队里，就在自己身边。这个做法在全大队各个生产队推广后，公社还组织各个大队的政治夜校老师到这里观摩学习。

劳动、讲课之余，他常常在夜深人静的时候写通讯报道，向县和公社的广播站投稿，宣传队里的先进事迹，颂扬队里的模范干部与群众。他当时是城东公社最有影响的“土记者”之一，后来因此而被调到公社政宣组工作。

我至今还保存着一本本子，是印有松江二中校名的“语文课堂练习”册，但里面手写的显然是下乡以后创作的作品。一篇题名为“老贫农”的诗中，有这样的诗句：“老贫农一家真光荣/大儿子驾驶飞机贯长空/二儿子兵舰上当机枪手/永忠今年十八岁/身强力壮思想红/春季征兵刚开始/就要报名去参军/三兄弟参加解放军/兵种正好是陆海空……”诗写得通俗、直白，但当时的农村需要这样的稿子。

在几年的农村生活中，君如在注重自觉锻炼与认真接受再教育的同时，发挥了一个知青应该发挥的作用，用实际的行动，诠释了当时老书记所说的“新农民”，获得了队里干群的信任，得到了大家的认可。

君如后来在回顾这段生活时，著有《个性的孵育与规范》一文，其中说，在农村中，“我们重新发现并孵育了人的个性，懂得了人只有在社会中才能展现个性并获得合乎规范的发展。历史就是这样奇特地塑造了我们这一代人”。在另一篇文章里，他还写道：下乡插队落户虽然让他提前离开了学校课堂，但在农村的广阔天地中，在社会这所大学里，他获得了受用终身的“学问”。

在这里，他为自己的人生之厦又一次奠基。

三

作为一个新农民，君如与当地的群众，中国东部地区的农民大众有了深入的接触，建立了密切的关系；在这种深入的接触、密切的关系中，他产生了一种深厚的感情，对农民的感情，这种感情在此后的漫长岁月中，不仅始终未变，而且日久弥深。

在这个蕴含有“团圆”理念的中国传统节日，君如在叶国贤与陈斌章的陪同下，访问了一家又一家。老一辈人及同辈人都能认出君如，小一辈的人显然听说过因而也很想看看这位被长辈们一直惦记着的人究竟是怎么个模样。在每一户人家，都没有通常的寒暄，没有热烈的言辞，一切都这么自然、纯朴。农村里有自己的表达真诚的款待方式。有的拿出了月饼，有的递上了自种的瓜果，有的砍下了甜芦粟，有的煎了南瓜饼，都要君如尝一尝。我们一行自然也被盛邀。我还真想说，那芦粟还真甜；那南瓜饼还真可口，在一家吃了一个，在另一家又吃了一个。

在一户村民家，我还目睹了感人的一幕。

这户人家，环境与设施显然有了很大的变化。当陈斌章正想介绍时，主人很快从众人中认出了君如，连忙上前紧紧抓住他的手，连连说：“弟弟，弟弟，我们一直想着你！”这位矮矮胖胖的女主人，随即回过头来，向我们讲述了当年发生的事。她的公公，一位杨姓老伯，一天突然病倒了，君如闻讯立即赶来，把杨老伯及时送往松江人民医院。当时不像现在，几乎家家有车，村镇、镇城之间交通也极方便。当时君如他们是如何将杨老伯送至医院的，种种的艰难情形，她没有细说，我们也不便追问，因为刚开始叙说，女主人已是泪流满面，几乎哽咽难言。我还发现，君如也终于热泪盈眶。女主人或许是因为感激，那么君如为什么也如此感动？是因为几十年前的这件事竟然还被女主人一直记着？是因为由此触发了对杨老伯的深深的怀念？我们无法得知。虽然杨老伯被及时送进了医院，但未能抢救成功。事后，君如还主持了一切丧葬事宜。

在君如走向又一村民家时，我与当年的队长走在了一起。老人告诉我，小李当时被抽调时，队委中是有不同意见的。有人认为不能让小李离去，他这么好，可以在农村进一步发挥作用，我们需要他，“我当时则力主让小李离开，”老人说，“他是个人才，应该有更广阔的发展前途。”我站定，看着这位步履蹒跚继续前行的老人后背，深感他的明智。我想到，在众多农村基层干部中，他是属于有着广阔胸襟与远见的一种干部。正是这样的干部，让上山下乡的知识青年有了更大的发展空间，成了国家的中高级领导干部及各个领域的杰出专业人才。

一行人都已进了那户村民家，我则坐在了原地的一张椅子上。我不由得联想到，曾为知青的君如，后来走上领导岗位并成为一位有影响的学者，除了具备其他的各种素养，具有农民的情怀、心中始终装着农民大众，绝对是个重要因素。

就在今天，10月2日，我在修改这篇稿子时，见报载，国务院总理在接受联合国粮农组织授予的“农民”奖章时说：“我深知，不懂得农民，就不懂得中国。”

“暮云收尽溢清寒，银汉无声转玉盘。”君如却不能再继续看望乡亲了，更不能与乡亲共同赏月了，他还有别的安排。在依依惜别时，沈旻莺对君如说：“车墩将永远铭记今日！”

是的，车墩将铭记：有这么一位“贵人”（汇桥村一位老人的用语），重返故里，与这里的乡亲团圆，共度中秋。

二〇一二年中秋节之夜匆就，十月二日修改

○ 感谢竹林，感谢她为我们当今的青少年提供了又一份美味“大餐”。

《美得让人心颤》

新松江路沈泾塘桥下北侧，有一空旷所在。河边有石，石旁有树。石因水而润，水因石而尤尽其态，而树，因石垫而挺拔，因水泽而越显生机。临河小径，屈伸蜿蜒；傍屋修篁，烟笼雾罩；微微隆起的坪坡上，绿草如茵，杂花似缀；树枝间可见小鸟雀跃，砖块中能闻鸣虫轻唱。散步时，我常去那里流连。那里春汛如潮，夏阴似水，秋色醉人，冬阳暖身；那里没有飞扬的尘土，穿梭般车辆的喇叭声等各种城市噪音隐去了，整个所在显得十分幽静。

这一天流连时，收到了《文汇读书周报》Z 小姐的短信，言及我的《美得让人心颤》将于本周五见报。这是一篇竹林新作的评介文字，我得将这个信息告诉竹林，于是用手机拨响了她家的座机。没响几下，就传来了她的声音。

我与竹林的关系，正如侯生在一篇文章中写的：“……上午，还冒着大雨亲去嘉定接迎竹林。他与竹林是老朋友了。上世纪八十年代他在编撰上海市中学语文教材时，曾收编了竹林的《冰心与肖乾》，他们从此相识，二十多年来坦诚相处，过往甚密。他比她年长，她总称他

为老师，在赠送她的新作而签名时，还加个‘尊敬的’，而在文学创作上，他则一直尊她为师。”（《他倾情为松江名人立传》）

与竹林的第一次谋面，是在上海作协的一次会员大会分组讨论会上。那时，我已决定将她的《冰心与肖乾》收编进我们的语文教材，根据教材需要，又改动了几个字（对其他名家也如此），为此，我要请她审正。但那时我不认识她。于是问旁边的一位作家，他指了指坐在对面的一位年轻的女同志。讨论间隙，我就拿了样稿走了过去。她看完样稿，微笑着点头认可了，并说，根据教材需要，你们尽可改动。这让我想起肖复兴的态度，为收编他的一篇短文（《我与儿子一起学画》），我也曾与他联系过。竹林与他一样，谦逊，亲切，宽容。从此，我与她就开始有了交往，并蒙受到了她的指导与帮助。我的两部长篇小说出版前，曾先后索序于她，她都答应了，认真阅读全稿，认真撰写。为我的另一部长篇《夏完淳》的出版，她与有关同志联系、协调，上心尽力。她每有著作，总及时赠我。松江四五所学校曾先后要我约请她作文学讲座、与师生座谈，她都给了我面子。在长期的真诚交往中，我得以较为深入地了解到了她的思想情怀，她的道德文章。

早就听说她正在创作又一部反映知青生活的长篇，也一直关注着她的创作进程。中秋节前那天在她家做客时，终于获悉，上半部刚刊发于《中国作家》。我立即表示，一定写一篇短文将她的这部新作推荐给我们的中学生。

我的短文寄出后，Z 小姐立即告诉我，文章拟发排，让我将竹林新作的封面传给她。我告之，目前还只刊发在文学杂志上；她说，《文汇读书周报》刊发的是书评，如果我的文章要尽快刊发，可另寄他报。我与《新读写》杂志总编联系了一下，他表示愿发；但我想了想，还是想刊发于《文汇读书周报》，于是就告诉 Z，就等竹林的小说出书后再说吧。可刚才接到 Z 的短信，她们还是破例刊发了。

附：

美得让人心颤

——读竹林新作《魂之歌》

今年中秋节前夕在竹林疁城的家做客时，喜得新出版的文学期刊《中国作家》。我翻开，从首页开始，用整整 147 页的篇幅，刊发了竹林的新作《魂之歌》(上)。“还有一半，刊在下一期，”她说，“出版后即寄你。”

几年前就听说她在创作一部新的长篇，之后，在通电话时也曾多次问及，她只告诉我，还在写。去年中秋节前，北京的何启治先生偕夫人造访她市区的家，我为将自己的新作请她教正，正好也在她家。交谈很快涉及到她最近的小说创作，她说，快完成了。不知是因为又一部巨制终于要收尾了，还是对即将诞生的作品较为满意，我发觉她有点兴奋。

因为还未来得及阅读又急于想知道有关新作的情况，就请她先说说。她于是告诉我，小说写了这么个故事——

科学家刘仁祥，为了逃避政治迫害，逃到了我国西南边境的山青族领地，装扮成巫师，取得了酋长的信任；他假借天神之意，让一名逃亡该地的知青刘强在深谷中取了一块石头。这块在清晨太阳的第一道光照射时能发出奇异之光的石头，被认为是一块从外星飞来的能开启地球轴心的魔石。从此，围绕这块魔石，世界大国的特工、由于各种原因而来的中国知青及当地人物之间展开了复杂的争斗。故事的大背景开始是“文革”，由“文革”一直延至 20 世纪 80 年代末。

故事透示出作家对人性、人的灵魂及社会现实进行着深层次的思考。

从 20 世纪将她的一篇散文编进上海市的中学语文教材以来，我与竹林一直保持着联系。我很喜欢读她的作品。我曾有一文提及，读她的作品，是一种享受，为此，我读得很慢。这一次也如此。待我刚读完《魂之歌》上部，她就寄来了还散发着油墨香的下部。

用整整八年时间创作的这部50多万字的新作,让我又一次获得了一种美的享受。

作品中充溢着的美，让我心颤。

在作家笔下，白云舒卷，落日熔金；野水纵横，杂花前后；烟岚湿草木，翠光泻人家；孤帆移春河，群鸟掠秋空……大自然中的日月星云、山川江湖、花鸟虫鱼，这一切的一切，让人目不暇接，美不胜收。“旭日东升，看飞溅的水花与阳光嬉戏，迸射出万千花蕊般绚丽多彩的光芒,与坡上林间的丛丛野花交相辉映。这份美丽犹如天上人间。”像这样诗化了的描写，作品中可以说比比皆是。文学作品离不开自然环境描写，这是我近几年来读到的写自然景物写得最美的一部作品。这些描写体现了作家文学语言表达的深厚功力。如果有人把作品中的这些文字摘汇成册，将是一本绝妙的景物描写词典。

整齐是一种美，参差也是一种美，曲折更是一种美，所谓“盘盘焉，囷囷焉，蜂房水涡”。建筑是如此，文学创作尤为如此。《魂之歌》的结构美，首先表现在情节的曲折回环、跌宕起伏。几经曲折，那块魔石最终到了神父手里。为取魔石，王教授也奉命从美国赶来，在机场又与神父见过面，看来，魔石将唾手可得，可突然又“不翼而飞”。诸如这类情节，曲折得总吸引人要读下去。在阅读中，我常常掩卷，猜想着情节走向的几种可能，可总是出乎意料。很多描述，初看显得突兀，可读下去，很快就释然，就觉得自然、顺理。结构之美，其次表现在细针密缕，前有伏笔，后有照应。我几次曾以挑剔的眼光想寻找其中的瑕疵或作家的疏忽。几十万字的作品中，就我所读，就是个别名家的获奖之作，这种瑕疵或疏忽也不能免。可这次我徒劳了。魔石怎么就“不翼而飞”了？重新翻阅前面的情节，我注意到了一个细节：神父与王教授在机场见面之际，曾有人拍照。原来那魔石是被人化装成王教授从神父手里取走的。这一类的描写，就如一位手艺高超的老裁缝制衣，让你不得不佩服他的严谨。

文学是人学。不论对这一传统的文学理论持有怎样的看法，有一点是毋庸置疑的，这就是，文学作品总得写人（或直接或间接）。竹林认为，文学的本质是重塑人性，弘扬爱心，陶冶人的心灵和情操；文学作品与艺术作品一样，总得给人以美感。竹林作品中许多人物，心地之善良，品格之高尚，让人心动。表现人性美、人情美，是竹林创作的一个传统。2008 年，她有一套“人间大爱”系列出版。她认为，净土在人间，挚爱在人间，天堂在人间。她的一些作品还透示出一种禅学情怀。在《魂之歌》中，她又塑造了一往情深最后又为刘强挡箭身亡的嘎达公主，出身将门却十分单纯的皎皎，美丽可爱的玉哨，有着仙风道骨的老祜巴、面临死亡还牢记着祖国的有良知的美籍华人科学家王教授，还有作品中的主角——有思想有追求虽历经磨难仍不屈不挠准备重新开始的刘强，这些人物，都可歌可泣。而那个麻风村里的麻风病人，尽管模样让人感到恐怖，但个个心地善良。一个叫“长脚婶婶”的，从未提及过自己的儿子，“儿子藏在她心中，好比一颗梦的种子，她活着，用全部生命的热情和希望在耕耘、在浇灌，在等待这颗种子的萌发和成长”，而一到关键时刻，她挺身而出，认了儿子，救了玉哨。当然，就是这些人，也不是没有经历过对人性的拷问甚至灵魂的涅槃，但他们身上所闪现的人性与人情的光辉，无疑是一道亮丽的风景。至于刀二羊（刘仁祥）、陈团长、艾蛟这样的人物，由于种种原因，做过蠢事、错事，甚至有过罪恶，但始终坚守一道底线：绝不能让那块有可能使人类从原子时代进入光学时代的魔石流出中国。

着重写人性与人的灵魂又带有科幻色彩的这部《魂之歌》（改为《魂之旅》或许更合适）是竹林继《生活的路》《呜咽的澜沧江》之后的第三部反映知青生活的长篇小说。作为一名老教师，我谨感谢竹林，感谢她为我们当今的青少年提供了又一份美味“大餐”。

2012 年 11 月 6 日

○ 那种蓬勃的气势，那种民主的氛围，那种协作的友谊，造就了20世纪末期中国语文教学改革的丰硕成果。这应是我们中学语文教学改革的黄金时代！

草民心情

连续几天的阴雨，加剧了我膝关节的疼痛，心情似也有点郁闷；今日太阳终于露脸，于是走了出去，来到了这个在春天里经常流连、入夏以来尚未来过的地方。还是这些树、这些花草，只是已经绿肥红瘦，但这肥与瘦依然是景。树阴映水，榴花照眼，梅逐雨黄，枝条随风动，小鸟欲伫难。这夏天景色，虽不至于春天般让人心旷神怡，但我的脚步轻松多了。我等草民，自然还不具有古仁人之心，做不到不以物喜，不以己悲。

“啊，久违了，故乡，我又回到你的怀抱了。”忽然想起著名作家草明的句子。前些日子，收到欧阳代娜老师寄赠的《草明文集》(新出版的6卷本）及她女儿田海蓝的《草明评传》。我在编撰中学语文教材期间，曾多次听徐老师谈起过代娜老师，但一直不知道她是欧阳山、草明的女儿。一次在与北京的Q君通话时才得知他们的关系，那一次，他还告诉我，他正在编草明外孙女田海蓝的《草明评传》。

原来是他向代娜老师荐介了我，并用我的名义索要作品，于是收到了这沉沉的7大本。上述句子就是草明一篇文章的开头一句，作为手稿影印件放在《草明文集》第一卷扉页之后。

在师院就读时，曾读过草明的长篇小说《乘风破浪》，几十年过去，一些所写的车间里的场景，还留存在记忆中。收到赠书后，我大致翻了翻，重点读了评传中的几个章节，觉得应该写篇小文章，以不辜负代娜老师及她女儿的盛情。

就在出门时，接到了《文汇读书周报》小Z的电话，告知我《百年草明》一文已收到，准备马上编发。小Z与我仅有一面之缘，但十分尊重、照顾我这个“乡下”老人。过去她也曾几次编发过我的文章，但这次编发周期如此之短，让我有点感动，有点兴奋。今日散步，脚步有点轻松，看来与天气有关，与想起了赠书有关，自然也与小Z的情意有关。

附一：

百年草明

今年6月15日，是草明百年诞辰纪念日。

曾经问过几个大学中文系的在读生，他们都摇着头，不知道草明为何人；而对当今的中年人来说，草明的身影也正渐渐远去。这不能不说是一种遗憾。

但中国现当代文学史不会忘记草明。

20世纪20年代，一位中国名字叫伊罗生的美国记者，为编《草鞋脚》（后由鲁迅作序）一书希望鲁迅与茅盾推荐一些中国作家作品，在推荐的名单中就有草明，茅盾还说草明“很年轻，但是作品风格已成熟”；1933年草明由广东到上海，参加了中国左翼作家联盟；1941年草明到延安，直接聆听了毛泽东的《在延安文艺座谈会上的讲话》；

新中国成立前后，因为她的作品与影响，曾先后受到毛主席、周总理等老一辈革命家的亲切接见；1957 年 3 月 6 日至 13 日，中共中央召开全国宣传工作会议，根据华东师大许杰教授的回忆，这个会议的一张留影上，正中坐着毛泽东和刘少奇，两位领导人中间坐着一位女同志，这位女同志就是草明。原来，拍照时，草明迟到了，匆匆赶到后，见大家已排好队形，不知如何是好，毛泽东与刘少奇几乎同时向她招手，让她坐在两人中间。（见张德林《不堪回首话当年》）

草明是新中国工业文学的拓荒者。1948 年《原动力》出版，被誉为"最早一部描写解放了的工人阶级的生活斗争的优秀中篇小说"，受到国内外的广泛好评，为 1948 年 6 月召开的第六届全国劳动大会赠书。1950 年《火车头》出版。1959 年《乘风破浪》出版，为国庆 10 周年的献礼书，是中国工业文学的经典作品，被改编成电影剧本和话剧剧本。1960 年 2 月 24 日，《人民日报》在介绍草明时，认为"这三本小说像一部连续性的工业史一样，写出了在党的领导下，新中国工业发展史的历史面貌"。2003 年，作家周而复在《纪念草明》一书的首发式上深情回忆："在延安文艺座谈会后，响应毛主席的号召，长期深入工农兵生活的作家中，我最佩服的就是柳青和草明两个人，他们一个深入农村，一个深入工厂，这是很难能可贵的！" 2003 年 10 月，时为中共中央政治局常委的尉健行在谈到草明时说："草明同志是我国工人阶级知心的优秀女作家。她始终怀着深厚的阶级感情，深入企业、深入生活、深入职工群众之中，把毕生的精力都奉献给了歌颂工人阶级崇高思想和时代精神的文学创作事业，值得我们工会干部很好地学习。"

今年 5 月，我收到欧阳山与草明的女儿、我国著名中学语文教育家欧阳代娜寄来的新出版的《草明文集》（6 卷本），在第一卷的扉页上，代娜老师亲笔题签："我们纪念一代人，是为了不忘却一个时代！"同时收到的还有草明的外孙女田海蓝教授所著、刚出版的《百年草明》，在扉页上，她也题签："活着的灵魂总是喜欢不安和操劳的。"短短几句，让我在感铭五内的同时，深受启发。

《百年草明》记录了草明的沧桑人生与她走过的文学道路。田教授采玉网珠，钩沉辑佚，材料翔实，评述客观。正如她在“后记”中所说的，这不仅仅是一本书，一部人物评传，更重要的，是一段新中国的真实的历史记录。书首选录了延安文艺座谈会参加者与领导人的合影、党与国家领导人接见草明的留影、草明与著名作家艺术家、工人群众的合影；书末还附录了《草明年谱》。所有这些，还原了一个形象，反映了一个时代，就是作为史料，也弥足珍贵。

（刊 2013 年 6 月 28 日《文汇读书周报》）

附二：

欧阳代娜寄赠文集、评传时的附信

吴老师：

您好！我是欧阳山和草明的女儿，在辽宁省鞍山市第十五中学任教（现已离休）。听江上月老师说，您很热爱文物书籍的收藏工作，并且也希望能收集到我父母的作品文集。我认为这是一项很高尚的爱好，十分敬佩；也十分感谢您对父母亲作品的热爱。寄上《草明文集》一套（6 卷本）和我的女儿田海蓝为她的外婆写的评传，请指正。

听说您和徐振维老师很熟悉，在一起编教材，我心中感到十分亲切。我和徐老师以及于漪、钱梦龙等全国著名的特级教师都是好朋友。从 20 世纪 80 年代国家实行改革开放以来，我们共同致力于语文教学改革。30 多年的友谊，使我十分难忘那段语文教改的峥嵘岁月。特别是我们共同在全国中小学教材审查委员会工作的日子，至今仍令人十分神往。那种蓬勃的气势，那种民主的氛围，那种协作的友谊，造就了 20 世纪末期中国语文教学改革的丰硕成果。这应是我们中学语文教学改革的黄金时代！愿我们的后人能珍惜一代人，乃至几代人的辛勤努力。

希望和您建立联系，不断得到您的指教。我的联系地址：

辽宁省鞍山市×××街××楼×××号

又：欧阳山资料室由我负责，联系地址如上。

草明资料室由我的妹妹吴纳嘉负责，地址：北京市××门外×××号楼××室

谨致

夏安！

欧阳代娜

2013.5.5

附三：

收到赠书后的复信

代娜老师：

您好！您寄赠的《草明文集》及《百年草明》今日收到，沉沉的七大本，上面还有您及您女儿的题签，弥觉珍贵。我其实不事收藏，但年轻时曾读过您父亲、母亲的作品，对他们十分敬仰，因此，我定会将这套书及评传好好珍藏。

我与徐振维老师交往甚密，可以说她是我人生路上的恩师。我确与她共同编过上海市中学语文教材（H），前后达十年之久，又与她合作过多种书稿。她常谈到您。因此，我与您虽未曾谋面，但久闻您大名，对您也十分敬重。您与振维老师等，对中国的语文教育做出了巨大的贡献，是大家，我想，凡语文教师，是不应也不会忘记的，中国的语文教育史也不会忘记。

上海语文教育的现状，就其总体说，让人担忧。花样多，名堂多，实际问题解决少，一以贯之的少。您说得对，上世纪末才是中学语文教学改革的黄金时代！

我也进入了奔八之年，身体每况愈下，但我会先认真拜读《评传》。顺呈寄两本拙著，请予教正。

谨颂

夏安

吴春荣

2013 年 5 月 15 日

附四：

欧阳代娜收到复信后发来的短信

吴春荣老师：

您好！惠赠大作两部，都已收到，我和海蓝都十分感谢，也十分钦佩！看出您有很深厚的文学功底，这在教育界中还是不可多得的。我们将认真拜读，向您学习。信中提及 H 版的称谓，一股暖流又涌上心头。念振维等一批老友，无限感慨。总觉得还远没有完成历史的托付，有太多的遗憾。祝您健康，保重！

代　娜

（接收时间 2013.5.25，15：50：33）

附五：

欧阳代娜收到刊发《百年草明》报纸后的复信

吴春荣老师：

您好！寄来的报纸已收到。谢谢！我和海蓝都很受感动。短短时间内，您已经把介绍草明的文章都写出来并且发表了。真是神速！这种事业精神的执着和革命友情的纯真，是我们那个时代的特征，也是我们生活的骄傲！我们虽未能谋面，但共同的信仰，使我们成了挚友，我很高兴。其实在语文教改上我们已是相识三十年的老友了！在教材审查会上，我们大家对 H 版的教材，是很喜爱的。许多教改理念，我和徐老师，和你们的团队是一拍即合的。只可惜那场教材改革的努力未持续下来。盼望另一个新的改革高潮的到来！让我们再为之效力。

谨致

夏安！

天气炎热，多保重！

欧阳代娜

2013.7.4

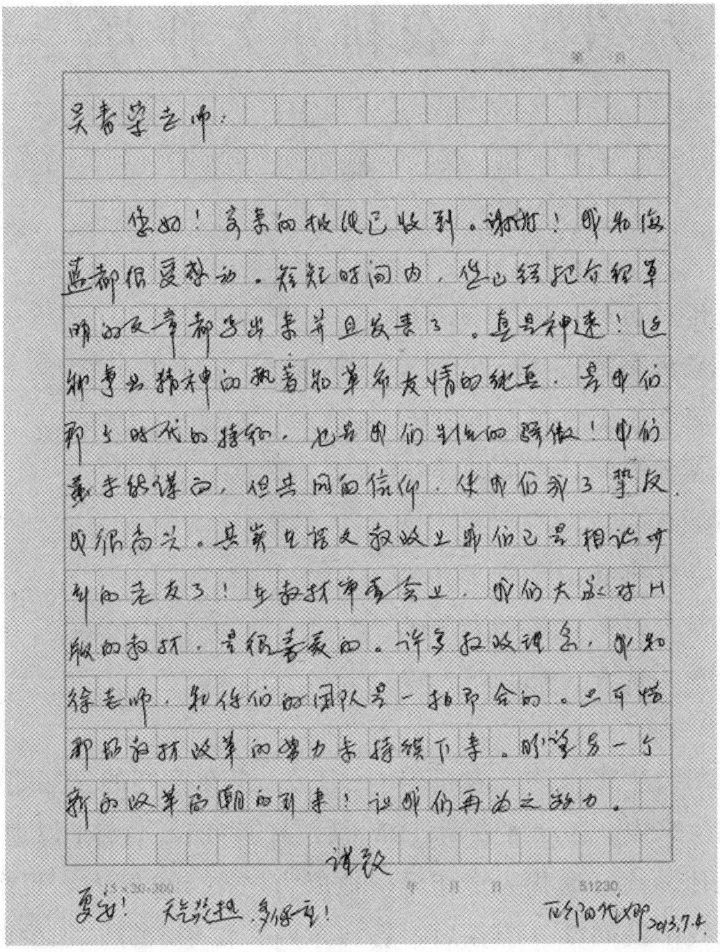

吴春荣老师：

您好！寄来的报纸已收到。谢谢！我和徐遥都很受感动。在短时间内，您已经把介绍草明的文章都写出来并且发表了。真是神速！这种草明精神的执着和革命友情的纯真，是我们那个时代的特征，也是我们生活的骄傲！我们虽未能谋面，但共同的信仰，使我们成了挚友，我很高兴。其实在语文教改上我们已是相识卅年的老友了！在教材审查会上，我们大家对H版的教材，是很喜爱的。许多教改理念，我和徐老师，和你们的团队是一拍即合的。只可惜那场教材改革的努力未持续下来。盼望另一个新的改革高潮的到来！让我们再为之效力。

谨致

夏安！天气炎热，多保重！

欧阳代娜 2013.7.4

○ 什么是友情？友情无须朝夕相处，却是一份深深的牵挂，一声由衷的祝福，一根无形的丝带缠绕着你的心灵写出的生活的新诗行。在人类所有的感情中，友情与亲情、爱情一样弥足珍贵。

为绍生《农耕乐》作序

退休赋闲后，离城入山乡。
投笔握锄把，垦地耕种忙。
汗滴禾下土，果蔬日见长。
青菜方吃毕，黄瓜又登场。
玉米吐赤须，茄子紫花香。
可喜盘中餐，自耕又自尝。
回归大自然，沐浴太阳光。
冶性复健身，晚晴乐无疆。

我吟背着绍生寄来的《农耕乐（之一）》，走在宽阔的文翔路上。

今日绍生来电，言欲将去浙江嵊州后写的诗结集付梓，以遗亲友，并留存供儿孙诵读，嘱我为之作序。他以为序文500字左右可矣。

绍生是我师院同学。毕业后，各自东西，忙于教务，很少联系。

大概是上个世纪八十年代末（或九十年代初），他申报中学高级教师，打听到我是上海市普教系统高评委语文学科组评委，于是来信托我关心。他忠诚教业，几十年如一日，又勤于阅读与写作，基本功扎实，自是通过无疑；但他始终感恩在心，由此可见他为人的诚笃敦厚。前几年的一个酷暑天，他、景璜、受聪和我相聚茶庄，倾心交流，自此以后，我们终于有了较多的联系，但由于我居云间他山村，只是用手机短信、电话互为问候，仍然难得见面。

曾多次写过友情。什么是友情？友情无须朝夕相处，却是一份深深的牵挂，一声由衷的祝福，一根无形的丝带缠绕着你的心灵写出的生活的新诗行。在人类所有的感情中，友情与亲情、爱情一样弥足珍贵。

我欣然应诺，并立即付之行动，写就后托一学生打印好发给他的儿子。

附：

序

绍生兄前有《农家乐》（打印稿）寄我，当时读之，烦心如洗，枯肠得润；今又来电，言拟付梓，嘱我赘以片言；得知我的《文稿》出版，又著《云间赤子》见赠，黾勉之词，让我汗颜。当下诚信缺少，道德沦丧，友情淡薄，他远道贻爱，甚是珍贵，我深感五中。

绍生为我师院同窗。我曾在《相聚茶楼》中写及，他为人诚实、忠厚、低调；学习刻苦，古文功底深厚。他在浙江嵊县安了个家，“开荒南野际，守拙归园田”，方宅虽只一二亩，屋也没有八九间，但“榆柳荫后檐，桃李罗堂前”。在沽名钓誉、媚俗趋时之风盛行的今天，他能如野人怀土，小草恋山，躬行耕作自养，实属不易。他的诗作，农村之风般清新，肥沃泥土般厚实。他多次相邀去他那里住些日子，“我这里，山明水秀，风光无限，不仅可以养眼，还可以养心”。我虽谋良觌，惜时光淹忽，事态丛杂，加上老衰日甚，至今未能成行。

“江湖夜雨十年灯”，我辈能至今天，已为幸矣。值此岁聿云暮，新春在迩，我谨遥寄祝福。我们均当乐天知命，善自珍摄。

吴春荣

2013 年 1 月 22 日于云间

○ 几十年来，我与家乡的父老兄弟姐妹们打交道，爱他们所爱，恨他们所恨；受他们的保护，有时也受他们的批评。他们是爱我的，我也是爱他们的。现在，我想到他们，不知怎的，总是想哭，我真想用我所有的眼泪来回报他们给我的抚爱和呵斥。

为琚珩《喜鹊记》作序

走出供销大楼，来到了普照路上。

柳部长与小徐考虑到我年纪大了，又天冷路滑，坚持要用小车送我，我谢了她们的好意。我还要到档案局去，就这么几百公尺路，权作散步，不是很好！

天还真冷。与春节前的冷不同，那冷，只冷在肌肤，这几天的冷，冷到了骨子里。虽如此，但觉神清气爽。

路上不时有车辆驶过，我在路边走，路边还有薄冰，只能小心地移动着步子，生怕滑倒。

突然飘来几片雪花，我以为是树枝间或屋面上的积雪被风扬过来的，因为此刻阳光普照；但抬头看，昨晚下的雪早就融掉，哪里还有积雪？而雪花越来越大，似撒盐，似飞絮，且越来越密。印象中，似未曾见过这般光景：雪花竟飘舞在阳光中。

报上称，这是太阳雪。

忽然觉得，这散步还真让人感到欣然。

今天去供销社，一是去看看为今年第一期《松江供销》新设计的封面，二是请小徐为我打一篇文章。原是想让小侯打的，她熟悉我手写的；但她这几天任务重，就找了小徐。没料到小徐很快就打了出来，竟没有一处错误。

这是一篇为琚珩的长篇《喜鹊记》写的序文。他这部小说，写了20多年，写成后又搁了10多年，这次终于愿意出版了。他原是不想拿出来的，只想留给子孙后代阅读。

2002年3月30日，他曾给我一信，其中说道："序言我想请老师写。自古以来，拙作经名人点评，往往能化腐朽为神奇，能起点铁成金之效。不要说我辈凡庸之人，就是古圣先贤如左思、李白等人，也苦心请名人点评其作。当代文坛泰斗巴金老，听说也曾请叶圣老点评引路，发其处女之作。我自认碌碌庸才，更需恩师引导。"但我当时未能遂其所愿，一是因为我也为凡庸之辈，绝不可能"化腐朽为神奇""起点铁成金之效"，当然，所谓的"腐朽""铁"，自是谦词；二是我知道，他是想让我在他的作品中留些文字，以示不忘我这个曾经的老师；三是由于杂务岔集，实在不容我它顾。而今10多年过去，他仍一本初衷，我虽仍为一介书生，但不能再拒绝了，于是同意赘以片言，以识我的钦佩、欣喜之情。

附：

序

琚珩的长篇小说《喜鹊记》终于要出版了，我感到高兴。

琚珩是我在松江二中任教时的学生。在一篇短文中，我曾忆及，他是读高三时插入我班的，属于病愈复学。“他为人质朴敦厚，作风正派，又勤奋好学，成绩优异，可以说品学兼优。为此，我让他先担任副班长，后担任班团支部书记。”时临高考，但他酷爱我国古典文学，依然喜欢阅读《水浒传》《三国演义》等小说，对唐诗宋词更是时时吟咏背诵之。不幸毕业时旧病复发，未能参加高考。

大概是本世纪初，我突然收到他创作的一部长篇小说，长达 80 万字。在附寄的信中，他说：“我生于农村，长于农村，工作又在农村学校。我在 20 多年前就打算用小说形式反映农村生活，并开始收集材料，谋篇布局。到去年九月上旬，已草成初稿，用的是章回体形式，共 80 回，题名《喜鹊记》。”我翻阅了几个章回，建议他投寄出版社，可他不想马上出版。其时，我正在执编一本文学期刊（内刊），就经他同意先刊发了小说的后记。刊发时，他为后记起了个题：我爱你们，喜鹊窝里的乡亲们。后记中，他写道：“几十年来，我与家乡的父老兄弟姐妹们打交道，爱他们所爱，恨他们所恨；受他们的保护，有时也受他们的批评。他们是爱我的，我也是爱他们的。现在，我想到他们，不知怎的，总是想哭，我真想用我所有的眼泪来回报他们给我的抚爱和呵斥。”

在此后的联系中，我一直劝说他正式出版该书稿。这是一部以我国苏南农村为背景、以家庭生活为题材的作品，在我与他的多次交谈、我所读之部分章回中得知，其篇幅之大、时间跨度之长、矛盾冲突之激烈、描写之具体真切，就我所读，实属罕见；作品每每文白相间，富有民族特色。我以为，该稿至少可以为研究我国现当代苏南农村的发展变化提供一份厚重的史料。

作者告诉我，作品抨击了社会上的虚伪狡黠现象，讴歌了正直坚强的为人品行；刻画了人性的特征，它既有趋炎附势、凌孤暴寡的一面，又有怜悯苦难、扶贫济困的一面；通过大量家庭琐事的具体描写，说明人性烦恼产生的缘由，以及如何解脱的方法。作者说，他创作的主要意图，在试图揭示树人的哲理，即必须历尽磨难，方能成就才德，千锤百炼，才能玉汝于成。

作品中写到，赵成谷长期陷身困境，总是竭蹶颠仆。他竟在一次教工聚会时，破例引吭高歌电视剧《西游记》主题歌。歌词中的“一番番春夏秋冬，一场场酸甜苦辣”，正是他人生历程的写照；当唱到“敢问路在何方，路在脚下”时，他声情并茂，不禁泪流满面，台下听众，顿时掌声雷动，而他却傻了一般，呆立台上，似已神游梵天西竺。

作品开篇，其实就已点明题旨；结尾则充满神话色彩，从喜鹊窝里逃离出去的喜鹊的得道，具有明显的寓意，象征赵成谷等人的醒悟及喜鹊窝里人们美好的灵魂。

琚珩人正行端，宅心仁厚；古文功底，也日趋厚实，治学中不乏自己见解。曾有多部古籍注译本出版。这几年来，虽未皈依佛门，但笃信佛学。我与他已合作多部作品，至今仍在合作中。他始终执弟子礼，尊我敬我，让我汗颜；作为他曾经的老师，我其实只做了一些应该做的，做得还很不够，但他铭记五内，让我感动。早在本世纪初，他就嘱我为该稿作序，其意诚挚，而今10多年过去，不改初衷；可白发欺人，衰老相侵，惜乎未能阅读全稿，但我愿写下以上文字，不知能否算作序文？

2014年2月9日于云间，
时正逢下雪，窗外白茫茫一片，案头的盆栽茶梅却嫣然绽放。
（《喜鹊记》，中国文史出版社2014年2月第1版）

○ 晨光里 你是一片彩霞/烈日中
你是一阵风凉/夜幕下 你
是一颗明亮的星星/警营里
你始终是一朵美丽的警花。

为锡仪《秋》作序

霪雨霏霏，连日不开。膝盖的疼痛，有所加剧，只能在家转圈。刚才，锡仪打电话来，说要来我家。我看看窗外，雨总算停了，于是决定走出去，去小区门口的公交17路车站迎候他，顺便也吸吸雨后的清新。

锡仪决定将他平日所作之诗汇编成册，嘱我作序。我开始没有答应，其原因，一是我曾为他的《暖》（已由文汇出版社出版）作过序，这第二本书的序文应该换人写；二是除了在编撰教材时为选编诗歌单元曾集中读过一些现代诗，此后就几乎不读，也缺乏兴趣，实在说不出什么。我于是对他说，诗集如一定要有序，可以自己作，一定要请人作而又找不到合适的人选，我可以推荐一位。可他执意要我写。诚意难却。就在这几天里，我认真地捧读了他的诗；又将阅读时记下的零星感想整理成篇。他今天来，就是为了取我的序文，顺便取回他的诗稿。

送走锡仪，我继续沿龙源路漫步。终于云散日露。“明明上天，照临下土”，这阳光真好，照得我心里暖暖的。在路过幼儿园（我孙女曾在里面接受过养育）时，我停住了脚步。里面的孩子正在嬉戏，脸上绽放着幸福的花，在旁一女教师正留意地看护着他们。此情此境，让我想起一个故事。一诺贝尔奖得主，在记者问及“您人生最重要的东西是在什么时候学的”时，答云“在幼儿园时，就在那时，我学到了令我终生受益的东西”。“在这美丽的幼儿园里/充满着智慧、快乐和神奇/五彩的乐园/你用微笑将爱传递/你用尊重拉近距离/你用知识将智库开启/你尚未谈婚论嫁/却早早用母亲的情怀幸福幼儿的心扉”，我又忽然记起了锡仪《颂幼教》中的诗句，朝女教师又看了一眼，发现她长得真漂亮。

附：

序

在一篇文章中，我曾写及，陈锡仪先生手出多面，文备众体。在继《暖》出版后，他的又一本书稿要付梓了，我由衷祝贺她的问世。

这题名为“秋”的又一本书稿是一本诗集，现代诗集。我很少研习现代诗，基本不写现代诗。所以对于现代诗，我是门外汉。

曾经听到一位文学青年说某某的诗“写得真好”，我问好在哪里，她顿了顿说“看不懂”。视神情，我觉得她说好是由衷的，说看不懂也是坦诚的，不像是一种嘲讽。她大概真的认为，诗应该写得深奥，让人不易理解，只有这样的诗才是好诗。我不知道这看法在文学青年中是否带有普遍性，但这至少提出了一个问题：什么样的诗才是好诗？好诗首先应该具备什么？

诗贵有真情，贵重形象。这是传统的诗论。锡仪已年逾古稀，是在按传统诗论创作的作品熏陶下、在传统诗论指导下修治诗歌的。我不认为这传统的诗论已经过时，我喜欢他的诗作。

《尚书》中有“诗言志”说,《文赋》又提出“诗缘情”说。“言志”中的“志”，除指儒家之道，其实也含有“情”，所谓“情动于中而形于言”(《毛诗大序》)。所以，“言志”说与“缘情”说在强调“情”这一点上是一致的。锡仪的《秋》，或寓情于事，或直抒胸臆，或托物言志，把对生活的热爱，对理想的追求，对人生的思考，融注在一篇篇诗作中。

《玉佩》中写了一对恋人，他在出国打工前给她留下玉佩，许诺一抵彼岸就给她写信；可她望穿秋水，终于“爱生怨，情已灭”，将玉佩抛入江中。可他的同事几经周折，找到了她，告诉她刚达彼岸他就罹难的消息，于是，“风雨夜、青堤边/一个少女身影跃入江内/她要追逐心仪的情哥/她要找回那块玉佩”。殉情虽不可取，但其情可透纸背。

《诀别》中记述的，是作者亲历的一段情缘。因了一个带路的孩子，作者认识了一位居住于山里的读书人。“那一夜　我们相见恨晚/那一夜　我们赋诗论文/那一夜　我们碰杯畅饮/那一夜　我们通宵无眠”。可在一天，一辆疾驶的货车让他“尸碎陌野/ 血溅村门”，作者“滚烫的泪水像断线的珠/汇集成作别的彩云/忧伤的思愁啊/每夜都会让我沉沦”，“明年春暖花开我会上你坟/多上一支心香遥寄天门”。没有真情实感，是写不出这般诗句的。

《最后的守望》，描写了一位积极进取、自强自励的老人——夕阳里、老树下的守望者；《竹》则借竹咏志，警戒自己坚守晚节，老有所为，竭诚奉献，“即使到生命的终点/也要将全部的能量喷发”。在这些篇章中，我们不难看到作者的影子。作者还将目光投注到社会小人物或一线劳动者身上，他们或为开摩托车上班的打工者，或为营业员、厨师，或为为环境卫生志愿拾荒者，或为出租车司机。作者赞美了他们的人性美，人情美，透示出一种宽阔的普度心胸。作者曾长期从事工会工作，这种对社会底层人众、对弱势群体的关注，已成为他的一种基本情怀。

诗贵用形象思维。毛泽东主席曾评宋诗：“宋人多数不懂诗是要用形象思维的，一反唐人规律，所以味同嚼蜡。”他认为，“比、兴两法是不能不用的。赋也可以用，如杜甫之《北征》，可谓‘敷陈其事而直言之也，然其中亦有比、兴”（见《致陈毅》）。《秋》中，作者善用比法。在《友谊》一诗中，他写道：“友谊　是一碗无味的清水/友谊　是一杯醇厚的美酒/友谊　是浓郁的茶/友谊　是深情的歌/友谊　是路见不平的一声吼/友谊　是大爱无言的天长地久”这样的诗句是一种诠释，但同时是一种形象，其哲理蕴含在形象中。

用形象思维，也不能没有想象。陆机“精骛八极，心游万仞”，强调思维、想象不受时间、空间的束缚，无远不到，无高不至。“情曈昽而弥鲜，物昭晰而互进”，强调情思与物象交融，形成艺术形象。锡仪这几年来，在关注社会的同时，投身自然。在他的笔下，自然界的一草一木都被赋予生命，或者说都是生命。芦花呢喃，石榴裂一嘴玛瑙彩牙；春风是红娘，牵出了（害）羞（脸）红的桃花，而桃花在想，二月的柳可是她的对象？在《冬雪》中，他吟诵：“你是情人的缠绵/你是诗人的话题/你是梦的迷离/你是浪漫的随意”。他赞美泉：“山川因你的潺潺而恬静/湖泊因你的汇入而宽广/你把欢愉带到深山/你让荒岭披上绿装/你是风景里的明星/你把奉献留在流经的地方”。

用形象思维，就能营造意境。《秋》中的有些诗作，简直是一幅画，山里人过年的民俗画。读这些诗作，可感到一阵阵生活气息扑面而来；一些怀旧诗作，把我带到久远的年代，让我感受到了古屋的神韵和花木的幽香。在那篇《女警》里，作者更是用饱蘸感情的笔触写道：“晨光里　你是一片彩霞/烈日中　你是一阵风凉/夜幕下　你是一颗明亮的星星/警营里　你始终是一朵美丽的警花”，在这些诗句中，读者感到的不仅是外形美，而且是心灵美，感到的是一种形象的魅力。

至于语言，我曾在一篇文章中说过，当以陆机说的“逮意”即确切地表达自己的思想情感为基础，在此基础上，可以华美，可以质朴。

不能以质朴反对华美，自然也不可以华美排斥质朴。锡仪的语言偏向于质朴。质朴也是一种美，也是一种境界。我本人为文也偏向于追求质朴。可见我们有着共同的语言。

有感于这些，我愿写下以上文字。

2014 年 2 月 18 日于云间

（《秋》，中国文史出版社 2014 年 4 月第 1 版）

○ 最高层次的学校管理是文化管理。

为银弟《教育圆梦曲》作序

花了近两个小时，完成了胡银弟校长嘱写的序文初稿。胃部感到不适（这一个多月来，一吃东西，甚至喝粥汤，也胃胀不舒），而视又茫茫，头也有点晕，于是决定出去走走。

今天好像是立冬。今年有点异常，酷暑不“酷”，秋也不凉。立冬，意味着冬季的开始；可沈泾塘边，白鹭翻飞江上风，斜阳遥映翠树丛，分明还是夏季或初秋的景色。

胡校长曾有多部教育论著出版。今夏开始，想将几十年来发表的文章、记者的访谈以及讲演稿等整理出来，从中选出一部分，汇编成书。前些日子，已拟定“思考教育”“设计学校”“精致管理”“积淀文化”等八个部分。我认真阅读过这八个部分的题记，认为有观点、有分析，显示他实践的力度，思考的深度。

我所了解的校长，大致可分为三类。一类是把教育、把学校管理视为一项事业，孜孜以求，几年、十几年乃至几十年如一日。一类是按教育行政部门要求，认认真真，辛辛苦苦，主观上想办好学校，却常常是疲于应付。还应该直面，个别或少数校长，表面上维持着“门面”，向上汇报时也言之凿凿，但实际上把较多的心思花在巴结上级、用各种方式讨好领导上。我在职时，曾见一小干部，常常每天下午三时左右到办公室（那时实行坐班制），等下班时间已过，领导陆续离校后才下班。领导从楼上下来时，每每见到他正埋头工作，为此，曾一度被认为工作认真负责而受到嘉奖，可实际上这个同志的工作绩效大家都知道。这第三类校长中的个别人，有点像这位小干部，只是做得更为巧妙、高明。

记得思想家罗素曾在自传中写到，他被对爱情的渴望、对知识的追求、对人类苦难不可遏制的同情心三种激情支配了一生。其中，对知识的追求这一点，他这样说："我希望了解人的心灵，我希望知道星星为什么闪闪发光，我试图理解毕达哥拉斯的思想威力，即数字支配着万物流转。这方面我获得一些成就，然而并不多。"作为一校之长，应该对教育的追求怀有激情。教育关系到千万学生的成长，维系着千万个家庭。胡校长，应该属于这类校长，即上述第一类校长。

附：

序

我与胡银弟校长相识于20世纪80年代初。其时他正在职攻读电大行政管理专业课程，而我在该校任教。此后，他调任实验小学校长，我蒙他聘为该校专家组成员，这样，我们的交往就密切了，彼此间的了解也就更深入了。或许就是这一点，使我在写这篇序文时，稍稍有了点底气。

本世纪初，我曾写过一篇关于实验小学师生剪影式的文章《为了托起明天的太阳》。在那篇文章里，我写到胡校长——

胡校长……个子不高，年龄也不算大，但在我看来，有着宽广的胸怀。企业中有一句广为流传的名言：顾客是上帝。但美国的一位学者型企业家认为，企业员工才是他心中的上帝，因为只有有了第一流的员工，才能有第一流的服务。胡校长心中，装着学校156名教职员工，他们是他心中的上帝。一次跟我说起学校的教师，他简直如数家珍。作为一校之长，这是一个不应缺少的理念，即要把本校的教师视作珍宝，因为只有珍爱自己的教师，充分信任他们，才能赢得广大教师的尊敬与信任，才能调动起他们的工作主动性、积极性。他还抓住各种机会，关心教师，为提高教师的政治、福利待遇奔走呼吁。为办好学校，顺利实施课改，他又努力取得教育行政部门及社会各界的支持。他觉得这是他的责任。不这样做，或做得不好，是他的失职。

胡校长还是一位学者型校长。他早先研究课堂心理环境对学生成长的作用，在松江，甚至在整个上海，这是一项在当时较为前沿的研究。根据这一研究而撰写的专著《优化课堂心理环境的实践与研究》后由中国文史出版社出版。上海市的二期课改开始实施时，他着手研究探究性学习。他决心将探究性学习作为一种学习方式进课堂，为之，他发动全校各科教师全面实践、摸索、反思、小结，终于取得阶段性成果。反映这一成果的《教育教学案例选》《课堂教学新探》已经正式出版。实践推进了科研，科研又指导着实践。来过实小的同志，都感受到了学校有着强有力的发展后劲，这后劲，就得益于科研。

从那以来的20多年中，胡校长的作为，不仅进一步印证了我的这两点认识，而且有了新的发展。在这20多年中，他尤其注重于学校文化的建设。他在自己的实践中同样体会到，最高层次的学校管理是文化管理。在我看来，他的文化管理具有三个鲜明的特征：一是密切联系本单位的实际，牢牢扎根于本单位的土壤；二是把凝聚人心、充分调动学校师生的积极性以有力推进学校事业的持续发展作为出发点与归宿点；三是在继承中不断有发展，在实践中不断有创新。

在学校文化建设中，胡校长一方面注重老教师的进一步提高，特别是人文素养的提高，并发挥他们的作用；另一方面，尤其注重青年教师特别是新教师的培养。随着学校的发展，每学年都招聘了不少数量的新教师。新教师是学校的新鲜血液，是学校的未来。他们将影响着学校的教育质量。"玉不琢，不成器"，由学生而为教师，也要靠"琢"。新教师首先面临的问题是如何尽快"进入角色"。对此，胡校长已经形成行之有效的办法。他让行将毕业并已签约录用的大学生，在他们撰写毕业论文阶段（3月初到4月中旬），集中6周到学校拜师实习，胡校长将之命名为"提前入职实训"。他们毕业后，在暑假里，除了参与全校教师的活动，专门集中一周时间，到校听取富有实践经验的专家就怎样做班主任、怎样备课上课等问题所作的讲座，并与专家座谈，最后走上讲台，再请老教师或专家讲评。正式踏上工作岗位后，配备优秀教师负责带教。经过这样的培训后，新教师很快就完成了由学生到教师的过渡，适应了教师工作，从而受到了学生与家长的欢迎。2014年区教师进修学院组织全区新教师教学评比，胡校长的学校送出4人参加，4人均获一等奖。

在学校文化建设中，教育、教学的科研无疑占有重要的地位。进入新世纪后，胡校长主持了以下课题研究：《小学学科教学中探究性学习的实践研究》（2002 年）、《探究性学习指导策略及其心理支持的研究》（2005 年）、《在课程统整中创建"三乐"学校文化的实践研究》（2008 年）、《基于"三乐文化"创建学校教育品牌的行动研究》（2011 年）。一所学校，在十年中，连续立项四个课题，而且都是上海市市级课题，这在全市范围内，恐怕也是罕见的。古代教育家主张知行结合，所谓"论先后，知为先；论轻重，行为重"（朱熹《朱子语类辑略》），主张学思结合，所谓"学而不思则罔，思而不学则殆"（《论语·为政》）。胡校长传承文化，以文化人。他组织教师，实行四个"结合"：实践与反思结合，实践与学习（包括阅读经典）结合，实践与研究结合，研究与总结交流结合。我曾多次参加各种类型的座谈会、研讨会。在认真听取各科教师的交流后，他常给予充分肯定，然后，或推荐有关教育论著，用当前的流行语说，让教师们“分享”他的阅读心得，或当场对大家的发言进行分析、提炼、概括，这些个一二三四，总是源于教师的发言又高于教师的认识。撰写的几十篇有一定理论深度的论文，正式出版的《三理整合 和谐发展》《优质学校创建的实践探索》《三乐教育 惠泽童心》等专著，就是这些科研的结晶。在此基础上，从2013年开始，他又提出“三为教育”的办学理念（“三为”即“为人正，为学乐，为业精”），对“三为教育”进行了解读，其中包括概念界定、内涵演绎、要目提炼、理论依据、行动策略等，带领全校师生“笃行每一事，快乐每一天”。一个新的课题又在孕育中。

2007年，胡校长被评为上海市特级校长；2008年，上海教育博览会上展示了他的教育事迹；2012年，他被评为全国十佳小学校长，同年成为一位上海市督学。他接受过多家媒体的采访，又曾先后为区、市及外省市带教 60 多位校长，在全国各地作了百多场专题讲座或演讲，还走出国门，登上美国哈佛大学“中美基础教育”高峰论坛作《基于“教师发展自觉”的校长价值领导力》的主题演讲，受到与会者的赞誉。现在，方方面面都注重人才资源，主张并呼吁要尽力开发和充分运用。胡银弟从事学校领导工作达32年之久，又在上级教育行政部门领导下如此始终兢兢业业执着于实践与研究，注重文化建设并不断创新，属于有位而有为的一类校长，是一位名副其实的教育家型校长。称他是一份珍贵的人才资源，或许不是夸饰、虚美之词。

2014年11月7日于云间

（《教育圆梦曲》，上海教育出版社2015年6月第1版）

○ 尽管余霞弄采，紫翠万状，但我凝视着这夕阳，感觉她运行了十多个小时后有点累了，想要休息了。但她是一切生命之母，她仍依然爱恋着这个世界，因而流连着，迟疑着，并在作最后告别时，把所能有的光辉灿烂献给了这世界上所有的生命。

为颜萍《向往恬静》作序

入冬以来，散步的地点还是回返到了小区里，但不像原先那样沿小区通道兜一大圈子，而是在小区的那块绿地上转悠。小区的通道上停满了私家车，可行的路面狭窄了，在那上面散步，常常要提防过往车辆。不外出办事时，散步的时间也改在了下午三时以后。其时，冬阳温煦亲切，翠树生机勃发，我会忘却那个“小问题”。

刚才，颜萍送来了还散发着油墨香的中国文史出版社出版的《向往恬静》。这是她的第一本书。十六开本，装帧、版式显得大气、素雅。封面左上部有一树丛，树丛临河，下有倒影，其意境与“恬静”吻合；右边中间有几行竖排的文字，是责任编辑全秋生先生拟的，突出了“感恩”“社会百态”“云间星河”等主题词，概括了书稿的主要内容。在近一二年就我见到的出版物中，这本书属于较为精美的一种。

在这本书稿中，有我的一篇序文。写这篇序文时，我的心境其实不能说“恬静”。

在一次例行的体检中，我的验血报告中有一项出现了红字。这一项有三个数据，其中一个数据临界，尚在正常范围内，而另两个数据均偏离了参考值，一个偏高，一个偏低。我的学生 Z 医生先有个电话，说她已拿到了报告，我问他胃怎么样，她告我，胃检报告正常，“只是……”她犹豫着，“有一项，有点小问题。”我一直担心我的胃，既然被告正常，就放心了，至于那个“小问题”，就没有在意。后来，她将报告送上门。在有关医生写的意见中，我发现了这样一行字：“不排除×××癌的可能性，建议做穿刺。”我这才意识到了这个“小问题”。

蜉蝣朝生暮死，蝼蛄不知春秋。到了我这个年龄，生命的河床上已经积淀了不少，对于未来的岁月，除了还想做几件自己喜欢做而又可能做的事，已经很少有欲求，更没有奢望，因而还不至于是个谈癌色变的人。但它毕竟是个问题，即使是“小问题”。

怎么对待？Z 医生告诉我：医院如此写，多半是出于自我保护，但你得引起重视。她也是医生，这是她一生从事的职业所形成的习惯性思维。而所谓的重视，就是先进行一系列的检查。

但我决定先不予理会。不是还只是一种“可能”？既然不排除这种可能，那也不能排除另一种可能。讳疾忌医？“疾”未必都可怕，“医”也不见得都值得信。有点阿 Q？真要是有点，那就让有点吧。人有时候要有点阿 Q 精神。我一如既往，原怎么过日子还这么过日子。想读，想写，还是照读不误，照写不误。当然，在读与写的间隙，那个“小问题”总还惦记着我，不时来拜访我。颜萍书稿的序文，就是在这样的日子里写就的。

孩子们背着书包回来时的说话声将我从沉思中拉回到了绿地上。已经到了夕阳薄山的时分。尽管余霞弄采，紫翠万状，但我凝视着这夕阳，感觉她运行了十多个小时后有点累了，想要休息了。但她是一切生命之母，她仍依然爱恋着这个世界，因而流连着，迟疑着，并在作最后告别时，把所能有的光辉灿烂献给了这世界上所有的生命。

我也该回去了。

附：

序

2012 年，上海松江燃气有限公司董事长杨净先生为组建一支推进企业文化建设的队伍，办了一个培训班，要我进行辅导。许多单位办过培训班，形式也多种多样。我想了想，决定仿照老中医坐堂门诊，进行一对一的辅导，即当场读稿，根据习作者的实际，有的放矢地提出习作者可以接受的意见，有时还与习作者一起研讨，每两周一次。培训班历时半年，涌现出了几位出类拔萃的作者，颜萍就是其中之一。我与颜萍就是这样认识的。

2013 年底，我承担了松江区的一个文化建设项目，即整理有关史料，编撰松江历史上的人物传记。领导上要我组建一个小组。我请了五位同志，其中就有颜萍。我发现，她的语言，已从首先追求华丽、虚美转向首先追求准确、得体的表达，在陆机所谓的文要“逮意”上下工夫；对她的聪明和好学，也有了进一步的了解。

2014 年，燃气公司创办内刊，以展示企业文化，弘扬员工先进事迹，进一步培养通讯员。刊物由颜萍具体执编，让我继续辅导。

颜萍属于 80 后，思想活跃，眼光敏锐，有追求，有能力，也很有个性。但具体执编一本大开本 64 页的彩印刊物，于她来说还是一项新的工作。我编过教材，编过书稿，也编过报刊，深知其中的酸甜苦辣。但半年多来，从组稿、改稿、编稿、排版、校稿等一系列工作中，她所表现出来的自觉主动及责任心、承受力，令我刮目相看，我又一次深感后生可畏。

几个月前，大概受到一些人的鼓励与推动，颜萍决定从自己过去撰写的文稿中选一部分结集出版，并要我为之作序。我建议另找作序人选，她考虑过后，决定不改初衷。我于是不再拒绝，诚意是不能拒绝的。

题目为“向往恬静”的这本集子，分了“感念”“北窗随笔”“评头论足”“家乡”“亲近”及“云间星河”等栏目，我比较喜欢“感念”栏中写家人、尤其抒发对其女儿感情的那几篇。锡剧《珍珠塔》里有句唱词：世上最温暖是关爱，人间最重要是真情。这栏里的文字是动了真情的文字。什么是母亲？这就是母亲！想起了一本书，美国安·克里滕登的那本书。书名是一个有商业色彩但很有意思、值得思考的问题：妈妈值多少钱？书中有一项计算，一位母亲的价值每年为508700美元。这是在美国，似乎还只是从经济方面计算。在中国，妈妈们在工作之余，自觉而乐意地承担着料理家庭及教养子女的责任与义务，在她们退休后还得负责照顾第三代，她们的所谓价值有人核算过嘛？妈妈们受到了应有的尊重了吗？波伏娃说：女人不是生了孩子就是母亲，而是后来将孩子培养成人才称得上是母亲。为成为这样的母亲，颜萍正在努力着。读了颜萍的这些文字，会让我们对母亲们肃然起敬。

写与名人的交往，已成为文苑中的一道风景。这类文字，虽曾有过类似“我的朋友胡适之”之类的讥嘲，但就我所读到的，觉得无可非议。曾读到杨绛的《读〈柯灵选集〉》一文，文中说：“他着眼的是浔阳江上夜航讴歌的舟子，为全家老少饥寒温饱或忧或喜的打渔人，傍岸的采菱妇女,或顶风逆浪向暴力拼斗的孤舟。水乡渡口,他看到的是沉默的摆渡老人和来往渡客。田间春天的田园里，他记起童年，想到乡民翻泥锄草时短暂的美梦。”杨绛评论柯灵创作的这段文字，告诉我们，社会底层的人也是值得作者关注的。《向往恬静》中有一栏文字，大都写的就是公司里的员工。这些特写，由于种种原因（比如了解不够深入、写得较仓促等），内容或许还嫌单薄，缺乏生动的细节，但重要的是，颜萍关注到了这些极为平凡的人，表现出了尽力找出他们身上正能量的热情。这是值得我们这些业余作者学习的。

“云间星河”栏目中的几位，是颜萍从所承担编撰的清末及民国时期的松江人物传记中选出来的。这类文字虽属编撰性质，但要求有严谨的态度，选用的史料要真实可靠，还不能像词典与志书上的人物传那么简扼，要具体写出人物的主要生平及成就、思想及情怀，并尽可能生动可读。她的这几篇基本符合这些要求，都是被选用了的。让我高兴的是，她还挖掘到了有关人物的一些鲜为人知的史料。

我认真通读了全稿，写下了以上文字，算是完成了颜萍交托的任务。

2015 年教师节前夕于云间

（《向往恬静》，中国文史出版社 2015 年 11 月第 1 版）

○ 历史的长河中，不乏诗礼书香之门第，钟鼓鼎食之世家，不仅代有人杰，夐绝千古，歆动中外，而且四方名流汇集。正是这些人物，丰富、充实着这里的人文底蕴，营造了浓浓的文化氛围。

《文化车墩》

因为《文化车墩》一书，车墩镇党委宣传委员小沈约请该书编委、作者聚了聚，吃了顿便饭，以作小结，以示谢意。我贪吃，以致胃胀得有点难受，决定不让她派车送我，而是步行回家。

已经是去年上半年的事了。小沈要我帮车墩编本书稿。进入 75 岁后，我给自己订了个律条：减轻负担，放慢节奏，疏淡交往。我称之为“十二字方针”。因此，一般的约请、委托，我都谢绝了。但对小沈，我不能。我的两部长篇小说出版后，她先后写过对我的访谈录，为我的另一部长篇写过评论（后来作为该书序文），2011 年，我在编辑出版十卷本《文稿》时，还写了篇序（总序三）。作为我的学生，逢年过节，她每每来看望我。仅凭这些，我如拒绝，就于心不安，会内疚余生。

为了编好这本书，我约请了几位为人为文我较熟悉的学生，其中有高亚男、侯建萍、项晓凤、陈欣、王丹平等，我倚老卖老，叮嘱他们用出吃奶力气撰写。又陪同一些作者实地考察，文章写好后，还帮他们修改。对车墩提供的有些稿子，由于内容粗浅、文字差，我只能得罪他们，删掉了，以保证全书稿的质量。对印制单位，也反复叮嘱：一是要保证排版、印刷、装订等方面的质量，二是要按时交书。书稿校样出来后，我逐文作了修改、校对。全书稿分了几个大栏，每一栏都要求有一辑封，在辑封上，还拟了一段文字。在我先后负责编辑的几十种书稿中，这是费时、费力、费心较多的一种。

由于小沈及镇两位主要领导的关注，书稿的封面、插图、辑封配图等几易其稿。书稿最后印制得确为精美、大气，几位我熟悉的同志看了后，也感觉良好。我算是可以放心了。

附：

辑封上的题词

“人物春秋”栏：

在车墩历史的长河中，不乏诗礼书香之门第，钟鼓鼎食之世家，不仅代有人杰，夐绝千古，歆动中外，而且四方名流汇集。正是这些人物，丰富、充实着这里的人文底蕴，营造了浓浓的文化氛围。

“民俗风物”栏：

车墩这方土地，膏腴富饶，风物闲美，民俗醇厚，得胜港留乾隆足迹，平倭墓载抗寇传统，化城安养院藏明代园林，种种习俗展民生民情……正是这些，一直濡养着我车墩人民。

“特色品牌”栏：

丝网版画是车墩的特色品牌，松江农民丝网版画作者百分之九十在车墩。车墩的丝网版画的主要特点：一是作品具有浓厚的乡土气息，二是给传统的民间绘画注入了现代审美元素。

“群星璀璨”栏：

当代车墩的天空，可谓群星璀璨。其中有献身革命的离休干部，有被联合国教科文组织授予“中国民间工艺美术家”证书的画家，有获得冰心儿童文学新作奖大奖的作家……一方水土养一方人，他们的成长源于养育过他们的这方土地。

“故乡抒怀”栏：

故乡，是生命的源头。几乎每个人的心灵中，故乡是最美的地方，所谓月是故乡明。故乡不只是一个地址。故乡是一部留有体温、指纹、足迹而由旧物、细节、各种难忘的人和事物构成的生活档案。

〇 江山易改，本性难移。江山其实不易改，说“易改”，是为了突出本性的“难移”。

闲 事

就贯彻上海市有关文件精神而制订的实施意见，找了一次区有关行政部门的负责同志。然后，为完成今天的步行任务，我决定走回家。

交谈的气氛是好的。负责同志很忙，仍拨冗接待，认真倾听，肯定、支持我的意见时语意诚恳。但我仍不无担心，担心难以付诸实施，因我提出的问题，关系地区的政策（或云“土政策”），需要在班子里形成共识，不是一个人就可以决定的。

在路上想到了人的脾气或性格。俗话说，江山易改，本性难移。江山其实不易改，说“易改”，是为了突出本性的“难移”。我年轻时，常为一些不平事抱不平、鸣不平，甚至两肋插“刀”（在我更多时候是“笔”），随年龄增大，多少有些收敛，但这“江湖义气”其实仍潜存在骨子里。与此相关联的，还喜欢管闲事。为管闲事，也吃过不少亏，受过伤害，每受一次伤害，也想下决心改，但事情一过，依然故我。

前些日，在整理旧存时，发现了几篇文稿，其中一份，已作为本书稿中一文的附录；还有一份，是为一教师（其实我与这位教师只是一般关系）写的，上面没有题目，没有署写作日期（大致在 20 世纪

80 年代初），也没有说明写给谁（估计不是媒体就是上级有关行政部门），可能只是一份草稿。发出后被怎么处理的也不清楚，只知道那位老师的工作岗位没有变动，可能是“文”沉大海了。

重读这篇文字，在多少感到一些欣慰时，发觉这几年来的这一脾性还是有些改变，这种改变，虽少了不少是非，但似乎多了一份明哲保身、“自扫门前雪”的自私，而这一改变，尤其让我在一些长期关心我的人面前多了一份内疚与不安。

于是，一个想找一找有关领导的意念渐渐强烈起来，于是才有了刚才之上访。

附文：

《人民日报》评论员文章《检查知识分子工作要认真解决问题》指出：“最近，中央领导同志再次强调解决中年知识分子骨干的工作和生活困难问题的迫切性、重要性。”文章要求各级党委“应该本着这种切实解决问题的精神，认真搞好这次检查，做到善始善终”。

为了使中央的这一精神能贯彻与落实到每一个同志，今特投书给你们，向你们反映我县周祖琳同志的一些情况。

周祖琳同志，今年 49 岁，新中国成立后靠人民助学金读完中等师范，由组织保送入华东师范大学生物专修科学习，1954 年毕业，先后在松江师范学校、松江师范专科学校工作，并在 1956 年加入中国共产党。1963 年调至松江三中工作，直到今天。

作为一名在党培养下成长起来的中级党员知识分子，20 多年来，这个同志在教育岗位上，一直勤勤恳恳，为党的教育事业做了大量的工作。除了坚持做好本职工作，10 多年来，在困难的条件下，坚持实践，坚持农业新技术研究，先后在赤霉素、植物保护、昆虫激素等科研领域，取得了可喜的研究成果，被上海市植保学会吸收为会员。他先后总结编写了近 30 万字的技术资料。这些资料，有的出了书，有 20 多篇研究报告、学术论文，在全国和上海的各种专业性刊物上发表，在全国和省市的专业性会议上交流。有的研究报告和论文，其内容，由于未曾见诸国内外的文献资料，发表、交流后反响热烈，影响很大。1978年2月17日—23日，周祖琳同志应邀参加了“全国昆虫信息化合物研究学术交流会”。参加会议的有中国科学院、中科院上海分院及全国21个省市的有关研究人员。在这个会议上，他提交了两篇论文，其中一篇题为《离体交配囊交配直视法和麦蛾交配过程研究》的论文，受到了与会专家的重视。许多专家说，到目前为止，国内还无人从事这方面的研究，希望周祖琳同志继续研究下去。中国科学院动物研究所技术室主任（这个会议的主持者）陈德明教授还提出让周祖琳同志去北京大学或动物研究所工作一段时间；1980年，陈德明教授还特地在上海停留，与他联系，再次表示欢迎他去北京。后由于车旅费要由周祖琳同志所在单位负担，而该单位又无此项经费负担，终于未能成行。

周祖琳同志的研究工作，受到了广泛的注意。全国农业展览会、上海市应用微生物展览会等全国与市的各种展览会先后展出了他的研究成果，有的还被拍成科教影片。几年来，先后接待过全国20个省市的来访者800多人次，处理答复全国27个省市的来信来电近2000件。上海市昆虫学会、复旦大学、上海市昆虫研究所、上海市有机化学研究所、上海市植保学会等专家，都十分热情支持周祖琳同志的研究。1982年5月，他还应邀参加了有美国学者参加的棉红铃性引诱剂防治小型学术座谈会。

周祖琳同志所从事的这些有关农业的科研工作，与普通中学的工作条件很不适应。许多实验，或者由于没有经费，或者由于没有设备，都未能进行，近两年来，更因为繁重的教学任务，被迫停顿下来。为了能名正言顺地开展科研，为了能发挥自己的专长，在科研工作中为祖国填补空白，周祖琳同志自去年起多次提出，希望调至校址在松江的上海市农业学校工作（这要求其实并不高），市农校也很需要他这样的教师，但市农校两度联系商调，县文教局都不同意，使他处于调工作不放、要工作不能的困境。

○ 所到之每一处，都荡漾着生命萌发的绿意，每一缕空气都弥漫着舒适甚至是有点甜蜜的气息。

还得每天出来走走

一个多月来，几乎整天埋头于各种资料中，潜心于整理撰写，在这过程中，只是不时地在书房内转圈权作散步。

《元代寓居松江文化名人资料选编》一书印制出来后的一天，两位文化部门的领导与我在新圆舟茶室聚了一次。就在那时，两位领导又给了我一个任务：编辑一本《松江人物大辞典》。今年 2 月 21 日，该部门又发了文，文中说明，该辞典已列为 2014 年的文化建设重点项目，“特邀吴春荣先生及其团队负责征集编写，年内完成初稿”，希望“抓紧展开工作，保证质量”。

收到该文后，考虑到工作量大（要求收 1000 人），我拟马上组织一个团队，可左右为难。有几个人选，估计他们也愿意，个别同志知情后，还主动请缨，可他们都在职，又在开展群众路线教育活动，都很忙。在一时无法确定人选的情况下，我与俞仁良先着手编写。仁良是我在松江二中执教时的学生，这几年来一直在与我合作书稿，我们合作得很愉快，很顺利。我们基本上每天完成一个“人物”。

虽然任务压身，一切喧嚣都沉寂了，一些烦恼也暂时被排除了；可我毕竟已进入奔八之年，除老眼昏花，时感体力不支。加上，这类文字，要求严谨，让我感到枯燥乏味。

在翻阅有关明代状元钱福（因其居临近鹤滩，又自号鹤滩）的资料时，突然冒出写一篇散文的念想，以换换口味，适当调节一下。于是就动手撰写。我将钱福的有关事例，集于出席一个宴会的时段里。写散文，包括历史人物散文，我一直采用截取一个横断面的方法，以求“画面化”。也许因为喜欢写这类文字，不到两小时，就草成了。于是决定出去走走。

不出来还真不知道，一出来，就感受到了春天。沿着小石子路曲折，登上高大的石桥眺望，在河岸边徜徉。所到之每一处，都荡漾着生命萌发的绿意，每一缕空气都弥漫着舒适甚至是有点甜蜜的气息。我在这绿意、气息中漫步，生出些许感动和快乐。看来，“人物”任务再繁重，我还得每天出来走走，还得坚持我的《散步思絮》的写作。

道路蜿蜒杖策行，归来日色已西沉。晚上还得补写一个“人物”。

附：

赴　宴

一

鹤滩以一种书家的眼光对大门上端的酒楼名注视了片刻，正要跨入时，一站在门前着装整洁的人连忙上前一步，躬身说：“我家老爷已在楼上恭候，请大人上楼。”鹤滩看了一眼这位已经有了些年纪的人，猜想他可能是刘琬的家臣，就朝他点点头，让他走在前面，跟着上楼去。

这次请鹤滩前来“小酌”（这是刘琬约请他时的用语），而且要用轿子接他（这点他谢绝了），又让家臣专门站在大门口候等（估计已经候了一会儿），显然是刘琬给他的一种礼遇。

这刘琬可不是平常人，而是现任知府大人。

鹤滩从翰林院致仕，许多好友都劝他务必去看望这刘大人。国朝似有一种规矩，官员去某地任职，该地如有朱姓藩王，上任前必须先去王府拜访，而且得呈上厚礼；退休官员告老还乡，也得去当地父母官家拜访一次。但他深知，人世艰险。他认为，也曾说过：天下有二难，登天难，求人更难；天下有二苦，黄连苦，贫穷更苦；人间有二薄，春冰薄，人情更薄；世间有二险，江海险，人心更险。就在归华亭路上，他已下定决心，接触的圈子尽可能缩小，尤其要远离官府。为此，他一直未去刘府造访。也曾听到一些传言，说刘大人已放出话来：“这个钱鹤滩，是个青白眼，自负曾是个状元，就不把我等放在眼里。”这话说得甚是难听。他自认有点清高，但绝不是知府大人所谓的“青白眼”。就在听到此传言的那一天，他曾想改变初衷，整肃了衣冠前去拜访，但刚出家门，还是折了回来。

这次被约请，他本也不想赴宴，但考虑再三，还是来了。

生活中，官场上，常常有许多无奈。

他知道，今天突然被约请，事出有因。

前些时候，这知府大人被人告发受赃千金。上司闻知，准备下令惩办。他鹤滩深知内中情形，以为如果此时不帮刘大人，刘大人将被冤情害苦。这么想着时，就顾不得“远离官府”的决心，顾不得“青白眼”的传言，立即命驾一叶扁舟，赶往苏州衙门。随后，刘琬的冤情很快得以澄清。刘大人开始以为是有司查明真相的，直到前些天前去叩谢有关官员时，才得知是他鹤滩仗义而为、详告实情所致。于是，刘大人特地上了他家一次，当然随手呈上一份厚礼，但礼物被他拒绝了。都说真心馈赠是不能拒绝的，但他坚持不受。无奈之下，刘大人诚意约请相聚小酌。而有关的所谓冤情，就是那天刘大人上门时亲口告诉他的。

二

来到宴会厅，鹤滩首先看到的是六个孩子。他们穿着一色的服装，排着一字形横队，见到他来，立即齐声背诵起来。所背的词为：

明日复明日，明日何其多。
我生待明日，万事成蹉跎。
世人若被明日累，春去秋来老将至。
朝看水东流，暮看日西坠。
百年明日能几何，请君听我明日歌。

这《明日歌》是他早年所作，既用以告诫晚辈，又用以自勉。他没想到这刘大人还安排着这档节日。“让刘大人见笑了。”他说，但听着孩童们琅琅的诵读声，他内心还是为之一喜。

“钱大人这是说哪里话！吾乡里小儿都能背诵，我家小孙女背诵时，还摇头晃脑、拿腔拿调的。”刘大人说。

等孩子们被示意离去、刘大人正说话时，他才留意到，来赴这“小酌”的，还有知县大人及他的两位好友。他抱拳向刘大人等一一打过招呼，还有点歉意地多看了一眼知县大人。

刘大人首先谢过鹤滩，也谢了其余各位，谢他们的大驾光临。待大家落座，刘大人就朝侍立门口的家臣点头示意，随即出来两名姑娘。刘大人亲自为鹤滩斟了酒，其余的各位，则由两姑娘斟。之后，由厨役捧出了一大锅子。

鹤滩看了一眼这两女子。她们都穿着白色窄袖外衣，再套一红色背心，又都鼻倚琼瑶，眸含秋水，笑意盈盈，芳气喷袭。宴会上由女子陪酒，尽管是当时的习俗，但见他瞥视，刘大人还是解释说：“她们是知县大人安排的，我来这里时还不知晓，是知县大人刚才才告诉我的，”说着，刘大人看了一眼知县大人。“我没瞎说吧，知县大人？只是我想，她们既然被请来了，钱大人，我们就随俗吧。”

鹤滩的视线随即转向那口大锅，见中有腐如圆月。刘大人说：“钱大人，我设的其实是家宴，只是换了这个地方。家无长物，只一腐相款，钱大人，各位大人，请勿莞尔。”

可待大家一动箸，发现锅中珍馐毕具，只是开始时都被豆腐遮盖着。鹤滩只看出一是江南燕来笋，一是凤爪，还有几尾四腮鲈鱼，其余的，就不能名其何物了。于是说：“刘大人，您这只是‘一腐’乎？又岂是‘小酌’乎？”

刘大人笑着说：“这‘一腐’‘小酌’云云，自然是骗钱大人的，否则，能请得动钱大人吗？”

知县大概已被一姑娘劝喝了两盅酒，此刻脸有点红了，兴致也被吊上来了，说：“我说钱大人，我们来也来了，刘大人既然如此盛情，我们就好好享受吧！”

三

酒已过三巡，知县大人喝得似乎有点热了，脱去了外套。这春天，还真是脚步匆匆。前几天，鹤滩外出散步时，只见柳条点芽，草坡乏青，众花裹朵。就过这么几天，刚才来这里的一路上，他已闻到了花香花语，眼前是一派生机勃勃的气象。让他感到不协调的，是路上行人，还大都穿着破旧棉袄，垂髫之稚，龙钟之叟，一个个面露饥色，形销骨立。我县属江南富庶之地，可这连续两年的灾荒，把百姓害苦了。

知县大人不仅感到了热，还兴奋得似不能抑制。都说酒后吐真言，酒后露本性。他打着嗝，对鹤滩说：“钱大人，我想起了一首诗。‘双双紫燕语春晖，乱逐东风上下飞。欲采芹香犹未得，嘴边空带落花泥。’不知钱大人可记得？”

鹤滩当然知道这首诗。这是他蒙童时代的一首戏作、习作。那天，他从私塾私出回家，适逢其父调戏家中婢女芹香。时芹香正在洗菜，在抗拒主人非礼时，不慎让菜泥沾上了主人的脸。父亲料不到此情状被儿子撞见，为找台阶下，罚他以燕为题作诗一首。知县刚才念的诗即为当时之脱口吟作。他不清楚知县突然搬出此诗是何意思。以父亲的丑事来羞辱他？以稚作来取笑他？

席上气氛为之一沉，刘大人自然也敏感到了，连忙说："早就听闻钱大人少时颖悟过人。"鹤滩知道，刘大人显然是要将话题引开。"我只记得，一群儒生正在赏菊时，见钱大人——是小时候的钱大人——路过，就想考考钱大人。其中一人吟出上联：'赏菊客归，众手摘残彭泽菊。'钱大人，我还是指小时候的钱大人，当时不假思索，对曰：'卖花人过，一肩挑尽洛阳春。'上联典出陶渊明'采菊东篱下，悠然见南山'名句，钱大人以牡丹为题（——不是有'洛阳牡丹春富贵'之语），言卖花人把洛阳的春色都挑走了。钱大人，您当时可是让那些饱读诗书的儒生们赞叹不已啊！"

"对对，卑职提那燕诗，正是想说钱大人小时候就才思如涌。"知县大人看来已酒足菜饱。"本县忽然有一上联，却一时难有下联，想就教于钱大人。"

刘大人觉得这知县好生无趣。今日让你来，是给了你面子，你如此不识抬举，一而再地差点挑起事端。你摆谱也好，"惹火抓痒"（吴语方言，意主动招惹）也罢，也不看看场合。这是本大人设的宴，你难道非要搅局不成？但他不露声色，且观态势。如真出现难堪之状，他也不怕。这钱大人可不是可轻易难倒的，你知县这点学识，离钱大人远着呐！再说，必要时，他也可以出场应对。

"既然知县大人想考考我，就请出联吧。"鹤滩从容地说。

"不敢，不敢。"知县看了看两名姑娘，说："红白两兼，醉后无分南北。"

鹤滩想起来时路上所见之情形，脱口说："青黄不接，饥来有甚东西。"

刘大人拍案叫绝。这猛然一拍，让两姑娘吓了一跳，灿若桃花的脸上，忽然开了白玫瑰。

刘大人随后说：“知县大人，钱大人说得对，天灾人饥，贵县当开仓赈灾！”

知县多少有点窘迫，觉得似乎讨了个没趣，但他顿了顿，终于勉强说：“卑职定遵两位大人所嘱，明日即开仓赈灾！”

四

宴散，刘大人这回坚持用轿子送鹤滩回家，可鹤滩仍坚持步行回家。

夜阑人静。三月之夜，还有点凉。下肚之酒，正好抵御着这夜寒之袭。

这鹤滩毕竟老了，脚步有点踉跄。但他心里高兴着。他没有料到，这次赴宴，会有这般好心情回家。他心里一高兴，就要吟咏。只是这时候，用本地方言说，舌头似乎大了，所吐之字，有点含糊不清了，似也不像刚才酒席上那样流畅。

卷五

毕淑敏：没有愤怒的人生，是一种残缺；我愿以我生命的一部分为代价，换取永远珍惜愤怒的权利。

○ 尽管如此，我还是向小楼、裸女、草地、小道一一问候，一个入会 30 多年的老会员、一个年将 80 的老人深情的问候。

去作协开会

久违了，上海作协所在的小院。

从参加竹林《今日出门昨夜归》研讨会至今，几年过去了。依然是这几幢小楼，楼前的美丽裸女（爱神丘比特的妻子普绪赫的大理石雕像）依然高举着双手站立在一方小池中；只是草坪上的绿更加深浓了，深浓得让人感到了生命的质感与力量。周边的树，愈发繁茂了，它们浓浓的绿影，在这炙热的酷暑天，有力地吸引着我驻足其中，尽管如此，我还是转了一圈，向小楼、裸女、草地、小道一一问候，一个入会 30 多年的老会员、一个年将 80 的老人深情的问候。然后，才步入会场。

早就听竹林说，要开个她的创作与作品的研讨会。7 月 24 日，接到了邀请函，随寄的还有她的三部长篇小说：《呜咽的澜沧江》《今日出门昨夜归》和《魂之歌》。其中，《呜咽的澜沧江》是武汉大学出版社再版的，《今日出门昨夜归》是上海人民出版社新版的。尽管我早就有了这三本竹林亲赠的书，但见到它们，还是感到十分亲切。

邀请函上希望准备发言,收函后的第二天还收到作协发来的短信,我与竹林又有着几十年的交往，无论如何，我是要赶来参加并作发言的。

研讨中，一个发言刚结束，主持人朝我看了一眼，我即移过话筒，作了下列发言——

尊敬的心瀚部长、汪澜书记、竹林老师、主持人，各位老师：

下午好！

竹林老师在1973年的《安徽文艺》上发表第一篇短篇小说《万全店》至今，已走过了40多个年头。今天，上海作协组织召开“竹林创作与作品研讨会”，作为她作品的一名热心的读者，我谨表示由衷的祝贺。

我是在20世纪80年代认识竹林老师的。那时，我正在专职编写上海市的中学语文教材。我读到了她的《冰心与萧乾》，很想将其编进教材。在一次作协召开的会议期间，经人指点，我找到了坐在对面的竹林老师。我对她说了我的意愿，并说明，根据教材需要，改动了两三个字。她表示了尊重与支持，说，你们尽可以改。那是我与她的第一次见面。

当时，对入编教材的作品要求很严，严到近乎苛刻的程度。在众多要求中，有一条是：作品语言必须是规范的，并尽可能是生动、可读的。因为我们语文教学的任务之一，是培养学生正确理解与运用祖国的语言文字的能力，增强学生热爱祖国语言文字的感情，而语文教材则是完成这一任务的主要依据与载体。记得当时肖复兴先生有一短文《我和儿子一起学画》，总体上符合入选要求，但有几处语言需要斟酌，为此，我与肖复兴先生进行过联系，他十分赞同我们的意见，认为给中小学生读的作品，必须规范，必须慎之又慎。他后来在6处作了改动。

作品入选教材，当时关卡很多。责编推荐后，要在组内讨论，讨论通过后，由主编审读；主编通过后，再交教材审查组（当时设有教材审查组，与教材编写组同隶属于上海市中小学课程教材改革委员会领导）审查，我们送审的很多优秀作品也曾被否决。教材最后完稿后，还要送国家中小学教材审查委员会审查。最后经审查通过的教材，还要在试点学校试教，教学效果差的作品，仍要被剔除。竹林的《冰心与萧乾》一路绿灯，顺利通过。我曾在徐汇区等多个区县，观摩老师执教这篇课文，效果确实特好，师生们说，两位大家（指冰心与萧乾），不仅可敬，而且可爱，有一种人性、人情美，读了课文，宛如亲眼见到了两位大家。我们的教材曾经多次修订，课文调动的幅度也很大，这篇课文一直保留到了最后，前后达十年之久。

我稍稍展开说这个过程，是想说明两点。

首先，竹林老师的作品，不仅内容是好的，语言是规范的文学语言，是经得起咀嚼的，可谓文质兼美。有一个传统的说法，文学是语言的艺术。我不认为这个说法已经过时。顺便说一句，我曾经读到过一些作品，包括被炒得炙热的名家作品，语病颇多，作为一名语文教师，我不能不感到遗憾。

其次，作为竹林作品的一个读者群，中学生是十分爱读她的作品的。我所在的松江，曾有6所学校，先后要我联系竹林老师，请她去作讲座，去与师生座谈。竹林在上海市重点中学松江二中作讲座时，三百多名师生，在一个半小时内，无一人走动，整个会场安静得只有竹林的声音。这种情况，在中小学，或许不是多见的。竹林老师不属于口若悬河类的，她的口头表达，远逊于她的书面表达，她完全是靠她所讲的内容吸引大家的。在另一所百年名校、匡互生创办的立达中学，竹林与师生座谈，事后，校长与老师说，作家进校园，可以营造学校的文化氛围，提升老师的文化品位；一些学生告诉我，他们读了竹林的小说，听了她的创作体会，还与她合了影，真感到幸运。

作为一名业余作者，我有几部长篇小说蒙她握笔作序，趁此机会，谨向竹林老师致谢。

我的发言完了，谢谢大家。

会后，在大门内的阴凉走道上，与早就认识的几位作家、教授及刚认识的赠我《竹林文学创作论》的江苏大学教授史辉戈教授说了会话后，匆匆向他们一一道别。

回到家，已是下午6时，很累，但很高兴。

2015年8月6日

○ 城里人真是一年一个样，乡下人想学城里人，刚学得有点像，城里人又变了样。

乡下人的“看不懂”

首先声明，我这里的“乡下人”，无丝毫贬意。

在新松江路沈泾塘桥北侧这个空旷所在散步时，每每见到有一人在河畔垂钓，为这四季都宜徘徊的所在增添了一道风景。几年前，在南京江宁山庄小住时，早起去湖滨散步，曾有小诗一首：“晓湖有鸟穿迷濛，柳帘悠然持竿人；如若不见禁钓牌，未必不是一风景。”

因为常见，虽不知垂钓者姓名与身份，但渐渐地熟识了。一次，竟不顾惊动游鱼、影响垂钓，他与我攀谈起来。他十分感叹乡下人的“看不懂”，说：“城里人真是一年一个样，乡下人想学城里人，刚学得有点像，城里人又变了样。”

我来了兴趣，就问：“比如——”

“我理了下，至少有四个看不懂。”

他于是说了起来，几个“看不懂”，大致是：

一、早些年，城里有公共汽车，往来十分方便。我们乡下没有公共汽车，上城里只能步行。现在交通发达了，乡下也有了公共汽车，出进自然就不用步行。可这时的城里人，反而不乘车而喜欢步行了，说这样可以减肥。

二、城里人的生活条件比乡下人好，常常鱼肉荤腥，山珍海味，乡下人只能吃些自种的蔬菜，就是养着鸡，也为了吃蛋而舍不得宰杀。现在乡下人的生活条件显著改善了，顿顿可以吃荤腥，可城里人反而喜欢吃蔬菜，而且特别喜欢我们乡下种的不洒农药的蔬菜，甚至在自家的房子旁也种起了蔬菜，说是可以降低“三高”（高血糖、高血脂、高血压）。

三、城里人一度住公房，有些甚至住在高达十几层上的，上下有电梯，让乡下人羡慕不已。现在乡下人也搬进了城里，住进了公房。可城里人反而要住乡下，或城乡接合部，而且花大价钱造起了农民房，还美其名为“别墅”。

四、乡下人一直欣赏城市的繁华，偶有机会到城里，为抬头看高楼大厦，常常踩着了别人的脚，现在乡下人口袋里有钱了，常往城市跑，城里人却一有空就往乡下跑，甚至往山区跑，喜欢在乡下、山区过夜，还在乡下开“农家乐”“饭庄”“宾馆”。

说完这四个“看不懂”后，垂钓人似乎意犹未尽，还想说下去，发现钓标突然移动，似乎有鱼上钩。这鱼也真够大胆的，岸上有人说话，也敢咬饵，也算是一个“看不懂”。

“你是城里人，”他将鱼放进水桶，“你懂不懂？”

我忙说：“我原先也是乡下人。”

……

这是两年前记下的一个情景。而今，河畔依然有人垂钓，只是已经换了人，因而不便再进行交谈。我想，如果还是他，一定还会增加一个“看不懂”：原先城里人常往商场跑，出来时，大包小包的，花去了不少钱，还一副兴高采烈的样子，现在乡下人也往商场跑时，不少城里人就在家里上网购物了。

原先的乡下人，现在都住进了城里，成了城里人；乡下的房子，除了住着一些老人，大都住进了外地来打工的，他们成了新乡下人。

他们是否也会经历许多的“看不懂”？

继续散步时，我回忆着这些个“看不懂”，觉得这何尝不是“风景”？

○ 婴儿出生时的第一个反应是啼哭，这“啼哭”是否兆示着人生旅途上更多的是维艰、苦难？

碎　　片

如果记忆是一个仓库，那么现实生活中的一个场景，人们无意中说的一句话，一张照片或一首乐曲，都可能成为开启这个仓库大门的一把钥匙，就在插入锁孔这么个瞬间，仓库的大门立刻洞开，于是，仓库里相关的一切，无论是美好的还是丑陋的，无论是剜心般的痛苦还是酣畅淋漓的欢乐，还有那些遗闻逸事、遗风余韵等，都可能重新出现在你面前，清晰得如同昨天刚刚经历过。

散步时，曾先后出现过不少这样的碎片。

漫步兰溪诸葛村

似村，却见街巷石砌，屋宇相对，楼阁多杰构；似镇，则场上有黄犬追逐，母鸡踱步，池旁有村姑捣衣。似民居，则幢幢栋栋，按八卦布阵，分明是诸葛谋略；似军营，却碧瓦粉墙，巷尾可见黄发对弈，门口可闻垂髫诵读。是村，是镇，是军营，是民居，原来是诸葛村镇。

跌 倒

在离开辅导班去浴室洗澡的路上，不慎前仆，刹那间脑子里一片空白。待清醒过来后爬起，觉身上多处疼痛，且鼻子血流不止，左裤腿磨穿一洞，脸上、双膝及左手掌皮破；同行的L君吓得一时不知所措。年事较高、又患有高血压的人，跌倒而又能爬起，可算是不幸中之大幸了。从医院检查知无大伤回来，草拟两句：

祸单行，福双至，菩萨保佑；

往种因，今得果，阿弥陀佛。

记得这一天是2011年3月19日。

品 酒 菜

××嗜酒成性，可又拮据羞囊，于是到熟食店去，抓起一只烧鸡或酱鸭，到柜台去，佯装着要买回家的样子，待伙计称好分量、报出价钱，他就说："啊，这么贵！我带的钱不多，对不起了。"说完，就将鸡或鸭放回原处，然后匆匆离店回家，舔一个手指，就喝一口酒，原来手指上沾着汤汁，自是乐在其中。

这是听来的一个小故事，如果不是编造的，估计发生在上个世纪五六十年代。如今有人想这么做也不可能了。

背 后 文 章

进入奔八之年，对身外冷暖，反应麻木；老眼昏花，对背后文章，也懒得顾视；至于君子误解，小人秽语，则已经不在乎了。有人说，对谤诼，你为何不反击？我为何反击？这是人负于我，关我何事？再说，反击小人，我岂不降低了自己？人生在世，自有公论。誉也好，毁也罢，其实影响不了公论。坊间有语：人是吹（吹嘘）不好的，也是说（诋毁）不坏的。真是的论！王蒙说他“从来不搞以眼还眼，以牙还牙”，他说他“绝不陷入文人相轻的下贱圈子中去”，“一是节省精力，干点正事；二是保护自己，使自己身心健康”（《一辈子的活法》）。又有人说，这不合乎你的性格！人的性格是会改变的，如果这是一种改变，我欣然。

小　人

弘一法师曾说：“我不识何等为君子，但每事肯吃亏的便是；我不识何等为小人，但每事好占便宜的便是。”法师心怀慈悲，大肚能容。而今社会，世风不正，按法师标准，这类人比比皆是。我理解，所谓的小人，往往多半是为自己（主要是名与利）而处心积虑、想方设法算计别人的人。造谣污蔑、匿名投书、卖友求荣、摇尾乞怜者，都属这种人。

修　改

毕淑敏有《我的颜色是平静》一文，其中记叙了欧文女士的一段话：你一定要记住，在你的手绘丝巾的最后一道工序没有完成之前，千万不要给任何一个外人看，没有完成的丝巾是不美丽的。

这里说的是手绘丝巾，其实文章何尝不是如此？文章的写作也有个过程，其中，修改是最后一道工序。或曰：好文章是改出来的。修改又有个过程。没有经过修改或修改没有完成的文章，也是“不美丽的”；可以请一二师友看看，请他们提提意见，但千万不要轻易拿出去发表。陈曼生有诗云:“童子当街数落英,摇头学我苦吟声;门前有客不敢报,却道先生诗未成。”“不敢报”是因为“先生诗未成”,这理由是毋庸置疑的。

小　地　方

一学生要我为其子写一份简历去参加应聘。我是手写的,她拿去打印。第二天,将打印稿拿给我看,其中,“作品”栏中,将所有“《　》”(演出剧名)均改成“(　)”,以致与其他处的小括号相混。我提出要改,她不以为然,说,这种小地方人家不会计较。

我于是继续当她的老师:

人们常常忽视所谓的“小地方”,忽视细节。其实,细节绝对不容忽视。小中见大,所谓“一滴水反映太阳的光辉”。就以这份简历而言,对方会从中看到你儿子的不规范,看到你儿子的基本素养;再说,一个细节,人们也许不在乎,又出现一个细节,也许还不怎么在乎,一而再,再而三,人们就形成了一种看法,“看法”就不是什么小事了。为此,人们常说细节往往决定成败。

感　　情

一个老师在讲解时,两个学生同时用书挡着脸在打瞌睡。老师叫醒了其中一个平时经常调皮捣蛋的学生,批评说:“你看你,只要一拿起书本就打瞌睡,你看他,”老师指着另一个她喜欢的学生,“即使在打瞌睡时也拿着书!”

在有感情倾向者那里,似无是非可言。感情倾向在有些时候实在是很可怕的。

钱与文化

有一位作家说:“有钱之前，钱比文化重要，而有了钱之后，文化比钱重要。”这话说得很现实，也很前沿。细细想想，后半句是不错的。一些暴发户、土财主在腰缠万贯后，从个体书商那里买进成套的、精装的四书五经、二十四史（其实一本也看不懂），像模像样地将之排列在他的“书房”里，就是为了向人表明，他的文化生活也是“丰富”的。还有个别干部，明明用公款出国旅游，却在简历上写上曾是某某国家的“访问学者”，这说明他也意识到了文化的重要。至于前半句，尽管有人说，没有钱是办不成事的，有事了，你跟对方说孔子、孟子、老子都没有用，只有票子这个“子”才是管用的“子”；但仍有待商榷，如作家所言，那个宁可饿死而不食“嗟来之食”的黔敖，就无法让人理解。

顺便再提一下，现今有些企业家，也到处在讲文化，有时候，也会拿出一些钱来，资助文化事业，以表明其精神境界、文化情怀，但其内心深处、骨子里，还是为了钱，普遍的状况是，投资总是为了获取回报。

物质生活与精神生活

有人曾说，物质生活十分优越的人，精神生活往往比较空虚，其中的爱情生活也诸多不如意。这种现象是否带有普遍性，有待研究。但想想也容易理解。人的精力总是有限的，你在物质生活上多一份追求，在精神生活上就少了一份追求；越是沉湎于物质享受，其欲望就如雨后野草般疯长，对爱情的要求就偏重于感官刺激，满足于生理需求，于是自然这山望着那山高，吃着碗里看着锅里，还惦记着外面菜地里的，所谓“得陇又望蜀”。好莱坞著名影星伊丽沙白·泰勒，晚年曾这样总结自己的人生：“上帝给了我美貌、声名、成功和财富，所以没有给我幸福。”这话让人沉思。

婴儿的第一个反应

尽管不少人得知我喜欢一个人散步，但这一回，还是有两个人三步并作两步赶上了我。

这是一对夫妇，是我上个世纪七十年代的学生。毕业后，因为诸般原因，有幸留在了城里，被安排在县属企业工作，一时引人羡慕。在同一单位，两人由相知到相恋，并结为伉俪，又让人羡慕了一阵子。可世事难料，后来企业倒闭，职工失业，至今两人的退休工资加起来不到五千。家中还有一位多病的老母，一个残疾的孩子。在如今物价飞涨的年代，用不到五千元来维持这样一个家庭，其拮据的境况是不说也可以想见的。但他们在我这个往年的老师面前还是难抑种种的凄苦。我默默倾听着，被感动着，但面对贫富悬殊如此的社会，除了感慨，我又能说什么呢？我忽然想到，婴儿出生时的第一个反应是啼哭，这“啼哭”是否兆示着人生旅途上更多的是维艰、苦难？自然也有例外，但毕竟少数，更多的人就如俗谚说的：人生不如意事常八九。

○ 在散步时，也每每见狗在前带路，主人跟随其后。无论是大是小，无论什么品种，那可掬憨态，都让人喜爱。

宠　物

某老师独居，子女们为解其孤独，替买了条小狗。开始一段时间，老人十分厌烦，每天多出了许多事，但慢慢地喜欢上了，也心甘情愿地细心照料，终于至于爱护得如同待子孙辈，偶有外出，还得与其商量:“奶奶要去居委会开会,你在家要乖一点,奶奶回来给你带好吃的。”直说到其尾摇首肯，才依依不舍地离家。

我的一个学生也养了一条名种犬，一曰忽然不见，到处找寻而不得，于是贴出广告，如有人能找到她的这一宝贝，愿以一小套房酬谢。对那犬珍爱如此，让我吃惊。

在散步时，也每每见狗在前带路，主人跟随其后。无论是大是小，无论什么品种，那可掬憨态，也确实让我喜欢得要弯腰抚摸一下。

邀宠、媚悦其实是所有宠物的本性。这一本性显然也遗传给了人类中的一些人。作为高等动物，这些人与宠物相比，有过之而无不及，以致“圣明”如君王者，也难抵挡得住他们。这就是历朝历代的“和珅”们总是受到圣上宠幸的原因。

当然，“和珅”们的心愿之所以得逞，问题的关键还在“圣上”

身上。《宰相刘罗锅》的片尾曲有段唱词："故事里的事，说是就是，不是也是，说不是就不是，是也不是。"针对的主要还是"圣上"。

唱词里说的"故事里的事"，当然发生在封建王朝里。那么，当今社会有没有这样的事？

应该看到，许多单位的一把手，坚持原则，发扬民主，即使下属中有个把"和珅"，也保持着清醒的头脑，能分辨是非，不为其邀宠、媚悦所动。我认识的几个一把手就这样。毕竟社会性质不同了。但不能不看到，一把手说"是"下属们连说"是是是"、一把手说"对"下属们连说"对对对"的现象，不是绝无仅有。这让人想到鸡吃食时的情状。领导要尊重，权威要维护，但在这样的单位里，就不再有是非，民主、公正等等也早被废弃，而"是是是""对对对"者则连连得宠，甚至步步高升。一些干部最后走上犯罪道路，不能说与此无关。看到这样的领导，我常常不由得想到那个电视剧：即使在封建王朝里，皇上在重用和珅的同时，也还不忘重用纪晓岚。

○ 警察在执法过程中应具有怎样的素养？应如何对待民众？在普遍重视敬老的今天，交警又该如何对待上街的老人？

交　　警

想去老城区办点事。我是持有“敬老卡”的，乘公交车可以免费，但我想完成每日一万步的指标，于是走了过去。

在路过××路、××路十字路口时，目睹到了一个场面：

一老者在过××路时被一交警逮住并遭到粗暴的训斥，还被勒令交出身份证，就像违规的驾驶员要交出驾照。老者大约已是奔八之人，被训得一时不知所措。交警训着训着越发来劲了，竟又说：“你们这些老不死的，不好好在家待着，出来寻死？”我开始还忍耐着，听到这一谩骂，好打抱不平的臭毛病又上来了，就上前说：“你这是什么话？请问，老人上街犯了哪条法规？”交警瞪了一眼，还是恶狠狠地说：“他闯红灯，你说犯不犯规？”我说：“他开始穿马路时是绿灯，后来为了让几辆转弯车，绿灯变成了黄灯又变成了红灯。”旁边一个观者显然也有不平，就出来为我的说明作证。交警沉默了片刻，转向老者：“快把身份证交出来！”老者可怜兮兮地说：“没带。”交警似又有理了：“不带身份证，你出来做啥？”那神情几乎与敌伪时期对待未带“良民证”者一样。我说：“出来一定要带身份证，这又是谁的规定？”又有几个旁观者为我“帮腔”（交警用的词）。正在此时，另一位正在指挥交通的警察走了过来，一看是我，就说：“吴老师!”原来他认识我，他显然也看到了老人过马路的全过程，于是接着说：“对不起啦，吴老师，此事待会让我来处理。”他在向老者诚意道歉后，让其离去，又紧紧握了握我的手，似乎一切尽在不言中。

继续散步时，我的心情仍然难以平静。倒不是由于我也属“老不死”“出来寻死”一类。我是在想，不视具体情况，不问青红皂白，就板起面孔训人，这是谁给你的权利？就因为自己是执法者吗？执法者在执法过程中就不能人性化一点？我又想起曾在报上看到的一则消息：杭州某先生一日收到一个快件，里面竟是今年农历新年一家人在台湾地区旅游时丢失的一个包。快件中还附一张清点财物的便条：身份证一张，银行卡三张，人民币四千多，台币五千多。快件是高雄市的一位警察寄来的。

也许这是两个较为特殊的例子，并无代表性。我更无意于因此而将两个地区作比较。两个例子也不是同一类型的。但有一点值得我们反思：我们的警察在执法过程中应具有怎样的素养？应如何对待民众？在普遍重视敬老的今天，交警又该如何对待上街的老人？①

① 在校对此文时，读到2017年3月24日《中国青年报》曹林一文，其中说：“近日网络视频中警察开警车护送一个行动不便的老人过马路的新闻，让人感受到温暖和感动。人们从这个广为流传的视频里看到：一个行动不便的老人推着轮椅经过人行道，老人步履蹒跚走得很慢，很快就变成了红灯。正好骑着警车经过在等红灯的两个警察看到这一幕，便下车帮忙，一个指挥着左转的车为老人让路，一个骑着警车护着老人让她慢慢走过。”

○ 《报刘一丈书》：日夕策马，候权者之门。即使对守门者，也甘言媚词，作妇人状，“袖金以私之”，一旦被召见，“则惊走匍匐阶下”；出来后，如遇“交识”，即说：“适自相公家来，相公厚我，厚我！”

有些人，“尊”的其实是位置

在电大任教时的一位学生突然来访，见我正要出门，问：“老师有事外出？”我告之出去散步，他声明没什么事，只想来看看老师，“要不，陪老师一起散步？”

我们于是走了出去。

自他电大毕业后，我们几乎没有来往，曾听说他先在一单位当中层干部，后升任该单位的副职，是一个副处级干部。

沉默了一阵后，我无话找话：“还那么忙吗？”

“已经不忙了。”他说，“我已经退下来了。”

我站定，正面看着他：“什么时候的事？”

“已经三四个月了。”

在此后的散步中，他颇为感叹地说：“记得老师在课堂上说过两个成语，一是‘门庭若市’，一是‘门可罗雀’。当时其实并不怎么理解，现在算是深刻体验到了。”

干部在台上、台下的境况之天壤之别，人们已经司空见惯了。就我所见，最早的一次是在20世纪80年代。我因发烧而住院检查。邻床是一位厂长，一天中，总有十多批人前来探望。当时还不像现在，所送的礼品，多为火腿、补品、烟酒之类，一天下来，床下堆得满满的，到晚上十时左右，用一车将它们全部运走。几乎天天如此。我在医院大约住了十多天，做了二十多项检查，均未查出病因，热度却忽然退了，于是出院。可两周以后，热度又上来了，无奈再住院。正巧，还是那间病房，邻床还是那位厂长。所不同的是，几日来，前来探望厂长的人少得只剩一二，床底下，自然整天空空的。他大概读出了我的疑问，朝我笑了笑说：“已经不当厂长了。”

夕阳终于隐没于天际，天色也渐渐暗淡了下来。我们依然默默地走着。其实，奔走于权贵之门、在上司面前摇尾乞怜的现象，古就有之。明代宗臣有一名文《报刘一丈书》中就写到：日夕策马，候权者之门。即使对守门者，也甘言媚词，作妇人状，“袖金以私之”，一旦被召见，“则惊走匍匐阶下”；出来后，如遇“交识”，即说：“适自相公家来，相公厚我，厚我！”

见我默不作声，他转换话题：“老师挺硬气，我在任十多年，从未找过我一次。”这类话，我已听多人说过，所以并不以为是一种由衷赞语。但我还是由衷希望他尽快转换角色，及早从“副处”情结中解脱出来，殊知，过去“尊”你者，其实多半是冲着你所坐的位置。说过后，觉得有点后悔，这些简单的道理，他难道不懂？我这不是多说了吗？

○ 小处不得随便！

小　便

在由新松江路转入三新路时，见一男子在路边小便，边小便边还在打手机，说的似江西普通话。所浇着的是草地，估计这方绿草会被尿死。有位老人在路过时也正好发现这一“雅观”，朝我看了看，摇摇头，继续前去了。

在散步时发现此等情景，已不是第一回。这一回让我想起了关乎小便的两个“经典”。

年轻时曾听说明代的徐文长好捉弄人（不过捉弄的都是土地主等人）。一次在从墙边走过时，发现墙（估计此墙是土地主住宅的墙）上贴有一纸，上写“走路人等不得在此小便”（意思是：走路人等，不得在此小便），他在句中加了两个标点。经标点后的句子变成“走路人，等不得，在此小便”，意思就反了。徐文长究竟是否有此“雅”点，没有查核过。但估计是虚构的。原标语语法上没有错误，但既是写给公众看的，其中的“等”似文了点；还有，徐文长走路时还拿着笔？那时可没有而今可随身带的圆珠笔或水笔，即使是标点，也得靠毛笔，且蘸着墨汁；再说，古时的文句一般是没有标点的。但这“典故”让人在了解徐文长的个性的同时，还受到启发：标点很重要。

还有就是“小处不得随便”一典。此典版本至少有两种。我印象中的版本是：当今的一位书法大家，从不轻易赠作，即使很有身份的人以重金索取，也常常讨个没趣。但他居住小区一老妪，见人常在她屋边随便小便，以致天不下雨地上总是湿的，春、夏、秋三季，即使在屋内也能闻到尿臭气，夏季尤甚。老妪不得已，求助于那位书法大家，大家竟也答应了，立即援笔写下："不得随处小便！"老妪将此条幅贴到了常被人撒尿处的泥墙上。可贴出不久即被人撕了去。故事没有就此结束。传说有人发现此条幅竟是大家真迹，于是小心撕下，一字一字剪开后重新组合成："小处不得随便"，成了一警示名句。董桥的版本则是这样的：

> 有一位大书法家坚决不给坏人写字。听说，一位（个）当过汉奸的人偏偏深爱书家的字，到处拜托书家的至亲好友代求墨宝。书家推辞不掉，故意大书"不得随处小便"六个字给他，心想这一下总算交了差，对亲友也有了个交代，而且肯定汉奸不会挂出这幅字来。岂料汉奸收到了满心欢喜，转身请装池店把这六个字剪剪贴贴裱了出来，赫然是上佳的条幅："小处不得随便"！（《一说便俗》）

随便在路边小便，有的可能出于无奈，附近无公厕，又"等不得"，但出现在城市里，总是不雅观（实在"等不得"，可以深入隐蔽处）。如果不是提高到关乎文明素养的程度来解读，至少有违"小处不得随便"的警示。

○ 在一条由三条公路相交的路中央，一对情侣紧紧拥抱着，心中只拥有着他们的两人世界。从六个方向驶来的车辆不得不停下来，并越积越多，交通自然一时被堵塞。奇怪的是，没有一辆车鸣喇叭。

驾　车

在龙源路、新松江路丁字路口，一对老人从横道线上往西过龙源路时，被一辆沿龙源路往南开右转弯的轿车差点撞着。司机猛刹住车，朝两老人骂了句："老不死的，想寻死吗？"骂完，大概还觉得不解气，又补了一句："想寻死，不要害人家！"

我正好散步至丁字路口，目睹了这一场景。其实，老人穿马路时是绿灯，后等接二连三的车子右转时亮起了红灯，老人反应迟缓，想停步前进时，那辆小车急驶而来。

一次在我居住的小区散步时，也差点被一小车撞着。小区的通道，由于泊车，变得很狭窄，我已经小心翼翼地在右侧路边走，没想到后面一辆小车急遽驶来，着实让我吓了一跳。虽擦身而过，但毕竟未撞着，我也就不言语，没想到司机突然停车，从车窗内探出头来责问我："你怎么走路？"话刚出口，发现原来是我，他曾经的老师，就连忙改口："原来是吴老师，对不起，对不起！"目送小车离去，我想，如果我不是他曾经的老师？

现在经济条件好了，差不多的人家都有私家车，有的人家，有两辆甚至三辆。客观地说，许多驾车者是很有教养的。在居民区内行驶，总是放慢车速；在马路上行驶时，见有人过马路，即使闯红灯，也总是远距离地按响喇叭；见到小狗小猫乱穿马路，也往往刹住车，不至于让它们丧生轮下。一次我在新松江路边散步时，一辆小车已超我而去，又突然后退，靠近我，亲切地问我："老师去哪里？我送您！"我解释说是在散步后谢了他。

但不能不看到，相当一部分小车司机，文明程度并不与他的经济富裕程度成正比。这类司机中，小老板、暴发户占了很大比例。他们自视甚高，以为自己开着宝马就高人一等。开头提到一例中的那个司机，其实我是认识的，原是一个靠借债度日近似于无赖的角色，后怎么地一夜之间有钱了，他开的就是宝马。

曾几次看到交警在现场处理交通事故，或一辆已损坏的轿车旁横倒着一辆助动车，驾助动车者还在地上呻吟；或受伤者已被送往医院抢救，唯见地上一大摊血迹；又屡屡听闻有车祸发生，轻者伤人，重者死人。我自己也曾遭罹一次车祸，被撞断四根肋骨、一根锁骨。虽则得到赔偿，但吃了不少苦；由于锁骨断裂处无法上石膏，致错位黏接，直到今日，逢交节气、阴雨天，还隐隐作痛。造成两车相撞的因素可能不只是在某一方面，个别的甚至很复杂，但我想，不规范、不文明驾车绝对是个重要因素。

驾车者一律得经过培训，最后经过考试，通过后才获取驾照。许多司机认为驾照到手就完事了。殊不知，在人生的道路上，处处是考场，每个人其实时时在经历着考试，对驾车者来说也不例外。

曾经读到过一篇外国的微型小说。小说写的是，在一条由三条公路相交的路中央，一对情侣紧紧拥抱着，心中只拥有着他们的两人世界。从六个方向驶来的车辆不得不停下来，并越积越多，一条主干道的两侧，甚至积有几十辆。交通自然一时被堵塞。奇怪的是，没有一辆车鸣喇叭。小说里写了两个司机的心理活动。一个司机想，对他们来说，这绝对是幸福的时刻，不能惊动、干扰他们；另一个司机想，也许这是一次盼望已久的相遇，彼此可能一直在寻找对方，此刻终于找到了。还写了一个司机的一个细节：燃起了一支烟，把头探出车窗外，眯缝着双眼，神迷地看着他们，仿佛正品味着甜蜜的是他自己。

小说常常是虚构的，但一对情侣相拥在路中央的情景要是真发生在现实生活中，并发生在我们这里，我们的司机又将会如何对待呢？

○ 毕淑敏：没有愤怒的人生，是一种残缺。

愤 怒

尽管血压升高，尽管胃痛难受，尽管刚从医院就诊回来，感到很累，我还是走了出去，期望在散步中调整心态，稳定情绪，血压与胃痛能有所缓解。

在医院中，一直为我诊治的 Y 医生说，您有胃病，但一直较为稳定，怎么突然疼痛起来？在量完我的血压后又问我，今天的血压怎么这么高，是否忘了服药了？

我的血压能不升高吗？我的胃能不难受？

仅仅是几日内，我先后得知，有四个我的学生竟得了一谈起它就令人色变的那个病。四人中，两人得的是肺癌，一人得的是前列腺癌，一人得的是直肠癌。其中，最让我难以面对的是个孩子。三年前，我曾为他辅导过一年，认为是个很有出息的孩子。后来，他考取了他心仪的高校，学的是他喜爱的专业。老师也很赏识他，许多本属于自己的业务，也放心地交他去完成，他不计报酬，不辞劳苦，每次完成得总让老师称心满意。美好的生活与事业的画卷刚刚在他面前展开，怎么竟得了这病？我一直仰视上苍。我希望这是上苍对他的一种磨炼，而不是惩罚。是的，为什么要惩罚一个孩子，而且是如此优秀的孩子呢？

目前，癌症发病率显著上升。有专家在报刊上著文说，癌症频发，原因在目前社会老年人增多，老年人已经走到人生的边缘，患病率高是再正常不过的事，加上，现在医药科学发达，一患病就能查明，发现率高，要在过去，稀里糊涂就故去，谁也不知道患的是什么病，云云。

这话，粗粗一听，似乎多少有点道理。然而，对现今的专家、学者，自有公论。应该说，从整体上，群众是信任的、尊重的。但是，专家、学者中，拿了信封袋（红包）为领导说领导想说而不便说的话的，屡见不鲜；其实不会吹竽而通过非正常途径混入合奏队中装模作样的，也不乏其人。

作为专家、学者，既然分析到癌症频发的原因，就应该客观、全面一些。比如，我们的生态环境有没有问题？大气、河水、土壤被污染，食品及新置人居器具有毒等等，与癌症有没有关联？有着怎样的关联？

都在说，情绪不宁，心气浮躁，尤其是愤怒，容易伤身，导致多种疾病发生。这所谓的多种疾病中，自然包括癌变。对此，又有专家、学者说，官员的形式主义、官僚主义、享乐主义、奢靡之风，在执行法律过程中的潜规则，还有经济领域的严重造假，等等，是在社会前进中、在改革过程中产生的，是无法避免的，谁让你如此气愤、如此恼怒？

对生活中的一切，确实都需积极面对。但细细一辨，这话似有“只许州官放火，不许百姓点灯”的意味。你对社会上的种种不平如此冷静，却指责人们的愤怒，这公允吗？能服人吗？这样的愤怒错了吗？记得著名心理咨询师、著名作家毕淑敏说过，愤怒是人的正常情感之一，没有愤怒的人生，是一种残缺，为此，她愿以“生命的一部分为代价，换取永远珍惜愤怒的权利”，“当你面对丑恶、面对污秽，面对人类品质中最阴暗的角落，面对黑夜里横行的鬼魅，你难道能压抑住喷礴而出的愤怒吗？”

○ 2013年自7月起，广东省卫生厅要求厅机关处级以上领导以患者或患者家属身份到广州地区不同级别、不同类型医院“看一次病”，在8月13日的座谈会上，许多干部感叹看病之难“竟然超出想象”，看出“意见达51条”。

医患关系

供销总社小徐送《松江供销》稿子来，我趁机抓了她一个差。原只是让她用小车送我到医院即可，但她很懂事，全程陪我就诊，替我挂号、付款、取药等。在送我回家时，我要她在新松江路让我下车，她坚持要将我直送至家门口，其意至诚，让我感动。回家后，看看计步器上只有三千多步，感觉又不是太累，就又走了出去。

前几日，突然感觉肚子疼痛，我估计是受凉所致，就服自备的培非康，饮食、睡眠等又倍加小心，可连续四天，不见好转，不得已才让小徐送去医院。这正应了“自做郎中药不灵”这句古训。

每次去医院就诊，总要先后四五次排长队，几次长队排下来，又在那样的环境里，就是没病，也得让你心烦头昏，浑身不适，这就是我硬撑了四天不想去医院的一个原因。还有一个原因，是要做这样那样的检查。医生头都不抬，问了句“哪里不舒服”后，就开出多张检查单子，整个过程最多一二分钟。一次因拉肚子去了 Y 医院，竟连续做了五六项检查。尽管在这个过程中不时要如厕，但我还是耐着心配合着医生，直到要我去拍胸片时，我终于不能沉默，就问医生，我这是拉肚子，跟肺部有什么关系。这位年轻的皮肤白皙的医生推了推眼镜，问我是干什么的，我说我已退休，又问退休前是干什么的，我似小学生回答，是教师，他说，身为一名教师，你不知道身体各部分之间有联系？我一时无语，在站起来的瞬间，忽然想不能就这么离去，就说，如此说来，你这五六项检查似乎还不够，比如脑子、心脏等，都得检查；仅是拍片似乎也不够，恐怕还得做 CT、核磁共振等。他说，可以做呀。我说，我得问问你们院部领导。我刚说完转身，他说，你不拍胸片也可以。

仁心妙手，悬壶济世，这是我们这代人曾经对医生的印象。一位医生在报纸上发文，提及自己在国外从事医疗多年，亲身感受到国外患者的由衷感恩及对医生的尊重，没想到回国后发现医患关系竟如此紧张。我还听说，有病人家属甚至将灵堂设在病房的走道里，医患矛盾突出至于如此！

话又说回来，像那家 Y 医院、那个医生虽然不是绝无仅有，但不是所有的医院、所有的医生都如此。拙荆与我，都住过上海中山医院，中山医院的樊嘉院长、46 病区的杨欣荣医生，不仅医术高明，而且医德高尚。对这样的医生，病人只有感激。台湾阳明医学院教授、作家张晓风曾说："这世界上不缺乏专家，不缺乏权威，缺乏的是一个'人'，一个肯把自己给出去的人。"这里所谓的"人"，就医药领域说，应当是医德高尚的人，所谓"肯把自己给出去"，即有奉献精神，就像樊嘉院长这样的医生。

造成医患关系紧张的原因可能很复杂。其中自然有患者方的因素。有曾是我学生的一医生无奈地举过一个例子，说一老太被撞伤躺在路边呻吟，肇事者逃之夭夭，一驾小车者路过见状，立即将其送至医院，老太反诬是送者所撞。"病人难伺候啊，"学生说，"我们做医生的，得学会保护自己！"我不由得想到，而今世风日下，道德滑坡，加上先后涌入的大批外来农民工中的不少人，缺少教养，素质低下；即使是那些外来的高学历、高智商者，他们中的有些人，即钱理群先生所说的“精致的利己主义者”，为了生存与发展，每每不择手段。看来，医生对患者做这样那样的检查，一是确实需要，二是为了保护自己。

但不得不承认，医院中确实存在着商业化倾向。有医生向我直言，医院购置的大量仪器，总要收回成本，获取效益；有医院还将医院的收入与医生的奖金挂钩。又，部分医务人员的医德也确存在着问题，收受红包已成为一种潜规则。报载，云南省某医院院长，在 2005 年至 2014 年间，竟受贿现金人民币 3500 万、价值 8000 余万元的房产 100 套。腐败的细菌正侵蚀着他们的灵魂。再，学历很高医术却平平者也不在少数。拙荆最近就遇到一个情况。她因心脏病频发，中山医院医生决定两周后进行手术治疗，临走反复关照，如两周内发病，在就近医院抢救时，让医生千万不用某种药。一日发病，送至 Y 医院（就是那家为拉肚子要做多种检查的医院）抢救，我们向医生多次转达有关情况及中山医院医生的关照，抢救的青年医生显得极不耐烦，还问你是医生还是我是医生。结果，这次好不容易入住中山医院，因用了那种药，掩盖了病灶，手术无法立即进行。中山医院床位十分紧张，不得已只能出院，待以后再努力争取。

报载，2013 年自 7 月起，广东省卫生厅要求厅机关处级以上领导以患者或患者家属身份到广州地区不同级别、不同类型医院“看一次病”，全程体验医院流程。在 8 月 13 日的座谈会上，许多干部感叹看病之难“竟然超出想象”，看出“意见达 51 条”。

我从教数十年，深知如果一教师与多数学生经常产生这样那样的矛盾，师生关系总是处于紧张状态，责任多半在教师身上。医患关系不如师生关系相对比较简单，但有一点是肯定的，这就是医疗的有关制度必须进行改革，部分医务人员的医德有待提高。

想事时，步子似快速了，计步器上显示，已经超出五千步。我得回去了。

○ 四年级某班的一堂作文练习课上，老师让学生组句："雪化以后变成什么？"大多数学生说：变成水；部分学生说：变成江水；小女生说：变成春天。老师批点："后排女生跳着走路，莫明其妙！"

庸　　者

G君身体有恙，在Y医院动了手术，没想到没几天就昏迷，经专家抢救无效，终于不幸故去。有人问其故，或答曰，手术是成功的，原因在大面积感染；又问何以感染，答曰，因人探望；有人仍存疑惑，既有可能因人探望而受感染，为何不住监护室？答曰，病人要求住家庭病房。情况似乎有点扑朔迷离，即便如所答，仍有两个问题颇费解：一是因有人探望而导致感染而至于死亡，似乎有悖常情，据了解，探望者均为健康之人；二是为何不坚持医则，轻易同意患者要求。

在该医院最近又有类似的一例。某君切除肿瘤后，出现大量积水，并伴有热度，不得已每天抽除积水。专家会诊，须重新手术，但原手术"专家"不同意，又不得已维持原状，每天抽水。

看来，现在的某些所谓的"专家"，不过是庸医而已。

因为关乎人之生命，人们对庸医极度气愤，深恶痛绝；其实类似庸医者，各行业均有，如在教育系统就有庸师。

散步时，常留意小学生在回家路上边走边背课文。一次听一生背贺知章的《回乡偶书》，将其中的“乡音无改鬓毛衰”中之“衰”，读成“cuī”，问其何以读“cuī”，生回答，老师说这个字现在读“shuāi”，古时却都读“cuī”；又有一次，一生读成“shuāi”，问作何解，生说，衰老。我又问，鬓毛也有年轻与衰老之分？生说，反正老师就是这么说的。

在古代，“衰”既可读“shuāi”（读此音时，该诗中的意思为“人老时鬓发疏落变白”，而不是“衰老”，《汉语大词典》中该字条下就有此解，所举之例就是贺知章的这首《回乡偶书》，还举了唐·张乔的《望巫山》诗句“边海故园荒废卖，入关玄发夜来衰”），又可读“cuī”（读此音的诸义项中，有“减少”一项，《战国策·赵策》中“日食饮得无衰乎”中的“衰”就是“减少”的意思）。如果第一名小学生的老师这么说：“旧读‘cuī’，意为‘衰减、减少’。”也可成立。

这种情况让人想起一档节目，好像是一次知识竞赛，问一诗句作者为谁，回答者说“苏东坡”，年轻漂亮的主持人说“错，是苏轼”。看来，一些节目中也存在着庸主持。

如果上举之“衰”例，还可讨论的话，那么下面的例子足可证明其师之“庸”了。

报载：四年级某班的一堂作文练习课上，老师让学生形容花，大部分学生都说：春天来了，百花齐放，万紫千红；有两名学生将花比喻为大地的时装；一坐在后排的小女孩怯怯地说：“春天花亮了，秋天花灭了，花是灯。”老师点评说：大多数同学回答得都很好，那两名同学可以给及格分，后排那个同学不及格，“花是灯，电灯是什么？”老师又让学生组句：“雪化以后变成什么？”大多数学生说：变成水；部分学生说：变成江水（说明积雪量大）；小女生说：变成春天。老师批点：“后排女生跳着走路，莫名其妙！”

庸师之类，虽不危及生命，但其误导之后果，也不可忽视。

○ 我把今年最早的一声问候给您，把世间最美的一种祝愿给您，把心底最深的一份祈祷给您。

盘　点

这几天散步时，不时收到祝贺短信，其中一条是这样的："我把今年最早的一声问候给您，把世间最美的一种祝愿给您，把心底最深的一份祈祷给您。不管岁月如何变迁，愿您总是健康幸福！"这是一文学爱好者发来的。平时我们很少联系，我承担书稿任务时，常请几个文学爱好者一起完成，其中就有她，每逢节日，她总不忘我，及时发来短信。在元旦节的通话中，竹林也送了 6 字祝愿：健康，平安，喜乐。

就在这些祝愿声中，新的一年到来了。

在出版 10 卷本文稿后，我给自己的生活订了 12 字方针：减轻负担，放慢节奏，疏淡交往。可近两年下来，似难以做到。这刚过去的 2013 年里，依然忙忙碌碌。

这忙碌，有些是我主动争取来的。在我过去的学生中，有些关心、照顾我的甚至胜过我的儿、媳。看到市场上的蔬菜都洒有农药，就每周送来家乡父母自己种植的新鲜蔬菜、瓜果；每月要跑一次医院，就亲自或派人用小车接送，为我挂号、付款、取药；见我多时沉于事务，就约我喝茶、聊天，去江浙一带的"农家乐"，有的甚至陪我洗澡，让我得以休闲、调整；知我有事，就主动上门，为我奔走，直到问题得以解决；逢年过节，总上门慰问；等等，等等，让我时时有如沐春风之感。古人云，滴水之恩，当涌泉相报。我今年老体衰，已经不能“涌泉”，但乘我脑子尚可，我得感恩，得回报，为他们做些力所能及的事。

这忙碌，还有些是接受约请所致。主要是为某些单位编撰书稿、刊物（内刊），为某些自己较为亲近的同志建言献策。他们拳拳于本职，有在当今属于可贵的事业心、责任心，很想在在职期间为本单位、本地区的文化事业、教育事业的发展尽点力、做些事，对我又真心尊重，认为我尚有“余热”，于是诚意来找我，让我蒙受知遇之恩。遇到这种情形，我不仅敬重他们，而且对他们之所托办，总是无法拒绝。

在年根岁末时，大家都在盘点。我也粗粗回顾一下在已经融入历史的过去一年做的事，它们大致是——

与H生就阅读与写作经常进行探讨与交流。

作为专家组成员，经常参与上海市三新学校、松江区第三实验小学的教学活动与青年教师的培训工作；参加方塔小学、立达中学等校的重要活动。

帮助编辑《松江档案》《松江供销》各四期，为区文广局编辑《元代寓居松江文化名人资料选编》，启动《松江人物》一书的编撰工作。

购买《曾文正公全集》《王阳明全集》等经典著作近百种。每天阅读时间不少于两小时。董桥引一文章大家提出的知识三论，说人生在世都会经历三种求知过程：知以求存，知以求成，知以求趣；求存是熟习人事森林之道，求成是事圆满足之乐，求趣是身心欢愉之源。我这一二年的读书求知，侧重于求趣，即所谓的悦读。另撰写《散步思絮》30 多篇，近 10 万字。

○ 在他们看来，是非是次要的，科学性也是说说而已，重要的是“捍卫”领导的威信，让领导感知他的忠心、他的臣服。

“钻牛角尖”

一次与一国画家在茶庄喝茶聊天时，说到成语“相濡以沫”。“您说说，这成语究竟何意？”她说。我明显觉得她是懂得这成语的，但也许是为求得支持，也可能进一步求证自己的理解，态度甚是恳切。我于是就说，这成语出自《庄子·大宗师》，指“泉涸”而“处于陆”的鱼互相吐沫沾湿，以求生存，喻比在困境中的人互相以微薄力量救助。也作“以沫相濡”。鲁迅曾赠许广平说：“十年携手共艰危，以沫相濡亦可哀。”

“可他们只是刚认识而已，”她说，“能用这成语形容彼此的关系吗？”她进一步说明，这是某领导为一画家的画册所写的序文中用到的。画家所谓的“他们”，指的是序文作者（即某领导）与画家。

我未读到那篇序文，但听说过类似的异议，也有人告诉我，那序文其实是由他人代笔的。领导请人捉刀，而今已是普遍现象，但既然署上了自己的姓名，文中出现误差，自然难辞其咎。

从茶室出来散步时，我们由此说开了。一次，某县举办文化旅游节，“县令”致完开幕词后接着说：“下面献丑开始！”其实，他本意是想说“演出”，因普通话不准，说成了“献丑”。我右边坐着的是一位来自台湾的老者，听了后似很有感慨，说：“想不到一座文化古城的领导——”他话还未说完，我左边坐着的一名官员抢辩说：“这有何错？这是领导的谦词！”普通话说得不准，其实也不是什么大事，但这名官员的辩解，让我“蹶倒”，那老者自然也大摇其头。

类似的现象还发生在更高的层面上。某著名大学校长一次在为欢迎来自台湾的贵宾的大会上致辞时竟说，七月流火，天越来越热了。为此网上指责的帖子多至数以万计。出人意外的是，某文化名人还著文说，“七月流火”历来有两解，既指夏去秋来、寒天将至，也指天气无比炎热。我因从不知有两解，查了一些资料，包括很权威的辞书，却始终未能找到“也指”一解，不知这位名人如此说依据什么。

由于种种原因，领导用错一个词，说错一句话，其实也不是什么不能谅解的错误，谁都可能有错，让人感到“那个”的是某些领导的“捍卫者”，在他们看来，是非是次要的，科学性也是说说而已，重要的是“捍卫”领导的威信，让领导感知他的忠心、他的臣服，自然也有藏有心计的。其中的更有甚者还会说：你们这些文人就会咬文嚼字，钻牛角尖。这话类似于上个世纪五十年代一些工农干部所说的“我就是大老粗，怎么啦”。“钻牛角尖”者自然也不服：“你这是在邀宠，在媚悦。”心里还有一句话未说出口：“‘大老粗’者不过是因自己是工农干部而有一种优越感，是自以为荣；你可是‘和珅’一类人物。”

○ 2009 年教育进展国际评估组织对 21 个国家的调查显示，中国孩子的计算能力排名世界第一，想象力却排名倒数第一。

想 象

小孙女今日陪我散步。

随着年龄增长，她渐渐懂事了，对我也渐渐亲热了。

刚才，她用积木“造”了一幢别墅。她将那别墅构建得十分气魄，用现代理念设计，又融进了古典元素；别墅前有一座假山，有半池碧水，还有数珠花木，可以想象，人在其中散步，可以悠然出一种陶然的神往。从这个构建中，我看出了她有一定的想象潜质。

我曾经撰文并在多次讲座中阐述过这样的观点：在基础教育阶段，尤其是小学，应注重四个方面，即激发学生兴趣，培养良好习惯，注重日积月累，在需要提高的诸多能力中着重提高两种能力，这两种能力，一是质疑能力，一是想象能力。

在目前的中小学语文教学中，质疑能力的培养，已普遍受到重视，而对想象能力的重要性，从实践的层面上看，似还未达成共识。2009 年教育进展国际评估组织对 21 个国家的调查显示，中国孩子的计算能力排名世界第一，想象力却排名倒数第一。

看到过一则报道。报道说，美国内华达州一名叫伊迪丝的三岁女孩告诉妈妈：幼儿园老师教会了她认识“O”。这位母亲把幼儿园告上法庭，理由是幼儿园剥夺了她女儿的想象，因为她的女儿在认识“O”以前，能把“O”说成苹果、太阳、足球、鸟蛋之类的圆形东西，而自从认识了“O”等字母后，女儿便失去了这种能力。

这个例子，让我们匪夷所思。这个伊迪丝是否将永远拒绝认识“O”等字母？更加不能理解的是，美国法庭在三个月后竟判原告胜诉，幼儿园赔偿伊迪丝精神伤残费 1000 万美元。

比较起来，下面的例子容易让我们接受。这个例子是我从一位学生处听来的。他在访美期间观摩了小学的一堂美术课。一名学生在被要求画人体时，将一双眼睛画在了膝盖上。在我们这里，这样的作业肯定会被评为不及格，并认为这个学生笨得要死，还要求重画。可这位美术老师却给了他最高分。我的学生事后了解到，美术老师在看到这份作业时，并没马上评分，而是问该学生为何把眼睛画到了膝盖上，学生回答说，前几日跌了一跤，妈妈笑着问他：“你的眼睛长在哪里？”

以上两个例子，至少说明一点，美国教育十分重视学生想象力的培养。

中小学生都有“梦”，而将来无论从事科学研究还是文艺创作，都离不开想象。所谓的“创新”，也离不开想象。

我的一位学生爱好文学，喜欢写作。她的最大特点就是富于想象。比如：“三月的风，有时如一位江南的闺中绣女，从她纤纤手指织出的柔情中，让人感到了阵阵芬芳，享受到了一份温馨。有时又如一位北方来的村姑，虽无娇媚和忸怩，却有一股辛辣，身上还分明散发着寒冬的气息，仿佛刚从冰雪中来，让人一见就不由得全身紧缩起来。”这样的描写，表现出了三月天气“乍暖还寒，最难将息”的特点。文学创作可以有这样那样的风格，但无论哪种风格，都得有想象。没有想象的文学创作，其实很难说是创作。由于有这份潜质，她在文学创作上进步很快，至今已有三本散文集出版，又与我合作了两部长篇。

一位德育特级教师日前在一个座谈会上讲了一个例子。她说明是从一个材料上看来的。我没有看过那个材料，下面的内容是根据她的发言整理的。一小学四年级的一堂美术课。老师以“哭泣的小鸭子”为题，就小鸭子为何哭泣要求学生画一幅画。至少四个学生的作品受到嘉奖。一个学生的作品题为“失去自由”。小鸭子被关在铁笼子里，笼子外面的天空，有大雁在飞翔。再有一个学生的作品题为“不许动”，小鸭子对面站着的黑猫警长正手持着枪对着它。另一个学生画了一条小河，旁边又画了已经死去、烂得只剩下骨架的鱼，意在说明河水受到了污染，鱼等都死了，作品题为“我饿了”。还有一个学生在小鸭子旁画了一家烤鸭店，架子上放的鸭子正要被放进烤箱，这幅题名为“我是孤儿”的画作，老师建议改题为“触景生情”。

如果我们能像这位美术老师这样为孩子们创立合理想象的空间，让孩子们在这个空间里自由地翱翔，就能充分调动他们的学习积极性，他们的聪明才智也能得到充分的开发。惜乎这样的课目前还不多见。

○ 柯灵在一个夜晚应约赶完一篇文稿，直到子夜以后，倦极而眠。一觉醒来，稿子不见了，一查问，女佣指着书架上一束整齐的空白稿纸说：“好的都在这里，写过的，没用了，我当垃圾丢掉了。”

逸 事

好像曾写过，我不喜欢与人一起散步，但有两三人例外，H君是其中的一个。无奈她每日下班已晚，下班后得匆匆回家准备晚餐，待用毕，在我已经结束散步。

今日傍晚，她忽来电话，言有篇稿子让我看看，让我去小区北大门。递过稿子，她就陪我走走。

在经过一丛树时，她停步指着树枝间的白色物问我是什么。这一发问是有缘由的。那日去昆山排完《档案》第二期返回松江路过一片广玉兰林时，见玉兰盛开，甚是醒目，我不由心动，吟起了文徵明“绰约新妆玉有辉，素娥千队雪成围”的诗句来。她说，错了，错了，这不是玉兰花，这是白鹭，我再一看，果然，有一只还飞了起来。车过另一处时，又见白鹭停歇于树丛，她说，又错了，这才是玉兰花，我仔细察之，果然。想到那两次误识，这次我就学乖了，再说，日已西沉，光线暗淡，我确实也看不分明，就说，你说是什么就是什么吧。

待我百年之后，这H君如有记，算是我在奔八之年老眼昏花之一证吧。

我们就这样边走边看着、说着，沿着文翔路向东，在龙源路口右转向前，再右转入新松江路往西。一路上，我心情愉悦。心情一愉悦，我的话就多了起来，就说起了最近为编撰《松江人物》而翻阅史料时了解到的一些士子逸事。

一个叫蔡显（号闲渔）的士人，写了一本书（《闲渔闲闲录》），书中其实并无不法语句，但本地人妄生议论，谓其怨望讪谤，他因畏惧，拿了书去府衙自首，结果还是被抄家、斩首，受牵连的除他的门人，还有为该书作序的胡鸣玉。可怜这个胡鸣玉，时已83岁，序文其实是书作者蔡显作的，蔡为抬高书之身价而用了胡的姓名。

关于这事，H君曾写过一篇小文，我此时提及，是希望她对那篇小文稍作展开，因为她也参与了《松江人物》的编撰。

"清代的'文字狱'是严重了些，"我说，"但文字害人是古就有之的。"

她笑了笑，也说起了一件事。当代文学大师柯灵在一个夜晚应约赶完一篇文稿，直到子夜以后，倦极而眠。一觉醒来，稿子不见了，一查问，女佣指着书架上一束整齐的空白稿纸说："好的都在这里，写过的，没用了，我当垃圾丢掉了。"当时的柯灵还年轻，听了女佣的话，又急又气又好笑又无奈。"后来想想，这位女佣绝顶聪明，一语道破此中玄机。"柯灵说，"否则尔后就可以省却多少烦恼！"

"但是事物总有两面性，"我说，"文字也是可以救人的，也有益于人的。"

我于是说起了下面几件事。

一则是：一个叫顾禄的，任太常典籍时，因事伏法。禄能诗，曾有《过番阳湖》诗，中有一联云："放歌今日容豪客，破敌当年想至尊。"传入禁中，太祖朱元璋看到后，命尽进其作，深爱之，就赦免了他。

再一则是：清娄县人顾成天（1671—1752）作有《金管集》。雍正八年，帝见集内之《恭挽圣祖仁皇帝》诗六章，睿览大恸，以为忠臣，旋召来京，特赐进士，授翰林编修，值上书房。《恭挽圣祖仁皇帝》其一云："血气尊亲颈尽延，容真如地盖如天。已增虞舜巡方岁，竟少唐尧在位年。"

又一则是：又一个诗人陶振，因犯事被逮至京师。他实在想不出办法自救，无奈之下，向皇上进《紫金山》《金水河》两赋，结果不仅获释，而且被授为安化教谕。

还有个华亭人董俞的事更有趣。他渡洞庭至鹿角时，忽然山风大作，波翻浪涌，上流覆舟，蔽湖而下。僮仆震慴无人色，他却坦然危坐，赋二诗投湖中，竟得无恙。数时辄行三百余里，见者疑有神助。

H君听得认真。她就有这个长处，虚心好学。沉思片刻，她也讲了一件逸事。

同为华亭人的钱芳标，原名鼎瑞，与夫人曾去天童山祈子，回来后果得一子，名鼎瑞。一日，芳标正与客坐斋中，一僧忽至，说是从天童山来，把一书信交与芳标。芳标启视，殊不骇讶，只是说，仓卒奈何？第二日晨起，遍召亲朋好友，与他们诀别，并索笔书一偈，微笑而逝。众人视其偈，名为"临终偈"，云："来从白云来，去从白云去。笑指天童山，是我旧游处。"

在我看来，这事似有点"宿命"，但总是与文字有关，也算是一种文字索命。

我们就这么散步，随兴而读，只是一种交流，无有中心，也没有自己的观点，因此无须有什么结论，世上很多事，似也难有定论。

散步如此，不也是一种境界？

○ 明代华亭人夏寅有“三可惜”：
此生不学可惜，此日闲过可惜，
此身一败可惜。

小 孙 女

这几天来，突然发现小孙女长高了，也渐渐懂事了。她主动提出，要陪我散步。有时晚饭过后，见我还伏案忙着编撰“松江人物”，就说：“爷爷，散步去！”我于是不管写到哪里，立刻放下笔，换上鞋，与她“散步去”。

与她散步，我不走远，也不沿公路，而是就在小区的那块公共绿地上，那里还有一些健身器材。

连续下了几天雨，昨晚几近倾江，而且持续了整整一夜，下午还下了一阵，地上还湿得很。她三步一跳本走在我前面，见我腿脚不便步履缓慢，又返了回来，与我并步前行。

散步时，她总要检拾掉在地上的樟树枯枝。她曾听我说过，樟树枝很香，而且可以放在热水里浸泡后供洗脚。她于是每拾一枝，折断后闻一闻，以鉴别是否樟树枝。还喜欢摘草花，这我可没说过什么，或许是女孩子天性使然。

此刻，她一手握着几枝樟树枝，一手摘了一朵草花。草花圆形，周有白边环绕，中间是红中带紫。花上还沾有雨水。我忽然想起“花好莫教和露折”的诗句。这花上之水虽非露水，但露水也者，雨水也者，不都是水？

想起这，我的臭习惯又上来了。由这一句，立即联想起这几日里在翻阅史料时发现的一些文人逸事，名流佳句。

华亭诗人吴懋谦，明代遗民。古稀之年，才丧妾，又买一姬。为博如皋一笑，膏面染须。当今有染发者，没想到古代尚有染须者。如皋，典出《左传》，贾大夫娶妻而美，妻三年不言不笑，贾于是驾车前往沼泽地（“如皋”），射雉，获之，其妻始笑而言。

元代侨居华亭者孙华，有“三不”：书非佳墨熟纸不书，饮馔非清洁不食，士非贤不与交。这第三个“不”，为至理，可惜知晓晚矣。另，明代华亭人夏寅有“三可惜”：此生不学可惜，此日闲过可惜，此身一败可惜。这“三可惜”，“世以为名言”。只是难以做到，尤其是第二、三个“可惜”。在我，“闲过”者岂止“此日”；而“一败”者，如指“完全失败”“全部败落”，似还不至于，但如指“一旦失败”或“一次失败”，可惜固然可惜，但难以避免。

至于刚才由小孙女摘花而想到的那一句，作者是位才女，是巡道归朝煦之女，上海李学璜室，名懋仪，字佩珊，全联为“花好莫教和露折，月明须早下帏眠”。通常的文士，月明之夜，总要凭栏欣赏，那溶溶月色，使大地如洗，建筑霜缟，有的还会因此而吟上几句，她却以为须下帏帘早早睡眠，真是别出心裁。类似这种蕴含哲理、满有情趣的诗句，她还有：“画为无聊展，书多和睡着。”“愁多天地窄，情多死生轻。”“绣到锦囊得意句，停针低诵两三声。”“从此香闺忙不了，题诗还赠绣诗人。”诸如等等。她常扁舟缟袂，出没烟霭间，倚桨咏诗，有绝尘之致。

“爷爷！”

小孙女将我从故纸堆里召唤到了绿地上。

“爷爷在想什么？”

“爷爷在想……你为什么名‘卓尔’？”

“为什么？”

为什么？我但愿我的孙女能早早悟到这“三不”“三可惜”之名言，不因被人“博”取而笑，至于其生活，我更希望如佩珊，能为诗文所化，为山林所染，为江水所洗，有绝尘之致。

“这得问你爸爸去，是他给起的。”

○　热恋着的双方，在这光天化日之下，可以这般无所顾忌吗？

兄　　弟

仁良寄来了最近编撰的一组“人物”。我正好也有一些史料要寄给他，于是上了一次邮局，权作散步。

天越来越热了，说是已经交过“小暑”。这几天除了上水果店买香蕉，很少外出，而一直在书房里“散步”。

自然也有不怕热的。在龙源路与文翔路的转弯处，一对男女青年竟在赤日炎炎之下体验亲热。开始女的还有点拘谨，时时留意着过往行人，将男的伸过来的手挡了回去。但男的可谓“锲而不舍”，乘无人经过时，又将手伸了过去，终于被她接受了。都说在这样的情境中这手是带电的，一经通电，男的立即得寸进尺，竟然将她抱了个满怀，她也就顺其自然，从而拥有了两人世界。我因正朝他们的方向走去，又遇红灯，目睹了这一热切而又层次分明的全过程。热恋着的双方，在这光天化日之下，可以这般无所顾忌吗？

几个月来，一直在与松江历史上的“人物”神交，弄得我的脑子好像出了点问题：常常会想到他们，常被他们“骚扰”得不得安宁。此刻，又无端地想到了清代的两个人。他们当然不是男女恋人，而是兄弟俩；不是外来打工者，而是两名画家。

兄叫陈枚（一作“牧”，似误），字载东，号殿抡，晚号枝窝头陀，娄县人。画初学宋人，折衷于唐寅，参以西洋法，能于寸纸尺缣，图群山万壑，以显微镜照之，峰峦林木，屋宇桥梁，往来人物，色色俱备，其用笔之妙，与巨幅同。雍正四年（公元 1726 年）以供奉内廷劳，赏内务府掌仪司员外郎衔。乾隆元年（公元 1736 年）与孙祐等同绘《清明上河图》（绢本长卷《清明上河图》系北宋张择端作），七年（公元 1742 年）曾作《鸦飞马健图》。

弟叫陈桓（一作诗桓），字岱门，号破瓢，又号石鹤，亦称石鹤道人，自然也是娄县人。《娄县志》作枚兄，误。桓性孤洁，嗜酒好禅。能诗，其所作《十破》诗中，《破瓢》一首，尤脍炙人口。人因呼为“破瓢先生”。精绘事，山水规抚倪（瓒）、黄（公望），以天趣胜。亦工刻印，驰声印林。又善书，尤章草。居平不善治生，作画得钱，即沽酒以饮。丧偶后携子书龙栖湛然庵，忍饥犯寒，不肯乞贷于人。人多高之。著有《稗堂诗略》。

兄弟俩的生平简历，都上了《中国人名大辞典》，相比之下，兄陈枚的，更为简略。

同善绘事（弟还兼工诗书印）的兄弟俩，生活境况竟如天壤，一在朝中得宠，一在庙中挨饿。手头没有史料说明兄何以让弟如此。弟既不肯乞贷于人，或许不会主动将自己的困境告诉兄，肯定也不会逢人便说“我哥哥在朝廷里做事呐”之类的话，兄在京城或许真的不知。但古有“五伦”或“五常”之说，其中有“兄弟”这一伦理关系。孟夫子云：“谨庠序之教，申以孝悌之义，颁白者不负戴于道路矣。”这其中之“悌”，通常指敬爱兄长，也应该含爱护胞弟之意。就说弟不说，兄得主动、时时关心弟。如果父亲去世，古时不有“长兄如父”之训？而如真正“关心”了，对弟的生活不会不知。这样的推断要是符合实际，在“德”这一层面上，兄显然逊于弟，尽管他十分风光。由此看来，地位、优厚的待遇等等，如果缺“德”即没有“德”这一基础，其实不过尔尔。

○ 竹林：柳如是这位蕙心兰质、性格正直坚强、追求自主意识的女性形象，在我的心中久久不能拂去。

重读《云间柳如是》

合上《云间柳如是》的最后一页，我看了看计步器，上面显示今日只有 2000 多步，于是赶紧走了出去，完成每天的散步任务。

已是夕阳在山、散霞成绮的时候。

曾听说合众湖畔花苑对面的绿地是个好地方，我的几名学生每日清晨或傍晚都去那里跳舞、锻炼。我多次乘车路过，却未深入，这次决定去那里走走。

果然是个好地方。不仅空旷，空气也较清新。一些花木，或挨挨挤挤，或疏密有致，或旁逸斜出；或像调皮的娃娃，或像含羞的少女，像云，像霞，风吹来，姿态曼妙。我欣赏着，感受着，忽然觉得，有些景色，还可以补入《云间柳如是》一书中。

在我此生创作的几部长篇中，《云间柳如是》是我倾情撰写的一部（另两位作者为陈琚珩、侯建萍）。天道不仅酬勤，而且酬情。书出版后，《文汇读书周报》刊发了竹林的序文。竹林在序文中认为作品“写出了柳如是这样一个弱女子，在那个政治动荡的年代里，与严酷的社会命运抗争与搏斗，并且在抗争与搏斗中蔑视封建礼法、保持自己的独立人格，自尊自爱，追求爱情和思想自由的精神”；又说，“我阅读长篇是比较挑剔的。尤其是当下的许多长篇，不管它们的名气有多大、被炒得多红火，能让我一口气读完的，实在凤毛麟角。而这部《云间柳如是》，却给了我阅读的愉悦与美感；柳如是这位蕙心兰质、性格正直坚强、追求自主意识的女性形象，在我的心中久久不能拂去”。谢谢竹林的鼓励。作家王小鹰在读了竹林的序文后，通过竹林要了一部。《都市文化报》还刊发了江上月的荐评文章《柔情如水，佳期如梦——我眼中的〈云间柳如是〉》，也说了不少好话。另，江苏、浙江的一些读书爱好者，七转八弯，通过种种渠道索要此书。所有这些，让我多少感到一些欣慰。

或许因为此书受到一些读者青睐，出版社 Q 君想重印一次，并且改制封面（包括换书名），每章加一幅插图，还拟请一些著名作家、评论家写一句评语。这是目前常见的做法，期以畅销。我虽自珍，但考虑到目前社会阅读趋于碎片化、娱乐化、低俗化，以为人们对此书能否卒读都是个问题，“畅销”云云，谈何容易！而如真能重印，又担心制作得过于媚俗。无奈 Q 君一再提及，也就没有再拒绝。

我决定重新读一遍，乘此机会，改正个别印刷上的错误，并略作改动。由于手头有部书稿，重读断断续续，延续了大半年之久，直至刚才终于告一段落。

是否得以重印，我仍无奢望，也并不太在乎；但因对自己的作品作了一些修改（尽管修改不多），我还是感到有点高兴。散步时，脚步似乎轻松了一些。

○ 李国文：晚霞……渲染得人间万物，
大地风景，无不反射出耀眼的光亮。

享 受

离演出的时间还有两个多小时，胡银弟校长陪王老师与我在剧院周边走走。

国务院总理曾指出，一个好校长，可以成就一所好学校，为此，他大力倡导教育家办学。作为一位资深的特级校长，作为一位教育家型的校长，胡校长深知学校教师的人文素养在学校教育教学中的重要性。为此，他想了许多办法。先是让我请著名作家竹林与教师座谈，再组织教师进上海书城购书,这次又组织教师来上海大剧院观看演出。这许多活动，王老师与我都被邀参加。

胡校长总是时时为教师着想。考虑到教师平时工作繁重，难得来市区，所以凡组织市区活动时，总是提前到达，让大家有一段时间三三两两地自由活动，观览市容，购买物品，再吃顿便饭，便饭由学校统一定数埋单，可小吃、可小酌，消费超额者不补，不到额者不退。我们也获此待遇。

这几年来我很少来市区，偶尔的几次，也是直赴活动地点，活动结束立即返回，总是匆匆往返；过去编教材，虽在市区办公，且长达十年，但任务压身、不容他顾。所以，像今天这样悠闲地在市区马路边漫步，实在是难得的，可以说是一种享受。

市区给我的新感觉，一是楼房多了，高了。这一二十年来新建的，其形真是多姿多态。有的如一块巨大的厚砖，横躺在那里，上面叠一碗状体，稳稳当当的；有的如一支笔，笔尖直刺云霄；有的是一圆锥体，顶部边沿被削去一块。都很高，过去的国际饭店，后来的东方明珠塔，相比于这些楼房，都显得矮了，小了。胡校长告诉我，浦东的金茂大厦，高度曾为上海楼房之最，现在造了一幢比其更高的大楼“上海中心”。楼有灰的，有淡蓝的，有澄色的，可以说色彩纷呈。二是绿化面积大了。至少在我们漫步的这一带，木秀而阴浓，绿聚而翳染；那些宽阔的草坪上的小草，虽无牡丹的富贵，桃花的娇红，也没有柳条的婀娜多姿，杉树的高大挺拔，但夕照下那欣悦的灿烂的笑，凝结着万种柔情。这一切，不仅养眼，心胸也为之一洗。

突然发现西天霞光万道。还在来市区的车上时，发现天公作美，蓝天白云清晰如画，空气也清纯可人，在雾霾弥漫日甚的这段时间里，今天是难得的好天气。天气一好，霞光就显得更美了。

曾读过李国文的一篇文字。李将晚霞与朝霞作了个比较，认为朝霞来得快，去得也快，紧随着朝霞的出现，旭日东升，普天同照；而夕阳西坠时，在较长一段时间里，变化无穷，缤纷万状，色彩奇艳，那霞光云氤，弥漫了大半个天空。“那就是一天之中色彩最丰富的画面。”李写道，“晚霞……渲染得人间万物，大地风景，无不反射出耀眼的光亮。”李由此想到人生之晚年。

已经到了进场的时间。我们是在中剧场看这场戏的。戏展现了上海一个普通家庭六十年间的四场婚礼，折射出时代与人的观念的变化。说是海派喜剧，有点滑稽戏的味道，普通话中夹着上海话，或者说上海话中夹着普通话；还有诸如“把自己的思想装进别人的脑袋的，叫老师；把别人的钱装进自己口袋的，叫老板；既将自己的思想装进别人的脑袋、又将别人的钱装进自己口袋的，叫老婆”等台词，或许就是所谓的海派色彩。两个小时就在笑声中轻松过去。回到车上，大家的心情依然愉悦。而我，则在想李国文的文章。

李说，人生的晚年，应该是最为成熟完美的岁月；我也许无法达到这一点，但我得在余生中继续享受阅读与写作的情趣、乐趣。

2014 年 5 月

○ 顾客们在这里享受的，除了面食，
还有一份情，一种真正的生活。

有这么一家面食店

有一湖滨处，芦苇摇曳，湖水含情，鸣声上下，即使在花事沉寂、众木凋枯的冷峻冬季，依然是青松争翠，修竹竞节，红梅比艳，呈现出一派勃勃生机。

那里早先有家药店，之后换成水果店，但不知为什么，顾客寥寥，生意难以为继，为此，一再转让；几个月前，又成为一家面食店，经营面条、饺子、汤圆之类。这类店到处可见，已至于饱和状态，生意也不好做，出人意料的是，那里的顾客日渐见多。几次路过，见一些顾客，竟宁愿在门口候等着。

听说面食店老板是一中年妇女，略显丰腴，但由于个子高挑，显得均匀适中；肤色白净，神情亲和。几乎一致夸她不仅貌美而且心美、情美。

我决定散步过去，以进去探个究竟。

店里内置长方形桌子 6 张，每张两边各置长椅，如此每桌可坐 6 人。那次去时，正好有二三个空位。刚坐下，老板就上来招呼；“老先生这是第一次来？”我朝她看了一眼，第一印象，传说“貌美”不假；我点点头说：“确是第一次。”她说：“您不来本小店试试，是您的不对；

您来试过不想再来了，就是我的不对了。”这类话，显然是广告语，生意经，我并不感到新鲜。

“老先生想吃什么？”她接着说。见我犹豫着，又说：“要不先试试本店的面条？只是要清汤的，还是加点什么？”我告诉她加个荷包蛋与两块素鸡，她说了声“请稍等”后就离去了。

在“稍等”的时间里，我旁边的一位顾客离去，一对青年男女进来坐在我旁边及其对面的座位上。在接待这对青年男女时，她亲切地问：“是老样子，还是换换口味？”男的朝女的看看，虽然征询，女的说：“还那样吧！”她为女的稍稍整了整肩头的羊绒衣，说：“您这件羊绒衣，款式和颜色，都适合您，”说着，转向男的，“您的女朋友可是越发漂亮了，您真幸福！”

她转身进了厨房，很快将我要的面条送了上来：“老先生，这碗面，我是让您试尝的，不收费。”我忙说：“这不行。”说完，我准备掏钱，她按住我的手，这动作，既自然而得体，又亲切而不轻佻。我于是决定吃完再付。

面条煮得软硬适中，既有“咬劲”，又适合我这个老人，汤水及素鸡很可口，荷包蛋的蛋黄，也生熟适度。

我正享用着，见那对情侣的面条也上来了。而所谓的“老样子”是，一碗面上盖了块牛排，另一碗面上盖了块猪排，牛排与猪排各一分为二，又，每碗面中，还加了些时鲜蔬菜。男的将自己碗中的蔬菜与半块猪排，夹到了女的碗中，女的则将自己碗中的半块牛排夹到了男的碗中，又撩了几筷面条给男的。她笑眯眯地对我说：“他们每次都这样，一份两吃。”

正说着时，有两位顾客来付费，是两张 50 元的票。她收了一张，退还了另一张，一顾客说：“不好意思，没有零钱，要不我去隔壁买包烟让找点零钱。”她说：“就几块钱，不用麻烦了：你俩是老顾客了，让点利，也是应该的。”说完，亲热地送他们到门口。

跟在她后面进来的，又是一对青年男女。与刚才甜蜜的一对不太一样，这对情侣此刻都是虎着脸。她见状，一手拉住女的手，一手拉住男的手，又让一位顾客移了个位置，让他俩面对面坐了下来。她俯下身子，悄声说："怎么，吵架了？"见两人默认，就坐在了女的一边："不要皱眉，皱眉容易起皱纹，你知道你有多漂亮吗？怎么他欺负你了，对阿姨说说，让阿姨教训他。"女的沉默了一会，终于说："阿姨，您问问他，今天是什么日子？"她忙说："他能不知道今天是什么日子吗，阿姨我都知道。"女的说："那阿姨您说，今天是什么日子？"她说："今天是你的生日！"说着，就轻轻唱了起来："今天是你的生日，我的妹妹。"这个老板，还有一手，不仅会唱，而且还随机改了词。女的惊喜地看了她一眼，转而嗔怒地朝着男的："阿姨都记着，可你竟说不知道！"她反应特快："他怎么能忘呐！他让我为你准备了蛋糕。怎么，你不信？那你等着。"说完，她从里面还真捧出了一盒小蛋糕。"你别介意，蛋糕小了点。他让我买盒大的，我想了想，关键是情意，情意到位了，大小就无所谓了，你说，对不？"女的显然还有点不相信，说："可他刚才承认忘了。"男的脑子开窍了，说："我那是为了考验你，看你怎么对待我。你生气了，说明你在乎我！"女的脸上，终于阴转晴。她赶紧说："制造点误会，才有惊喜。这是生活的调味品，就像我小店里的味精。我建议，今日该吃汤圆，阿姨为你们做主了。"说完，起身去准备了，不一会儿，端出两碗热气腾腾的汤圆："南瓜皮子色的是芝麻馅，芝麻开花，阿姨祝你们永开幸福花；米粉色的是红枣馅，祝你们——"她停了停，大概觉得有点俗，于是贴近女的耳朵，"早生贵子！"然后大声说："我建议，你们各分一半给对方；快趁热吃，但别噎着咯！"

一对小夫妻，终于高高兴兴地离去了；男的突然回顾，朝老板深情地看了一眼，似乎尽在不言中。

目睹这一情况，我有点好奇，悄然问；"这蛋糕，真是那男的让您买的？"她笑着反问："老先生，您说呢？"大概觉得这样待我有点不妥，不好意思，她说："他们都是我的老顾客。早先我在老城区开店时，他们就常去我店里。老先生，我这里的面条怎么样？我相信，您老也会成为我的老顾客的。下次，可得告诉我您老的生日，我也一定为您老备一份小蛋糕!”

离开面食店，我想：顾客们在这里享受的，除了面食，还有一份情，一种真正的生活。

○ 我尔今已来到 80 岁路口，我也要像简媜，要在路边想一想。

在八十岁路口

整个暑假，除偶尔几次，没有到户外散步。昨日交了处暑，气温有所下降，晚饭前便走了出去。

新松江路两旁有人行道，无须前后提防车辆，我就在龙源路与三新路之间走一两个来回，按往例，在沈泾塘大桥上站立一二十分钟。

今日是个难得的好天气。天高气爽，蓝天辽阔深远，白云团团簇簇，蓝天如大海，白云如浪花，蓝白分明似绘。沈泾塘清波湲湲。有鸟临水，玄裳缟衣，倏然而起，横河而过，直向空中，了无飞痕，却留下戛戛鸣声。我不由得吟诵：“自古逢秋悲寂寥，我言秋日胜春朝。晴空一鹤排云上，便引诗情到碧霄。”

刚才读了台湾女作家的一篇文章。她在 51 岁时曾设想，14 年之后来到 65 岁路口，掌管的神在路口拿着点名簿询问：“你愿意跨过这道门、进入老年吗？”背着行囊的她，迟疑起来，要求让她在路边想一会儿。

在来到老年路口时，展望前路，“我知道那是艰辛且寂寞的末段旅途，说不定也有狼狈的路段”，需要“提早打点野外求生的行囊，慢慢锻炼能适应泥泞路况的能力，形塑理想中的老者形象”，这大概就是简媜要求在路边想一会儿的原因。为了“平静地把末段人生走完”，简媜认为：一、要比现在坚强，不把因疲惫而滋生的“怨”带进老年；二、戒除贪念，这“贪”指的不是饮宴起居，而是对生命的执着与贪欲；三、秉承一生的习惯，活在文学与艺术所建构的行宫里；四、继续保有慈悲情怀。简媜希望自己时常称诵的真言是：“我够了。”

我而今已来到80岁路口，我也要像简媜，要在路边想一想。当然，我不是想要不要继续走下去。命运赠给我的，我是不能也不应拒绝的。我得坚定地跨过去。那么，我得想什么呢？我得深味简媜的话。在我看来，她的这些话，既渗透了老庄的思想，又有着儒家的积极入世意愿和释家的慈悲情怀，是她不算太长的人生之旅的深刻感悟的结晶。为了尽力做到她所说的几点，我得在跨过80岁路口后，在继续完成《散步思絮》的同时，尽力写好另一本“书”。写这本“书”，不是为了出版而在我已经取得的创作成果上再增一项成果，不是。这本书的书名可暂定为“我老师说”。在漫长的近80年中，我有幸遇到了几位我将永远尊敬的老师，他（她）们给了我许多教诲。但我这里指的“老师”，不仅仅是他（她）们。我曾经写过，岁月有两部不朽的著作，一部是《历史》，一部是《生活》。我这本“书”，其实是从后一本著作中抄来的，抄的只是其中的一小部分，是我所经历而感悟到的那部分。这本书，应该包含诸如以下观点——

如果对方心术不正，不讲“规则”，可以学学小孩子的做法：“我不跟你玩了！”

古人云：天下固有百恶，恶中之恶，为毁人也；诋毁别人，首先受到伤害的，其实是诋毁者自身。

一切喧嚣，在时间的严正审视下，终将趋于沉寂；在时间的长河中，一个作家，只有作品才能说明他（她）有多少能耐。

酒席上说“我醉了”的其实没有醉，说“我没有醉”的人恰恰证明他醉了；在人生的旅途上，不也时有这种情形？

在有些情况下，后退或许是最好的选择；后退其实就是前进，就像初夏季节农村里的插秧。

凋零也是一种美，你留意过花瓣、枯叶掉落时的舞蹈吗？

……

我得尽力写好这本“书”，当命运之神示意我应当结束我的人生之旅时，我能够说：“我够了。”

卷六

张晓风：我对生命中的涓滴每有一分赏悦，上帝立即赐下万道流泉；我每为一个音符凝神，上帝总倾下整匹的音乐素锦。

○ 陶潜：悟已往之不谏，

知来者之可追。

愧　疚

连续几天，空气中雾霾严重，加上冬风凛冽，我就不坚持每天外出散步。但仍坚持每天一万步，于是在书房内按“S”型路线走动。常常是阅读、“散步”（这样的“散步”主要是为了思考）、写作、抄录交替进行。

在家“散步”的这几天（也就是徐振维老师忌日前后几天）里，着重阅读有关她的材料。徐老师为编中小学语文教材，呕心沥血，心力交困，春蚕丝尽，蜡炬泪干，已于1994年12月27日零时谢世。关于她的这些材料分两类，一类是我写她的文章，如《列车西去》《在西安的第一个夜晚》《编写春秋》，还有写到她的其他文章（书评、序跋等）；另一类是她生前让我保存的，其中有她的文稿（已出版的书稿的底稿），一些名家、大师及她的学生、朋友写给她的部分信函。

在这些材料中，有一份较为特别。这是我写给她的一封长信，她在不少处有批语，最后又有一短信，集中阐明自己的想法。我保存着这份材料，这一次翻出来读了几遍。

我的信写于1991年7月13日，信封上表明：寄出时用的是挂号，共贴了1元6角邮票，其时我住松江人乐三村47号501室，她住上海光新路177弄6号1304室。信开头的称呼为“徐老师，我敬爱的老师”，最后署为“您的不像话的学生与朋友　吴春荣上”。

兹摘录我信中的部分文字及她的部分批语，全文照录她的短信。括号中的文字，除注明“摘录时注”，都是原有的。

〇 一本苏联小说（我在摘录下列文字时未抄下书名）里有个人物曾经对另一个人物说过这么一句话：我们两人的感情，在平时可能像一堆灰烬，但是一旦需要，可以熊熊燃烧。我以为，既然可以再熊熊燃烧，那就决不是灰烬，因此，我不同意作家用“灰烬”这个词，尽管他在前面用了“可能像”。但我同意这样一种主张：真正的感情，是不应该经常放在嘴上的，而是应该珍藏在心里，心灵深处。为此，我甚至鄙视那种将感情经常放在嘴上的人。我以为，那肯定有着某种目的。我怀疑那种感情。我假设一个情境：当您与×××同时在场时，他敢不敢仍如平时所做的那样？

徐老师在这段文字旁批：“我近日在培训时说过同样的话。”

〇 我不一般地反对“恭维”（恕我用这个词），如果需要，我可以这样做，而且可以不顾忌一切。为此，对《解放》（指《解放日报》——摘录时注）上的那篇书评，对不久前工作小结会上的那番话，我至今不悔，永远不悔。但我反对喋喋不休地进行恭维。我以为，真正知心的人之间，应该多一点提醒，甚至批评（长幼之间也应如此），应该创设这样一种较高层次的气围（“气围”应该是“气氛”或“氛围”——摘录时注）。我之所以感到气愤，是因为那种毫无实际价值的话破坏了我们之间应有的气氛。

徐老师在“……那番话，我至今不悔，永远不悔”旁批：“正像我‘恭维’步（教材编写组成员——摘录时注）一样，都不避嫌，都真心实意。”在“真正知心的人……较高层次的气围”旁批：“完全赞成。”在“……破坏了我们之间应有的气氛”旁批：“指向？不太明白，不知是否指他？我应该注意。”

○ ……我怕，我怕我们之间出现裂痕……我无比珍惜我们之间业已建立起来的一切。……在今后的日子里，您如有机会继续关心我，我将十分领情（这个词用得太泛了，我本不愿用这个词，但我一时又找不到能表达我此刻心情的一个确切的词）；但我已不敢对您有新的期求，您已经给我的很多很多，您已经给了我现有的一切，我该有的，也都已拥有。不管出现何种情况，我都记着这一点。相信我，我是用心写下的。

在“我怕我们之间出现裂痕”旁，徐老师批：“我心里永无裂痕，天长地久不变。当然不是认为你没有缺点。”在“您已经给我的很多很多……是用心写下的”旁，徐老师批：“这样说不公平，支持是相互的，我们是挚友。我是十分信赖你的，也是少数一两个可以谈谈心的朋友。”

徐老师在我的信的最后一页纸上，写下了如下的话：

春荣兄：

为人谋而忠，你数第一。我已届花甲，来日苦短（三年后驾鹤西去——摘录时注），一生中有限的几个知己，有的前几年亡故，有的见面机会甚少。我有“难相处”的一面，但待好友尚能诚恳。我对你是了解的，但往往也奈何你的“坏脾气”（估且让我这么说）不得。于是有时背后发发牢骚，被人随便传说，造成你的不快。但，作为一个完整的朋友，我始终视你为知己，不像对待有的同志，他的某一点我虽十分肯定，却并不是完整的。我以为能深刻地了解你，但你作为搞创作的人，又相处多年，却对我知之不深。我对此不满，不是不高兴，而是更觉老年的寂寞和孤苦。此后，我对你的看法是不会变化了，希望你也不要“地震”。作为女性，我本应作风细致，却十分粗枝大叶。恐怕改也难，如再有不当之处，及时谈谈，烟消云散。我你之间，不像其他人，没有根本冲究，永远不会有。

振维上

1991.7.15

徐老师的批语及短信，表现了她的为人，她的秉性。重读这封信及批语、短信，我愧疚，愧疚当时的计较，愧疚当时作为一个“乡下”书生对上海“市情”的无知与不适应，尤其愧疚徐老师对我的了解和信赖而我对她的知之不深。

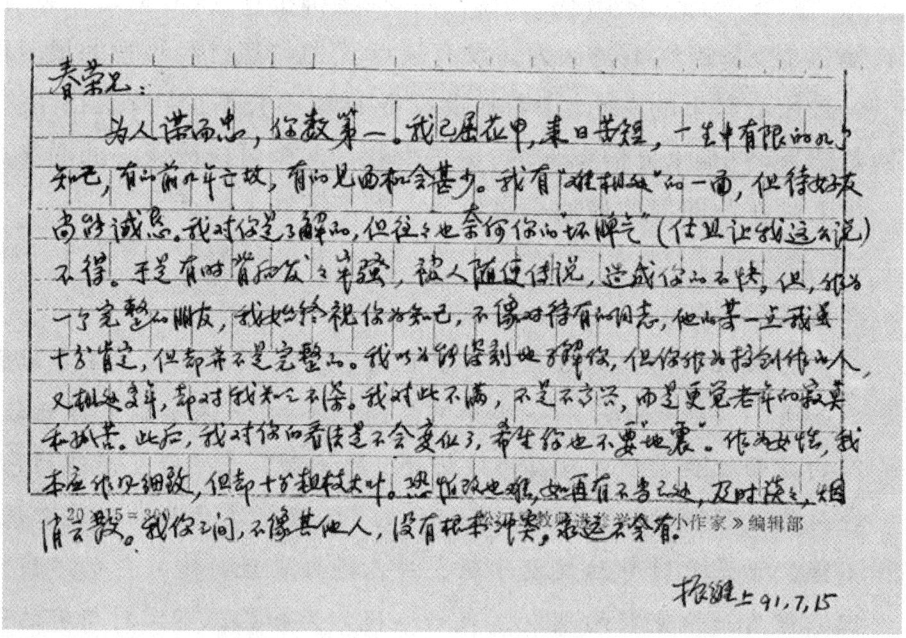
春荣兄：

为人谨而忠，你数第一。我已届花甲，来日苦短，一生中有限的几个知己，有的前几年亡故，有的见面机会甚少。我有“难相处”的一面，但待好友尚能诚恳。我对你是了解的，但往往也奈何你的“坏脾气”（休且让我这么说）不得。于是有时常发发牢骚，被人随便传说，造成你的不快。但，作为一个完整的朋友，我始终视你为知己，不像对待有的同志，他的某一点我是十分肯定，但却并不是完整的。我所为能深刻地了解你，但你作为搞创作的人，又相处多年，却对我不一不谅。我对此不满，不是不宽容，而是更觉老年的寂寞和孤苦。此后，我对你的看法是不会变化了，希望你也不要“地震”。作为女性，我本应很细致，但却十分粗枝大叶。恐怕改也难，如再有不当之处，及时谈之，烟消云散。我俩之间，不像其他人，没有根本冲突，永远不会有。

振维上 91.7.15

20×15=300 《小作家》编辑部

○　徐振维谈语文教学：要让学生问我们。

心　香

今日，12 月 27 日，是徐振维老师谢世 19 周年纪念日，我谨以深沉的思念、由衷的感激悼念她，祝她的在天之灵喜乐。

出来散步前，翻出了一封信的草稿及一篇阐述她教育思想的短文，认真地读了两遍。

关于那封信，我拟另写一篇短文。关于这篇短文，曾编入我的十卷本文稿，后看校样时把它删除了。已经想不起来当时为什么要删除。或许是想以此文为基础，写一篇较有分量的长文。可时光淹忽，老境渐深，怕是难以成就了。今天决定将此短文附录于后。短文后原有一附文，现作为附二。谨以此一炷心香供给您，徐老师，您感知到乎？

附一：

“要让学生问我们”

——也谈徐振维的教学思想

这几年来，研讨、总结徐振维老师语文教学思想的文章发了不少，关心、谈论的同志也逐渐增多。什么是她教学的核心思想，是大家尤其感兴趣的问题。

二十世纪七十年代后期，我在收集袁瑢老师的资料的过程中，欣喜地发现并阅读了徐振维老师“文革”前发表在《文汇报》等报刊上的文章；之后，又有幸在上海市教育局教学处与她共事了一段时间，并合作了几部书稿，又成为她任主编的教材编撰组专职编撰成员，从而得以经常听到她关于语文教学的教诲。作为一位从五十年代初就开始执教、并一直在事业上孜孜以求的老师，她的教学思想是十分丰富的。但我深切地感受到有一点是始终贯穿着的，也是她的教学思想中最为活跃、最鲜明的。尽管到今天为止，她提出了许多极有见地的见解，但这一点始终没有变。不仅不变，而且不断被强化。这就是：要让学生问我们。

比较集中地阐发这一思想的，是她发表在1979年第12期《河南教育》上的那篇漫谈语文教法的文章。在那篇文章里，她阐述了“学问，学问，就是要既学又问”的主张，指出，让学生问我们，将“使学生从学习的被动状态转变为主动状态，做学习语文的主人”。写作这篇文章时，她已被调到了上海市教育局教学处。但为了进一步实践这一思想，在不到三年的时间里，她在全市九个区、三个县的近20所中学里，执教过各种体裁的课文。进一步的实践加深了她的这一认识：让学生发问的关键，是学而有疑，学则须疑，所谓“有不知则有知，无不知则无知”，是要学生自觉、主动地有“疑”。

由于全市面临着的许多现实情况，作为市教育行政机构的行政人员，徐振维老师在1982年提出了提问设计的问题，认为在分析课文时让学生思考的问题必须花大力气设计好。作为工作的指导思想，她暂时地改让学生发问为由老师质疑、学生答疑，以期逐步进行过渡。应当指出的是，即便是这一工作的指导思想，这种过渡性的教学，其实质仍然是强调学则须疑。

那么，徐振维老师为什么坚持要学生发问？她的这一思想的着眼点又在哪里？

也是在那篇漫谈里，她说："经验告诉我们，不善于提出问题的学生，学习态度往往是消极的，学习方法往往是机械的，思想往往是呆板迟钝的，知识面也往往是狭窄的。而在观察自然世界和社会生活的过程中，经常能提出问题的学生，则总是对学习积极主动，思维活泼敏锐，对知识充满兴趣，具有自觉掌握知识的习惯和初步分析问题的能力。"在另一篇文章（《发问和思考》，刊《河南教育》1980 年第 6 期）里，她在列举了一些大发明家都是从小就善于发问的事例后，又说：让学生发问，不光是解决了学习课文时产生的问题，从而掌握了课文，更重要的是发展了学生的思维，培养了学生独立思考的习惯。

在实践中，徐振维老师还看到，学生的发问，常常闪烁着智慧的火花，蕴含着创新精神。在阅读教学中，当学生敢于对老师的讲解和习惯的定论提出不同的想法时，当善于敏锐地发现文章中的缺点、矛盾和问题时，以及当对文章的内容和形式有自己独特的、新鲜的见解时，常常首先是从发问开始的。

可见，徐振维老师的这一教学思想，绝不仅仅着眼于提高语文教学的质量，而是以语文教学为出发点，着眼于学生心理素质的提高，人才素质的培养。这素质就是独立思考的习惯与创新精神。而这两点，对于我们这样一个民族，一个既有优良品德又有着许多历史积淀的民族来说，也许有着某种特殊的意义。

附二：

鼓励与引导

正是桃花笑春风的季节。在上海市第一中学的一间大教室里，集中着几十名刚进中学的孩子；在他们的两侧、后边及中间的走道里，则坐着前来观摩的老师。阳光映照在窗玻璃上，教室里与窗外一样，春意荡漾，生气勃勃。

这是 1980 年 4 月 10 日。徐振维老师的一堂公开课正在这里进行。

课堂气氛是活跃而生动的。尽管同学们脸上还充满稚气，但不时爆出智慧的火花。

作为一名语文教师，我曾经听过徐振维老师不少的课。不同的课，她常常有不同的教法；但几乎是每堂课，她都坚持一个观点：要让学生问我们。她认为，如果学生在不断的训练中，逐步养成与提高善疑好问的习惯与能力，那么，我们的语文教学将会达到一个新的境界。

这次，她教的是《荔枝蜜》。教学的重点，是让学生理解与学习课文的语言，进而懂得表达时要确切地运用语言。

那么，她是怎样围绕这一重点让学生发问的呢？

她不仅有明确的主攻方向，而且在教学过程中的每一步，都有具体的目标。课一开始，在要求学生通读课文时，她在学生中巡回。实际上，她在不断地鼓励学生提问。哪怕是一个极幼稚的发问，她都满腔热情地予以肯定。她显然是要让学生知道：老师喜欢学生提问，提问是认真学习的表现。渐渐地，部分学生的提问积极性被调动起来了。在此基础上，在要求学生再读一遍课文时，她作了这样的引导："同学们在想：问题很多啊。比如，为什么蜂王可以活三年，而工蜂最多活六个月？为什么蜜蜂螯人后，自己就活不长了？这些问题，也可以问，但是我更希望同学们问的，是属于语文方面的问题。比如，'不想叫蜜蜂螯了一下'，为什么这里用'螯'？说'叮''刺'可不可以呢？说'咬'又可不可以呢？"

从事教学的同志都知道，课堂上，只要有几个同学带个头，同学们就会被逐渐带动起来。经过了这两步的引导，发问的同学几乎一个接着一个。请听：

"第九十一页上，倒数第二行——"

在学生发问的过程中，仍然需要满腔热情地鼓励与积极引导。徐老师打断说："九十一页，倒数第二行，你们看，这个同学说得多清楚！好，你说下去。"

"'开花时节，那蜜蜂满野嘤嘤嗡嗡，忙得忘记早晚。'嘤嘤嗡嗡，本来形容鸟叫，为什么这里用来形容蜜蜂呢？”

“第九十页上，‘那里四周是山，环抱着一潭春水。’这里用了‘环抱’，为什么不用‘环绕’？”

“第九十三页上，倒数第五行，‘我不禁一颤’，为什么要用‘一颤’？”

……

尽管事先作了引导，但学生的提问仍然可能是各种各样的。而在这各种各样的提问中，徐老师总是及时地抓住那些与教学重点密切相关、又带有普遍性的问题。对与教学重点关系不密切的提问，当然仍然要鼓励。比如，有一个学生问，所引的苏东坡的诗里，为什么不用“吃”而用“啖”？徐老师就说：“你们看，他对苏东坡提意见啦！‘啖’的意思，课本上已注明是‘吃’的意思，至于为何用‘啖’，这牵涉到古汉语的一些知识。（她对提问的同学）我们课外再讨论，好吗？（提问的同学高兴地点点头）那么好，我们课外再讨论。不过，你提出这个问题，说明你动了脑筋。我们要提倡这种精神。”

这样的处理，实际上也在对学生所提的问题进行筛选。经过这样的筛选，留下的，就都与教学重点密切相关了。

对这些问题，又该怎么办？做法之一，是由教师来解答。但徐老师通常不这么做。她会将问题抛回给学生，调动大家的积极性，通过讨论来解决。

现就那个为何要用“一颤”的问题，看徐老师是如何通过讨论来解决的。

师：这个问题提得好。趁此机会，我向同学们介绍作者原稿上的用词情况。“我不禁一颤”，原稿上是“我不禁想”；另外，还有一处改动。九十二页第二段，“我不觉动了情”，原稿上是“我不觉发生了兴趣”。请同学们考虑一下，作者为什么要作这样的改动？

生：把“不禁想”改为“不禁一颤”，是因为作者原来总不大喜欢蜜蜂，“螫”了一下后，感情上疙疙瘩瘩的，现在动了情，“颤”说明作者感情上有波动。

师：“感情上有波动”，好。如果我们找一个“波动”的近义词，回答就更确切了。大家想一想，用个什么词呢？（一同学说“触动”）——“触动”，对，这样更确切了。

生：“发生了兴趣”，叙述性质，平淡了一些，而“动了情”，就比较生动。

生：“不禁一颤”，这个“一颤”，与前面的“动了情”呼应起来，并且进了一层。

生：“一颤”体现了作者的感情。

生：“颤”程度深。

师：对！“颤”比“想”更深刻。联系上下文，从发生兴趣，到听老梁介绍，作者对蜜蜂的认识有了变化，这就是“一颤”的原因。

（类似内容以《第五个问题》为题载1991年第6期《语文学习》）

○　某教授：修改不是文章写作过程中的一个重要阶段。

审　查

在徐振维老师的忌日所写的短文中曾言及我的一封信的底稿。这封信写于 1991 年 3 月 30 日，写信时正发着高烧，信中“火气”旺盛，对当时教材审查组的负责人（一高校的教授）甚为不恭。

现将该信抄录于下（略去姓名，括号内的文字是抄录时加的）。

徐老师：

昨日听了某教授的言论后，终于具体地感受到了两点：一是小题大作，抓住一点，不及其余，态度是十分恶劣的；二是不仅看得不认真，而且学识平平，不少处，一发问，就显得慌乱，并不得不承认“这我们不懂”。

表达部分，凡具体提到的，我已作了修改（第二、三单元除外），其实有些是可以不改的。（关于）二、三单元，徐老师说宜另起炉灶，就暂不动了。

诸如认为“修改不是文章写作过程中的一个重要阶段”之类，宜写篇文章。难道这位审查大员忘记了我们的古人在创作过程中不断修改的名例？王荆公“春风又绿江南岸”一句中，凡改“十许字，始定为‘绿’”；欧阳公《醉翁亭记》一文开头，初为“滁州四面有山”，凡数十字，最后改定为“环滁皆山也”；杜诗圣《曲江对雨》一诗中，初为句“桃花欲共杨花语”，后改成“桃花细逐杨花落”，魏庆之在《诗人玉屑》中写及，由此“乃知古人字不厌改也”……。容我身体好些时，专门补写一段，并写上：“那种认为修改不是……，显然是错误的。”

我历来对教授甚为尊敬，现在看来得作些“修改”了。没水平，又想利用职权，逐其私利，不仅可恶，而且可笑！可笑之至！

吴春荣

一九九一年三月三十日

于高烧中写

又及：“转述”一章，无论如何得保留！

由信又想起一件往事。在编撰六年级第一学期语文教材时，为了反映上海建设的新成就，我们想把《南浦大桥上的全国之最》(刊1990年8月10日《解放日报》)一文编进教材。南浦大桥是上海市区第一座跨越黄浦江的大桥。该文作者一为南浦大桥主桥工程指挥部指挥，一为《解放日报》记者。因为在文字上作了些改动，徐老师让我去找南浦大桥工程总指挥，让他审核一下。他认真地看了一遍，说内容(包括数据)没有问题；他热情支持我们将该文编进教材。考虑到以后可能还要找他，我要了他的联系电话。

教材编就后，由审查组审查。教材审查组与教材编写组同隶属于上海市中小学教材编审委员会领导，两者之区别在一编一审。但审查组个别成员，总是以审查大员自居，凌驾于编写组之上。这册教材审完后的一次碰头会记得是在上海教育出版社内进行的。审查组一成员指出，《南浦大桥上的全国之最》一文中所记的拼装钢框架用的螺栓直径、钢索直径等数据有误，但没有说明正确的数据是什么，持论的依据是什么。徐老师认真听完后朝我看了看，我立即言明，文章经大桥工程总指挥审核过。考虑到教材关系千百万学生，徐老师让我立即与工程总指挥联系。拨通电话后，总指挥要我等一等，让他再看看文章。大概一刻钟后，他郑重告诉我，文中所有数据均正确无误，让我们放心。我返回会场，通报了总指挥的话，那位刚才质疑的审查组成员立即涨红了脸（他本来就患高血压），低下了头。

类似这种情况，几乎屡屡发生（编撰教材真的够累）。仅此两例，也可见审查组某些成员学识水平、治学态度之一斑。

○ 你在记住对方的同时，将继续接受着对方的关心与帮助。

旧　　作

总是时常念着一些人、一些事，尤其是几位曾经帮助过我的人及他们为我做的事。莲珍就是其中的一位。

不知是一种巧合，还是冥冥之中有神相告，抑或是心灵感应，这些天正思念着她时，今天，她让儿子秦凌用特快专递送来了我的一篇旧作。

显然是一份草稿。上面涂改之处较多，涂改之处有红字，有铅笔字，有些页边及天、地头上有添加的文字，也没有题目。用的是大稿纸，每页 500 格，整 7 页，第 7 页反面上下还有两段文字，疑为结尾，总字数约四千字。

20 世纪 80 年代初，我在离开上海市教育局教学处后不久，被安排到上海电大松江分校（时刚初建）任教。在教学处工作时，徐振维老师交给我一项写作任务：从中国古典诗、词、曲中精选描写松、竹、梅的作品，详加注释，略作分析，作为书稿，供全市中学生课外阅读。到电大任教时，这一书稿可能已经付梓，但尚未出版。这篇旧作，从内容及字迹看，极可能是在那个时候写的。

已经记不起草稿怎么到了莲珍手里。只记得，电大第一届党政班学员（有三个班，一百多学员）毕业时，按市电大要求，每个学员要写一篇论文，然后聘请高校教师逐一评审（包括答辩）。我作为文科室的负责人提议学校聘请三位上海师院（今为上海师大）中文系教授，其中有徐辑熙，还有刘莲珍。草稿是否在那个时候给了莲珍的？

尽管莲珍事先已有电话告知，但收到专递并粗粗翻阅之后，仍不由得心潮起伏。一篇草稿，竟被保存了30多年之久，在我自己怕也难以做到。我一生写了不少，代写的领导同志的讲话稿、学生代表的发言稿、奉命撰写的种种调查报告、单位总结等等不算，属个人的，虽则敝帚自珍，但能保存下来的（包括已经发表的），大约也只有一半。旧作让我想到了一些往事。

这天散步前，我找出了在师院读书时写的一篇短文。在沈泾塘河边，我找了个地方坐了下来，并细细读了一遍。短文刊发在院报上，在剪贴的纸上注明是 1959 年春夏时在上海市闸北区新中中学实习结束后写的。短文是这样的——

离 别

实习生活快要结束了。如一个吃奶的婴儿尝到甜味不肯放手一样，我怎能离开这些可爱的孩子呢！孩子们的形象又浮上脑海，天真、活泼，以至有些调皮。

我记起上第一课的情景。课散后，孩子们立即涌上讲台，欢乐地围着我，一个孩子有趣地问我："老师，你上课眼光为什么老盯着天花板？"我被逗笑了。孩子们也爽朗地笑起来。但他们在上课时，却如大人那样安静、专注！特别当指导老师或其他老师来听课时，他们会事先非常体贴地安慰我："老师，你不要慌；我们都准备好，会举手发言的。"我被深深地感动了。要离开这样的孩子，怎么能不无限地依恋呢？

在孩子们也是如此，听说我要走了，他们都变得沉静、深思、多情。他们在我办公桌前呆呆地站几十分钟，一句话也不说。桌对面的老师看到这种情景，总禁不住连连点头，语意深长地感叹说："孩子们舍不得离开你啊!"也就在这时，孩子们才如梦初醒，一齐说："老师，你不要走!"当他们意识到这意愿不能实现时，就只得恳求多住几天。

不仅如此，为了表达自己的心意，孩子们还多方寻思着。星期天，我和几个孩子散步回来，发现桌上面放着一个什锦糖盒子。我惊奇地打开盒子，一张小纸条飘了出来：

"这点小小的礼物送给你——敬爱的吴老师"

我迅速翻看着盒内的东西，这里有毛巾，有袜子，有手绢，有香皂等。我又拿起纸条，紧盯着这几行端正的签名：任志良、王瑞昌、许蔚青、王菊珍、刘莲珍、徐华芬。我深深地吸了口气，内心感到万分的激动。但我随即又坠入深思，我不能享受这份厚意。在这短短的六个星期内，我只做了自己应做的一点工作，而且还没有做好。

但这一切都是孩子们给教师的无上光荣，对教师工作的崇高评价。

生活中，还有什么使我的青春更珍贵呢；生活中，还有什么能如此使我激动，感到幸福……

短文稚嫩得让我自惭。"孩子们"，"孩子们"，这口气，仿佛我是他们的爷爷，其实，我与他们差不了几岁。本想引在这里时略作润色，就像带孩子出门做客，帮他梳梳头发，换件罩衫，免得失礼于人，但再一想，既是旧作，也就一仍其旧吧。差可自慰的是，短文记录着我当时的真实情状。其中提到的刘莲珍，从新中中学毕业后，入上海师院预科学习，后入师院中文系学习，中文系毕业后留校。几十年中（包括"文革"中）我与她始终保持着联系，由此，我与她的先生秦根富也成了好朋友。在我的人生之舟快要触礁的那段岁月，就是他们俩伸出援手，求得当时的市里领导的支持，让我得以继续顺利航行。我曾经写过,“在生活中失去信心时,学生是一道海岸线,是一份希望”,这其实是我的真实感受,就是从他们身上感悟到的。

我这一生中,一直勉力要求自己记住他人的帮助,不管他们是长辈还是后生。我或许不能完全做到“涌泉相报”,但我会在心上刻着他们的姓名。台湾作家张晓风说过:我对生命中的涓滴每有一分赏悦,上帝立即赐下万道流泉;我每为一个音符凝神,上帝总倾下整匹的音乐素锦。她这次寄我这篇旧作,让我又一次感悟到,你在记住对方的同时,将继续接受着对方的关心与帮助。

附旧作:(题是这次重抄时添加的)

古代诗人笔下的竹

一

在浩如烟海的中国古典诗歌中,描绘竹子的诗篇有着不小的数量。这些诗篇,几乎全部洋溢着诗人的赞美之情,竹子的形象自然十分美好。元朝散曲家马谦斋的《水仙子·咏竹》是其中很有代表性的一首:

贞姿不受雪霜侵,
直节亭亭易见心。
谓川风雨清吟枕,
花开时有凤寻。
文湖州是个知音。
春日临风醉,
秋宵对月吟,

舞闲阶碎影筛金。

你看那竹子，在春日里临风欢如醉，在秋夜里摇曳作声如对月吟咏，而她的影子在清静的庭阶上舞动，从枝叶的空隙间投射下的月光则闪闪如银。这竹子的风姿，有多美好！

唐诗人杜牧的《栽竹》则这样写竹：

历历羽林影，
疏疏烟露姿。
萧骚寒雨夜，
敲劼晚风时。

这里有声，有气氛，更有形象：在阳光下，竹影如羽林军，历历可数；在烟露中，竹竿整整齐齐，别具风姿。

美好的形象描绘，基于诗人的热爱之情。南宋诗人杨万里《咏十里塘姜店水亭前竹林》云：

一见此君面，
荒村不是村。
斜阳与可笔，
栖雀于猷魂。
客思方无那，
诗愁得共论。
问渠能饮否？
把酒酹霜根。

诗人在这里写了一个客居荒村的人以竹为伴、与竹共饮的情景。

在斜阳的照射下，映在地上的竹影，仿佛是与可的画；栖宿在竹子上的鸟雀，大概是子猷的魂化的。与可，即文同，宋代书画家，尤其擅长画竹。苏轼曾专门写文章记述过他，对他画的竹评价极高。子猷，即大书法家王羲之的儿子。《世说新语》中说他平生爱竹。相传他曾暂时寄居在一处空宅，就叫人种竹，有人问他："暂住何需这样？"他啸咏良久，直指竹说："何可一日无此君？"诗人在描绘竹子的美好形象时，展开了丰富的想象，流露了对竹子的感情。诗的后四句，写客旅者甚至把竹当人、视竹为知己而与之交谈，从而进一步抒写了自己的爱竹之情。

二

中国古代诗人为何如此热爱、甚至痴情于竹？

竹子不仅在外部而且在内部，具有许多特征及可贵的品性，这些特征和品性，常被人们、尤其是文人视作人的品格的象征。

竹子有节。

这一外部特征，常被诗人们用来喻作人的节操、气节。

唐诗人元稹《新竹》云：

新篁才解箨，
寒色已青葱。
冉冉偏凝粉，
萧萧渐引风。
扶疏多透日，
寥落未成丛。
惟有团团节，
坚贞大小同。

值得注意的是，即使是才解箨的新竹，其坚贞性与老竹无异。

公元 810 年正月，唐宪宗宦官刘士元为争驿站的厅房，横蛮不讲理，并用马鞭抽打先到驿站的元稹的脸。元稹当时为监察御史。但宪宗不分是非，袒护宦官，反将元稹贬职江陵。元稹好友刘禹锡闻悉此事，给元稹送去文石枕并诗一首，表示不平与支持。元镇则回赠了竹鞭并诗一首。刘禹锡复赠《酬元九侍御赠壁州鞭长句》诗给元稹作答：

碧玉孤根生在林，
美人相赠比双金。
初开郢客缄封后，
想见巴山冰雪深。
多节本怀端直性，
露青犹有岁寒心。
何时策马同归去，
关树扶疏敲镫吟？

诗既咏竹鞭，又咏竹子，借竹子“多节”，赞赏了元稹在权阉面前所表现的不折不挠的节操。

宋道璨有《题景苏堂竹》，其中说：

亲见长公来，
一节不肯曲。
见竹如见公，
北麓能不俗。
回首熙丰间，
几人愧此竹？

景苏堂在今江西瑞昌。东坡自黄移汝，过瑞昌亭子山，题字崖石，点墨竹叶上，致环山之竹，叶叶有墨点。景定中，王景琰主瑞昌簿，移植厅事，扁其昌曰“景苏”。景苏，意景仰苏轼。此堂为当年东坡夜宿之处。竹子直节不屈，象征了东坡为人。在熙宁、元丰期间，东坡直道而行，不依附权势，其为人如同此竹。由于东坡这一品格的影响，北麓（王景琰号北麓）也免于浅俗。

竹子虚心。

唐张九龄《和黄门卢侍御咏竹》这样写道：

清初紫庭垂，
葳蕤防露枝。
色无玄月变，
声有惠风吹。
高节人相重，
虚心世所知。
凤皇佳可食，
一去一来仪。

诗人将竹子的虚心喻为宽大的胸怀。诗人说，竹子高尚的气节与操守人人敬重，它宽大的胸怀举世皆知。大概为此，竹子显得甚为珍贵。《庄子·秋水》中说：凤凰非梧桐不止，非练实不食，非醴泉不饮。练实，即竹食。竹食佳美，连凤凰也喜爱，以至凤凰常在竹子周围来回起舞。

唐女诗人薛涛的《酬人雨后玩竹》则这样写：

南天春雨时，
那鉴雪霜姿。
众类亦云茂，

虚心宁自持。
多留晋贤醉，
早伴舜妃悲。
晚岁君能赏，
苍苍劲节奇。

一般草木，如果空心，就弱而易折；竹子虚心而能支持住自己。这自然也是实指。但联系整首诗，不难看出，这“虚心”，也指竹子不与长得茂盛的“众类”争春。这实际上在用双关的手法赞颂一种高尚的品格。

竹子长速。

人们常用“雨后春笋”比喻新事物的蓬勃发展、茁壮成长。唐诗人李贺《昌谷北园新笋》第三首云：

家泉石眼两三茎，
晓看阴根紫陌生。
今年水曲春沙上，
笛管新篁拔玉青。

家中泉水旁的石缝间，本只有两三茎新笋，由于竹鞭所及，才一夜过去，早起看到家旁泥路上也长出了新笋。竹子蔓延得如此迅速，可以推想，今年春天，在水湾沙岸上，一株株新竹，肯定会青玉似地生长出来。

明徐文长有《题画竹》一首，也写了竹子的长势之速：

嫩篆捎空碧，
高枝梗太清。

总看奔逸势，
犹带早雷惊。

据传竹子闻雷声生长尤速。竹子长得这么高，还带着被春雷所惊而长之情状，如果不是长势迅猛，可能吗？

如果说这些诗还是纯粹写竹子的长势的话，那么郑板桥的《新竹》，含义要丰富、深刻得多。

新竹高于旧竹枝，
全凭老干为扶持。
明年再有新生者，
十丈龙孙绕凤池。

龙孙，笋之别称。古人认为竹是龙材。《后汉书·费长房传》中说："长房辞归。翁与一竹杖，曰：'骑此任所之，则自至矣。既至，可以杖投葛陂中也……'长房乘杖须臾来归，自谓去家适经旬日，而已十余年矣，即以杖投陂，顾视则龙也。"竹为龙材，笋自然是龙孙了。这首诗从另一角度（——新竹比老竹长得更高）赞咏了竹子的茁壮成长，借此，诗人既歌咏了老一代对新生一代的积极扶持，又赞美了新生一代的生机勃勃、奋发向上的精神，说明了新生一代既需要老一代扶持、又能超过老一代的道理。

杜甫《严郑公宅同咏竹》表达的是另一个很有意思的主题。诗云：

绿竹半含箨，
新梢才出墙。
色侵书帙晚，
隐过酒樽凉。
雨洗娟娟净，

风吹细细香。
但令无剪伐，
会见拂云长。

这首诗作于广德二年（公元 764 年），时杜甫正在严武的节度使府中任参谋。诗的主旨显然在最后两句。从字面上看，诗人从新竹可以长达云霄的角度，希望对它加以爱护，勿剪勿伐；但联系诗人写诗的背景，就不难看出诗人的深沉用意，这就是以竹自况，希望他的上司严武能栽培自己。

竹子耐寒。

历来人们把竹与松、梅视作“岁寒三友”。有古联云：“松竹梅岁寒三友，桃李杏春暖一家。”

秋风一起，草木纷纷凋零，而竹，仍不改碧色，萧萧作声；待到霜降雪飘、冰封大地时，竹更是傲霜斗雪，卓然挺立。宋韩琦有《长安府舍竹径》云：

北榭屈基下，
森森竹径幽。
枝繁低拂盖，
根密仅通流。
劲节轻环粉，
狂鞭怒走虬。
风霜胡可动？
松柏乃吾俦。

吾俦，即吾同辈，吾伴侣。诗最后，诗人代竹设言：风霜如何能动摇我们？我们是与苍松劲柏为侣的。一股自豪之气，洋溢在字里行间。

唐陈子昂的《修竹篇》同样表现了竹子凌寒不凋的坚贞：

岁寒霜雪苦，
含彩独青青。
岂不厌凝冽，
羞比春木荣。
春木有荣歇，
此节无凋零。

三

正是由于竹子具有的这些特征和品性象征了人的某些崇高的品格，诗人赞赏竹子，并常以竹自况，表达了自己的抱负与追求。值得注意的是，在咏竹的诗篇中，还有这样一类作品，它们直接或委婉地表现了作者对官场生活的厌倦，流露了对庸俗之辈的鄙夷。杜牧的《栽竹》，就是这类诗中的一首：

本因遮日种，
却似为溪移。
……
故国何年到？
尘冠挂一枝。

作者栽竹，进而赏竹，为此，辞官之念油然而生，不禁直抒：什么时候才能返回故乡，以摆脱世俗、宦绳的羁绊？

唐诗人施肩吾的《玩友人庭竹》表露了同样的心情：

曾去玄洲看种玉，
那似君家满庭竹。

客来不用呼清风，

此处挂冠凉自足。

挂冠，源自《后汉书·逄萌传》。王莽杀子，蓬萌听说后，感叹说："三纲绝矣！不去，祸将及人。"说完，脱下帽子，将它挂在城门上，随即带领全家，逃之夭夭。这首诗里的"挂冠"，既是实指，又隐含辞官的意思。

唐诗人王维，在他一生的后期，由于不愿与李林甫等同流合污，又不敢与之斗争，于是退隐山林。曾一度，在今陕西的辋川居住。这期间，有《辋川二十首》，其中一首《竹里馆》：

独坐幽篁里，

弹琴复长啸。

深林人不知，

明月来相照。

独坐幽静的竹林深处，既弹琴又长啸，这样的情趣，是脱离官场以后的一种超然物外的情趣。要指出的是，作者获取及抒泄情趣的环境正是竹林。

宋苏轼有《于潜僧绿筠轩》一首：

可使食无肉，

不可使居无竹。

无肉令人瘦，

无竹令人俗。

人瘦尚可肥，

俗士不可医。

旁人笑此言，

似高还似痴。
若对此君仍大嚼，
世间哪有扬州鹤！

在苏轼看来，竹子，简直是生活中不可缺少的。缺少了它，就会“令人俗”；而人一旦变“俗”，那就很难医治。在这里，作者把竹子作为高雅的象征，从而反衬出对世俗之辈的鄙夷。

总之，竹，历来深得诗人青睐，并为之吟唱不止。诗人们或绘其外貌，或咏其品性，或赞其价值，更借竹喻人，以竹自况。这些咏竹的诗篇，将与植根于神州大地的亿万青竹一样，历久不衰。

○ 往事并不如烟。

想到了一件往事

今日散步前，读到一篇文章。该文称，在 2013 年，中国反腐败重拳出击，较之以往，速度更快，力量更大，趋势更猛。一年中，有 19 名省部级官员相继落马，其中有两名还是刚当选的中央委员。1 月 22 日，中央纪委监察部网站通报 7 名官员涉嫌严重违纪违法被查；一天中，落马官员竟达 7 名，令人吃惊。

在落马的官员身上有一个共同点，即利用职权谋取私利。

由此想起一件往事。

笔者为一介草民，在不明深浅、不知险恶的情况下，凭着一股书生意气，曾受报社之约，持特约记者证，对松江的 12 所学校就增调工资作了一番较为深入的调查，后写成文章给报社。很快接到报社来信，说我的文章已刊发在一份内参上，信中还附了文章小样。

后来发生的事让我不禁吓出一身冷汗。先被告知，此内参直送中央(同时送本地区第一把手一份)；又听说县委书记在问："这个人(——署的是笔名)是什么人？去查一下！"大概是经过了解，有了线索，接着又有一县委常委（系我过去的学生）上门"探望"，在似乎是随意地询问了一些情况后，告诫我，以后如写反映松江情况（大概主要指问题）的文章，最好先让他看一看。

好在我屁股上是干净的，头上也没有辫子可抓，更重要的是当时处在那个特殊年代已经过去、“左”倾思潮被抑时期，再，公正地看，写作的出发点是好的，持议似也较客观、全面，我算是免了一劫。此刻散步时想想这件往事时，还心有余悸，步子也不由得有点沉重，而再想到现今倡导群众监督，鼓励群众举报官员腐败现象，脚步自然轻快起来。

附该文小样：

松江县学校干部加两级的比重大

最近全市中小学教职工调整了工资。当中央关于工调的文件下达时，广大教师特别是中年教师，倍受鼓舞，又一次体会到中央对中小学教师的关怀。但是，由于有些基层干部私心膨胀，不按政策办事，领导部门又怕负责任，不敢坚持原则，以致出现了许多本来可以避免的矛盾，产生了许多消极因素。国家花了那么多钱办好事，却被有些基层干部办坏了，令人痛心。

我对松江县十二所中小学进行了调查，了解到县里拨给这些单位升两级的名额，共 21 名，结果有 17 名党政干部（指正式被任命的党支部书记、校长、教导主任和总务主任，不包括党支委、工会主席）都加到了两级，占整个名额的 80%多。党政干部中，有许多同志勤勤恳恳为党的教育事业工作，并作出了成绩，加两级也是应该的；但所占的比例这样大，却值得考虑。××中心校校长×××，前几年曾经受到县教育局的通报批评，这次也升了两级，这适当吗？

据调查，不少单位的党政干部，为争抢升两级名额，完全不顾影响。××中心校校长×××，不仅自己要争加两级，还利用职权，骗过了县教育局派去的工调联络员，把自己的爱人（该校教师）也报了两级。×

×中心校校长××，一个一个地要其他干部签名，将两级加给他，然后报公社党委，对党委说“同志们都认为我应该加两级”，要公社党委报县教育局，想利用公社党委对县教育局施加压力。还有些学校的干部为争夺两级，各自派自己的心腹四出活动，争取群众，抬高自己，打击对方。××中学副校长×××与另一位副校长为此竟拍桌相骂，吵得不可开交。群众好心提醒他：“今后还要工作，要注意影响。”他居然说：“大不了调个单位！”

这些干部的所作所为，群众看在眼里，十分反感。有的教师痛心地说：“最近几年来正在逐渐恢复的党的传统，又给这些人破坏了！”有的教师说：“平时做起报告来很像样，原来私心比老百姓还重！”有的教师说：“有的干部，本来就是在‘四人帮’时靠卖力推行极‘左’路线整教师起家的，本来就不是块好料！”许多教师的积极性被严重地挫伤了。××中学的许多教师，工调后纷纷走访县教育局，对该校的工调工作表示不满；一些中年骨干还要求调离这所学校。还有一所小学，工调结束时还未放假，但不少教师早就离校返家，学期的结束工作受到很大影响。

松江县教育局在这次工调中，对下面产生的各种矛盾，虽也做了一些调解工作，但怕负责任，不敢坚持原则。××中学近几年来工作每况愈下，县教育局从人民来信来访中，也了解该校校长×××的缺点和问题，并到这所学校开过座谈会，听取意见。这次工调开始时，局领导不同意给×××加两级，但后来终于让步了。许多同志在工调过程中，纷纷走访县教育局反映情况，并提出干部加两级的比例过大，县教育局有位领导却说：“不论怎么摆，总是有矛盾的！”“我们上海的矛盾比兄弟省市要小得多！”

松　樵

××××年×月×日

○　天地君亲师，“师”与天、地、君、亲并列，足见“师”在人的成长中的地位与作用。

尊　师

尽管我与儿子同住一幢楼，但平时很少交流。他在市区工作；成家以后，他们有自己的一方天地，我很少参与。他由安全局调入上海市出入境管理局仅一年多，大概是2013年上半年，局里要评他为优秀党员，他执意辞之，说自己来新单位工作时间不长。年底时，领导不再征求他本人意见，就给评了个市局“嘉奖”。而今奖项颇多，这个奖那个奖的，但据说他们这个奖还有些含金量。

儿子已届中年。经过一些磨炼，应该稍为成熟些了。想到他小时候的种种情形，已是鲐老鲐背、齿牙动摇、皤皤一老的我，增了几分苍老感。

他在松江中山小学（当时为雷锋小学）就读时，一二年级的班主任是唐鸣玉老师，此后两位分别是沙、郑老师。三位班主任均教语文。应该说，在小学阶段，他在语文方面就受到了严格的教育与训练，打下了较为扎实的基础。

这几天在整理旧稿时，又看到了写唐鸿玉老师的那篇通讯。记得在编 10 卷本文稿时，曾找出来过，后考虑到写作该文时，那个动乱时期过去不久，一切正在拨乱反正之中，文中还留有时代印痕，也没有写好，因此没有编入。看到儿子的今天，刚才散步时又收到几个学生的祝贺短信，就每每忆及儿子的老师，自己的老师。他在小学的老师中，唐老师给我的印象尤深，觉得还是应该将这篇通讯编入书稿中，以作为一种纪念。天地君亲师，古人将“师”与天、地、君、亲并列，足见师在人的成长中的地位与作用。

曾经在报上读到过为教师写的一副对联，上联为“一支粉笔两袖清风，三尺讲台四季晴雨，加上五脏六腑七嘴八舌九思十想，教必有方，滴滴汗水诚滋桃李满天下”；下联为“十卷诗赋九章勾股，八索文思七纬地理，连同六艺五经四书三字两雅一心，诲人不倦，点点心血勤育英才泽神州”。不甚工，且有点刻意，但上联从“一”到“十”，下联则倒之，颇有趣，兹录之。

附：

育　苗　记

——记松江县雷锋小学教师唐鸿玉的事迹

弟弟妹妹数星星，
天上多了一颗星，
“什么星？”
“中国人造红卫星！”
卫星高唱东方红，
亿万人民真高兴。

在一间宽敞、明亮的教室里，一名女教师正在教这篇课文。

教学是从课本上画着的两个小朋友切入的。

“我们课本上这两个小朋友，一个是弟弟，一个是——”

“妹妹。”有小朋友抢着说。

“对。”女教师热情地作了肯定，并在黑板上端正地写了“弟”“妹”两个字，又领着孩子们读了几遍后，就问：“那么，妹妹举着手在做什么？”

孩子们踊跃地举起了小手，一个个说了自己的理解。

“数星星。”有一个孩子指着课本上画的夜空说。

女教师就这样启发孩子们积极思考，并选用孩子们的正确回答，把教学逐渐引向深入。

“弟弟妹妹为什么要拍手笑？”

“看到了一颗人造卫星。”

“为什么看到人造卫星就这么高兴？”

“因为那是我们中国造的红卫星。”

孩子们的回答，显然使女教师非常高兴：“所以，不仅弟弟妹妹高兴，我们小朋友和老师也高兴，而且，全国人民都高兴。”

就这样，随着女教师和孩子们的问答的逐步展开，黑板上也陆续出现了一个个对孩子们来说还是第一次见到的字：“数”“颗”“造”“高”……女教师也紧紧掌握着孩子们的思维，或讲解，或领读，或组织讨论，课堂气氛显得十分活跃。

这就是松江县雷锋小学一年级教师唐鸿玉的一堂生字教学课。

唐鸿玉已经是第六次教这篇课文了。用同志们的话来说，她可以不用备课，闭着眼睛都能讲。但跟其他课文一样，她仍然花了几倍于课堂教学的时间。为了摸索进一步提高这篇课文的教学质量的新途径，她决定改变以往按生字顺序进行教学的方法，根据孩子们喜欢图画的特点，利用课文插图，调动起学生的学习积极性；并且，联系课文内容提出生字，使生字教学与词、句教学结合起来，而不像过去那样孤立地进行生字教学。为了加深小朋友对课文的理解，她重新学习了我国人造卫星上天时发表的新闻报道,学习了关于人造卫星的基本知识,还找来了中国与苏美制造第一颗人造卫星所花的时间与星体重量的资料，说明中国的人造卫星花时少，星体重，从而激发起孩子们热爱社会主义祖国的感情。她并针对历届学生中容易将“兴”和“星”相混等情况，又确定了生字教学的重点。

这就是唐鸿玉千百堂课中极其平常的一堂课的备课情况。

唐鸿玉老师今年 48 岁。新中国成立前从学校一毕业，她就失业。1950 年开始走上了新中国的教育岗位。1953 年被分配到上海市实验小学，并成为该校的一名骨干教师。根据当时市委领导同志要上海市实验小学支援松江中山中心校（雷锋小学前身）的意见，1960 年她来到松江工作。在长达 27 年的教育工作中，她受到了党的培养、教育与信任。每想到这些，她内心总是充满了感激之情。她勉励自己，要忠诚党的教育事业，兢兢业业、一丝不苟地努力工作。

在松江县的十几年中，她一直在一年级任教。在长期的工作实践中，她深深感到，教好一年级甚为重要。如果说，小学教育是整个教育的基础，那么，小学一年级则是基础的基础。

为了搞好基础教育，唐鸿玉十分注重对小朋友进行“三热爱”（热爱伟大领袖，热爱党，热爱社会主义祖国）教育，进行共产主义思想品德教育。一年级小朋友一般才七岁，生在新社会，长在红旗下，没有吃过苦，不知道什么是剥削、压迫。她每接一个新班，总是请在旧社会苦大仇深的老工人、老贫农忆苦思甜，带孩子们到部队，听解放军叔叔讲雷锋、邱少云、黄继光等英雄的故事，提高孩子们的思想觉悟，激发孩子们的积极性，使他们从小好好学习、天天向上。另一方面，在语文教学中，抓好基本知识的教学，使小朋友学会汉语拼音，并懂得字的形和义；在这方面，她同样从严要求，每发一个音，每教一个字，都十分负责地想方设法让孩子们熟练掌握。

有个小朋友，生过脑膜炎，接受能力差，文化学习一度跟不上去。唐老师一方面给他讲革命先辈刻苦学习的事迹，讲“龟兔赛跑”“笨鸟先飞”的故事；另一方面，只要自己有空，就把他拉在身边进行补课。见到这种情况，个别同志对她说：“现在又不重视抓质量，你何必这么顶真！”也有同志好心提醒她：“当心有人说你搞‘智育第一’！”唐鸿玉却这样想：绝不能让一个小朋友掉队。她坚持耐心帮助，终于使她不断进步。

为了提高学生的学习质量，唐老师专门备了一个本子，详细记录学生们掌握知识的情况。比如，哪些字同学们容易写错，写错的原因有哪些，等等。由于采取了这一系列的措施，她任教的班级学生的学习质量高，家长也很满意。

就这样，唐鸿玉在小学一年级的平凡工作岗位上，十多年如一日，踏踏实实地工作着。

（刊 1977 年 11 月 2 日《文汇报》，原文约 3000 字，收入时有删节）

○ 看看我们古代的女子，再想想刚才那些女子，我不知道这方面是进步了还是退步了。

无　题

万里澄空，风气如秋；临河观鱼，披林听鸟。

J 生在陪我散步。

刚才在茶室坐了两个多小时。“肚子里都是水，老师，出去走走如何？”J 生建议。我们就走了出来。

一路上见有多对情侣在拍照。听口音，多为外来民工。男的西装革履，但举止粗鲁；女的袒胸裸脐，又忸怩作态。一些路过者朝我们看看，笑着摇头。

还路过一家个体书店。各种图书琳琅满架，但购者寥寥。这几年来，实体书店陷入困境。陷入困境的原因很多，其中一条是经营者缺乏诚信。

当年胡雪岩在胡庆余堂中践行“戒欺”“真不二价”“采办务真”“修制务真”等一整套经营理念。这些经营理念的核心就是“诚信”。经营的生命在诚信。就个体书店而言，多教辅读物，多盗版书，而无论是前者还是后者，又往往粗制滥造。

就我之所接触者，经营而缺乏诚信，个体者尤甚；而就个体经营者本性而言，讲诚信者不多。

我曾在五卷本文集中记有一事：

> 已记不起什么时候了，一个个体书商要我选注一本中国历代言情诗，说上头很重视继承和发扬中国古代优秀文化，而市场上这类书还很少见。我很少与个体书商交往，与个体书商合作书稿更无经验教训，当时只想到通过书稿弘扬中国古代恋爱、婚姻方面的优良道德传统，并让青少年学生受到中国优秀古诗词的美的教育，也不无益处，就答应了下来，并立即着手选注。可很快，书市上这类书渐渐多起来，书商也就改变初衷，向我表示无意再出这类书稿。由于当时没有签订过合同，我只能作罢。已经选注的，也就成了一叠废纸；但由于花出了些精力，也就没有把它们连同旧报纸卖给常在楼下走过的摇着铃、拉着车的废品收购者。这就是收在《诗海初航》中的《古代言情诗（12 首）注析》，算是废物利用。

2011 年编 10 卷本《文稿》时，这 12 首古代言情诗注析未编入。一是由于五卷本文集中这 12 首诗的注析稿未经仔细校对，错误较多；二是由于《文稿》编辑工作量大，这份注析稿属编注性质，在时间有限的情况下，得把精力集中于原创稿上。

散步回来，翻出注析稿手写原稿，读了几首，觉得还是应该“利用”。看看我们古代的女子，再想想刚才那些女子，我不知道这方面是进步了还是退步了。于是想，姑且就将它作为此篇短文的附录吧，闲下来可以翻翻。

附：

古代言情诗（12首）注析

关　　雎[1]

关关雎鸠[2]，
在河之洲[3]。
窈窕淑女[4]，
君子好逑[5]。

参差荇菜[6]，
左右流之[7]。
窈窕淑女，
寤寐求之[8]。

求之不得，
寤寐思服[9]。
悠哉悠哉[10]，
辗转反侧[11]。

参差荇菜，
左右采之。
窈窕淑女，
琴瑟友之[12]。

参差荇菜，
左右芼之[13]。
窈窕淑女，
钟鼓乐之[14]。

[注释]

[1]选自《诗经·周南》。为《诗经》第一篇。《诗经》，我国古代第一部诗歌总集。约在春秋时代编定成书，原名《诗》《诗三百》，汉代儒家尊之为“经”。全书计305篇，分“风”“雅”“颂”三大类。“风”包括二南（周南、召南）等十五个地区的诗歌，合称十五国风，大部分是民间歌谣。“雅”分小雅（大部分是贵族作品，小部分是民间歌谣）、大雅（全为贵族作品）。“颂”分周颂、鲁颂、商颂，大多是国君用于宗庙祭祀的乐歌。

[2]关关：雎（jū）鸠的鸣叫声。雎鸠：一种水鸟。相传这种鸟常雌雄相守不离。

[3]洲：水中的陆地。

[4]窈窕（yǎo tiǎo）：体态、容貌美好的样子，含幽娴意。 淑女：贤而有德的姑娘。淑，品德好。

[5]君子：对男子的美称。 逑（qiú）：通“仇”，相匹、相对的意思，这里指配偶。

这四句是说，诗人见洲上一对对的雎鸠，联想到淑女是君子的佳偶。

[6]参差（cēn ci）：长短不齐的样子。 荇（xìng）菜：一种水草，浮于水面，可供食用。

[7]流：指顺着水流采摘。

[8]寤寐（wù mèi）求之：意思为每时每刻都希望得到她的爱。睡醒为“寤”，入睡为“寐”。

[9]思服：思念。

[10]悠哉：形容思念之情绵绵不断。

[11]辗（zhǎn）转：翻来覆去。辗，转。反侧：与“辗转”义近。以上八句写男子追求女子而达不到目的时的苦闷心情。

[12]琴瑟：两种弦乐器。友：亲近。本句为男子的想象，意为：如果有幸与那“淑女”结好，将与她如琴瑟般谐和相处。

[13]芼（màn）：有选择地采摘。《玉篇》作“覒”。《说文》：“覒，择也。”

[14]本句意为：敲钟击鼓使之（“淑女”）欢乐。与“琴瑟友之”一样，为男子的想象。

以上八句写男子想象求取女子后美满、幸福的情状。

［简析］

对这首诗的主旨等，历来众说不一。我同意这样一种理解：这是一首真率纯正的爱情颂歌，是一个青年男子初恋时向意中人的娓娓表白。表白的大意是：美丽而端庄的姑娘啊，你是我理想中的伴侣。你要是不肯应允我的求爱，我将痛苦得难以安眠；你要是应允我的请求，我将体贴入微地亲近你，使你终生快乐。（张永芳《真率纯正的爱情之歌》）全诗所表现的这名男子的感情，既热烈而毫无掩饰，又纯正而有所克制，正如孔子所言：《关雎》乐而不淫，哀而不伤。诗以“关关雎鸠”开头，既是兴（“先言他物以引起所咏之物”），也象征了青年男女的相互爱恋，而且为后面诗句所表达的恋情营造了一种美好的氛围。

静　女[1]

静女其姝[2]，

俟我于城隅[3]。
爱而不见[4]，
搔首踟蹰[5]。

静女其娈[6]，
贻我彤管[7]。
彤管有炜[8]，
说怿女美[9]。

自牧归荑[10]，
洵美且异[11]。
匪女之为美[12]，
美人之贻。

[注释]

[1]选自《诗经·邶风》。邶（bèi），国名，在今河南洪县以北至汤阴县一带。周武王封殷纣子武庚于此，后并入卫国。

[2]静：闲雅。　其：形容词词头。　姝（shū）：美好貌。

[3]俟：等待。　城隅：城的角落，幽僻之处。一说是城上的角楼。

[4]爱：借作"薆"（ài），隐蔽。　这句意为：那姑娘故意躲起来，小伙子因而看不见她。

[5]搔首：以手搔头。　踟蹰（chí chú）：迟疑、要走不走的样子。这句意为：小伙子因不见姑娘而心神不定，徘徊走动，不知所措。

以上四句写男女相约，女子如期不至，男子焦灼。

[6]娈（luán）：与"姝"义同，美好貌。

[7]贻：赠送。　彤（tóng）管：红管，实即下章中的"荑"，红色管状的草。一说是笔，又说乐器。朱熹也说"未详何物"。

[8]炜（wěi）：鲜明而有光彩。

[9]说（yuè）：通“悦”，喜悦。 怿（yì）：喜悦。 女（rǔ）：通“汝”，你。这里代指彤管，实指所爱的姑娘。

以上四句写女子赠物，以为纪念。

[10]牧：郊外放牧之地。 归（kuì）：通“馈”，赠送。 荑（tí）：“茅之始生者”（朱熹《诗经传》）。

[11]洵（xún）：诚然，的确。 异：与众不同。 这句意为：荑的确美得出奇。

[12]匪：通“非”。 这句连下句意为：不是荑草本身美，而是因为是美人赠送的，才显得美。

以上四句写男子受物后的欣喜之情。

［简析］

这首诗以一名男子的口吻，叙写了他与一名姑娘相爱而相约在城隅处幽会的情景。全诗三章十二行仅五十字，但情思纯深，两个青年的形象也跃然纸上。既赴约而隐藏不让见，已见姑娘调皮、可爱的性格；赠送“彤管”，尤见她对他的感情纯朴真挚。诗着重写了男子在赴约时见到姑娘前后的不同心情。未见姑娘时的“搔首踟蹰”，接受赠物时的喜悦，反映出他对姑娘的爱情之深。“荑”只是极普通的东西，但在他看来，因为是美丽可爱的情人所赠，所以“洵美且异”，胜过一切。这一极为质朴但富有哲理的心态描写，进一步反映了这名男子对姑娘的炽诚。全诗含蓄婉曲，优美隽永，给人以强烈的美感享受。

溱　洧[1]

溱与洧[2]，
方涣涣兮[3]。
士与女[4]，

方秉蕑兮[5]。
女曰："观乎？"[6]
士曰："既且。"[7]
"且往观乎！洧之外，洵訏且乐。"[8]
维士与女[9]，
伊其相谑[10]，
赠之以芍药[11]。

溱与洧，
浏其清矣[12]。
士与女，
殷其盈矣[13]。
女曰："观乎？"
士曰："既且。"
"且往观乎！洧之外，洵訏且乐。"
维士与女，
伊其将谑[14]，
赠之以芍药。

［注释］

[1]选自《诗经·郑风》。郑国民俗，三月上巳之辰（三月初三），为消灾求福，青年男女到溱、洧两水的岸边游春。在那里，他们可以自由地互相说笑、逗乐，赠送芍药，表示爱情。

[2]溱（zhēn）与洧（wěi）：溱水与洧水，均在今河南省境内。

[3]涣涣（huàn—）：水流弥漫的样子。朱熹："盖冰解而水散之时也。"

[4]士与女：泛指游春的男女。

[5]秉：拿。 蕑（jiān）：兰，一种香草。古代习俗，手执兰草，可拂除不祥。

[6]观乎：意为：去看看吗？

[7]既且（cū）：意为已经去过了。既，已经。且，即“徂”，往。

[8]本句为女子邀约的话，大意为：再去看看吧，洧水之外，确实宽广而令人快乐。且：再。洵：确实。訏（xū）：大，广阔。

[9]维：语助词。下面的“伊”同。士与女：指这一对青年男女。

[10]伊：戏谑貌。相谑：互相说笑。

[11]芍（sháo）药：香草名，三月开花，芳色可爱。男女互赠芍药表示互结恩情。

[12]浏（liú）：水清的样子。

[13]殷：众多。盈：满。这里指人多。这一句与上一句意为：游春的男女多得快挤满了。

[14]将：相，即互相之意。

［简析］

《韩诗内传》云：“溱与洧，说（悦）人也。郑国之俗，三月上巳之日，于两水招魂续魄，拂除不祥，故诗人愿与所说者俱往观也。”(《太平御览》）这首诗，以郑国的这一风俗为背景，一方面，勾画出了溱、洧河边的热闹景象与欢乐气氛；另一方面，集中写了一对青年男女，通过他们的对话，表现了他们的性格，特别是女主人公的大胆、热情、开朗、活泼。她主动邀请小伙子去玩，毫无顾忌地跟他说笑。从她身上，我们看到了古代劳动人民清纯、朴实的性格美。孔子曰：“诗三百，一言以蔽之，曰思无邪。”《溱洧》正是一首“思无邪”的情歌。

蒹　葭[1]

蒹葭苍苍[2]，
白露为霜[3]。

所谓伊人[4]，
在水一方[5]。
遡洄从之[6]，
道阻且长[7]；
遡游从之[8]，
宛在水中央[9]。

蒹葭凄凄[10]，
白露未晞[11]。
所谓伊人，
在水之湄[12]。
遡洄从之，
道阻且跻[13]；
遡游从之，
宛在水中坻[14]。

蒹葭采采[15]，
白露未已[16]。
所谓伊人，
在水之涘[17]。
遡洄从之，
道阻且右[18]；
遡游从之，
宛在水中沚[19]。

［注释］

[1]选自《诗经·秦风》。《秦风》诸诗产生于周朝秦国，在今陕西省中部及甘肃省东部地区。

[2]蒹葭（jiān jiā）：芦苇，一种多年生草本植物，多在水边湿地连片生长。　苍苍：茂盛的样子。一说深青色。

[3]本句意白色的露水变成了霜。

[4]伊人：那人，指所思念的人。

[5]本句意为在水域的另一边。

[6]溯洄（sù huí）：沿着河岸逆河上行。一说“洄”指盘曲的水道。从：追从，寻找，此指寻找伊人的踪迹。

[7]本句意为道路险阻而且漫长。　阻：险阻。

[8]溯游：沿着河岸往下游去。一说“游”通“流”，直流的水道。

[9]宛：依稀可见的样子，仿佛。　余冠英：“从以上四句见出彼人（伊人）所在的地点似是一条曲水和一条直流相交之处。诗人如沿直流上行，就看见彼人在曲水的彼方（一方），好像被水包围着（宛在水中央）；如走向曲水上游，虽然可绕到彼人所在的地方，但道路艰难且遥远。”

[10]凄凄：萋萋，茂盛的样子。一说犹苍苍，深青色。

[11]晞（xī）：干。

[12]湄（méi）：水草交接之处，岸边。

[13]跻（jī）：上升，攀登。这里指道路险峻，需攀登而上。

[14]坻（chí）：水中的高地，小洲。

[15]采采：鲜明茂盛的样子。

[16]未已：未止，也是未干的意思。

[17]涘（sì）：水边。

[18]右：向右拐弯，言道路迂回曲折。

[19]沚（zhǐ）：与“坻”同义，小洲。

［简析］

关于这首诗的主旨，同意这样一种理解：是一首情诗，“叙写他（或她）在大河边追寻恋人，但未得会面”（高亨《诗经今注》）。诗既渲染了晚秋清晨河滨不同时间的背景，又写出了寻访“伊人”时道路的险远，追求的艰难，从而表达了主人公爱情的殷切和执着，情人之间两情阻隔、可望而不可及的痛苦，可谓情景相融，妙合无垠。为了表达诗人的这种难以表达的婉曲深长的感情，诗采取了重章迭唱的形式。全诗共三章，第二、三章是第一章的反复，只在协韵处换了几个字，一唱三叹，反复歌咏，让人回味无穷。

氓[1]

氓之蚩蚩，抱布贸丝[2]。
匪来贸丝，来即我谋[3]。
送子涉淇，至于顿丘[4]。
匪我愆期，子无良媒[5]。
将子无怒，秋以为期[6]。

乘彼垝垣，以望复关[7]。
不见复关，泣涕涟涟[8]。
既见复关，载笑载言[9]。
尔卜尔筮，体无咎言[10]。
以尔车来，以我贿迁[11]。

桑之未落，其叶沃若[12]。
于嗟鸠兮，无食桑葚[13]！
于嗟女兮，无与士耽[14]！
士之耽兮，犹可说也[15]；
女之耽兮，不可说也。

桑之落矣，其黄而陨[16]。
自我徂尔，三岁食贫[17]。
淇水汤汤，渐车帷裳[18]。
女也不爽，士贰其行[19]。
士也罔极，二三其德[20]。

三岁为妇，靡室劳矣[21]；
夙兴夜寐，靡有朝矣[22]！
言既遂矣，至于暴矣[23]。
兄弟不知，咥其笑矣[24]。
静言思之，躬自悼矣[25]。

及尔偕老，老使我怨[26]。
淇则有岸，隰则有泮[27]。
总角之宴，言笑晏晏[28]。
信誓旦旦，不思其反[29]。
反是不思，亦已焉哉[30]！

［注释］

[1]选自《诗经·卫风》。卫，原为西周的一个诸侯国，地域在今河南北部及河北南部一带。 氓（méng）：民。在古代特指外来的。这里指称诗中的男主人公。

[2]蚩蚩（chī）：同“嗤嗤”，嘻笑的样子。 贸：交换。 两句意为：那人满脸笑嘻嘻，抱着布匹来换丝。

[3]匪：通“非”。 即：就，亲近。 谋：商量。 两句意为：不是来换丝，是以换丝为名接近我，跟我商量婚事。

[4]子：你。 涉：渡水。 淇：淇水，在今河南省淇县。 顿丘：

地名，在今河南省清丰县，淇水在其西面流过。 两句意为：那天送你过淇水，送到顿丘才转回。

[5]愆（qiān）期：过期。 两句意为：不是我延误婚期，是因为你没有找个好媒人。

[6]将（qiāng）：希望，请。 秋以为期：以秋为期。 两句意为：希望你不要生气，以秋天为婚期吧。

以上为第一章，写女子与一男子的初恋，并订婚期。

[7]乘：登上。 垝垣（guǐ yuán）：毁坏的土墙。 复关：本指那个男子的所处之地，这里指那男子。 两句意为：女子登上土墙，远望那男子。

[8]涕：泪。 涟涟：泪流不断的样子。

[9]既：已。 载……载……：一边……一边……。 四句意为：不见你来，不由得眼泪汪汪；看到你来了，一边笑一边对你说。

[10]尔：你，指那男子。 卜：用龟甲卜卦。 筮（shī）：用蓍草占卦。 古人遇事往往用卜筮预测吉凶。 体：卦体，卦象，即用龟甲、蓍草占卜所显示的观象。 咎言：不吉利的话。 两句意为：只为你求神问过卦，卦词上又幸好没有凶辞。

[11]车：迎娶新娘的车子。 贿：财物，指嫁妆。 迁：搬走。 两句意为：既然占卜结果吉利，那就让你的车子过来，把我的嫁妆搬走。

以上为第二章，写女子愿意往嫁。

[12]沃若：润泽的样子。 两句意为：桑树还未落叶时，它的叶子是润泽的。 这是用桑叶的润泽比喻自己的年轻貌美。

[13]于嗟：吁嗟，感叹词。 鸠：斑鸠。 桑葚（shèn）：桑树的果实。 两句意为：斑鸠啊，不要过多地吞食桑葚。 传说鸠鸟多食桑葚会昏醉。此句喻女子不要过分地沉迷在爱情里。

[14]士：古时未婚男子的通称。 耽（dān）：过度的欢乐，这里可作迷恋。 两句意为：姑娘啊，不要过分地迷恋男子。

[15]说：通“脱”，解脱。　这两句与下两句意为：男子与人相爱，他要脱身就可以脱身；姑娘爱上了男子，就无法解脱了。

以上为第三章，写女子自悔爱此男子。

[16]陨：落下。　两句意为：桑叶快落时，就会变黄，然后落下。喻女子颜色衰老。

[17]徂（cū）：往，指嫁男子家。　三岁：非实数，泛指多年。　食贫：过贫苦的日子。　两句意为：自我嫁到你家，一直过着贫苦的日子。

[18]汤汤（shāng）：水势盛大的样子。　渐（jiān）：打湿。　帷裳：车上的布幔。　两句意为：淇水水势浩大，沾湿了车上的布幔。两句言女子被弃后渡淇而归。

[19]爽：过失，差错。　贰：“貣”的误字。貣，忒（tè），意行为前后不一。

[20]罔极：没有准则。罔，没有。极，准则。　德：行为。　四句意为：女子没有过错，是男子的行为前后不一；男子没有准则，三心二意。

以上为第四章，写男子变心，夫妻不和。

[21]靡：无，不。　两句意为：多年来作为你的妻子，家里的事没有一件不要操劳。

[22]夙（sù）兴：早起。　夜寐：晚睡。　朝：一朝，一日。　两句意为：起早摸黑，没有一天不是这样。

[23]言：句首语气词。　遂：顺心，达到。　暴：横暴。　两句意为：你的心愿已经满足了，于是对我横暴起来了。

[24]咥（xì）：讥笑的样子。　两句意为：兄弟也不体谅我，讥笑我。

[25]言：句中语助词。　躬：自身，自己。　悼：悲伤。　两句意为：冷静下来想想，自己感到十分悲伤。

以上为第五章，写女子被弃而归，兄弟不谅解。

[26]及：同，与。 偕：共同。 两句意为：当初曾与你相约白头到老，可是像目前这样活到老，只会使我怨恨。

[27]隰（xí）：应作“湿”，水名。 泮：同“畔”，边涯。 两句意为：淇水有岸，湿水也有边际。言外之意，自己与这样的男人偕同到老，那就是苦海无边了。

[28]总角：古时未成年的男女把头发束成丫角髻。总，扎。 宴：快乐。 晏晏（yàn）：温和，柔顺。 两句意为：两人在少年时代是很要好的。

[29]信誓：诚恳的誓言。 旦旦：明明白白。 反：违背，变心。

[30]反是：违背这誓言。 已：罢了。 四句意为：诚挚的誓言是明明白白的，想不到他违反了当初的誓言。既然违反了誓约，不思念当初，也就算了吧。

以上为第六章，写女子自伤当初不料有此婚变。

[简析]

这是一首带有叙事性质的抒情诗。诗中，女主人公回忆了她与一男子由结识、相爱、结婚以至被遗弃的经过，抒发了自己的悔恨，对丈夫的怨怒及与之决绝的感情。诗作者运用了赋、比、兴的艺术手法。全诗除少数几句，全为赋笔，“铺陈其事而直言之”。又，用“桑之未落，其叶沃若”比喻自己的年轻貌美；用“于嗟鸠兮，无食桑葚”比喻女子不要过分地沉溺于爱情；用“桑之落矣，其黄而陨”比喻女子人老色衰，遭人遗弃的不幸结局。而“桑之未落，其叶沃若”“桑之落矣，其黄而陨”等句，既是比喻，也是起兴，可以说是比中有兴，兴中有比。

湘　　君[1]

屈　原

君不行兮夷犹，
蹇谁留兮中洲[2]！
美要眇兮宜修，
沛吾乘兮桂舟[3]。
令沅湘兮无波，
使江水兮安流[4]。
望夫君兮未来，
吹参差兮谁思[5]！

驾飞龙兮北征，
邅吾道兮洞庭[6]。
薜荔柏兮蕙绸，
荪桡兮兰旌[7]。
望涔阳兮极浦，
横大江兮扬灵[8]。
扬灵兮未极，
女婵媛兮为余太息[9]。
横流涕兮潺湲，
隐思君兮陫侧[10]。

桂棹兮兰枻，
斲冰兮积雪[11]。
采薜荔兮水中，
搴芙蓉兮木末[12]。

心不同兮媒劳，
恩不甚兮轻绝[13]。
石濑兮浅浅，
飞龙兮翩翩[14]。
交不忠兮怨长，
期不信兮告余以不闲[15]。

鼂骋骛兮江皋，
夕弭节兮北渚[16]。
鸟次兮屋上，
水周兮堂下[17]。
捐余玦兮江中，
遗余佩兮醴浦[18]。
采芳洲兮杜若，
将以遗兮下女[19]。
时不可兮再得，
聊逍遥兮容与[20]。

[注释]

[1]选自《楚辞·九歌》。"《楚辞》的性质不同于《诗经》。《诗经》的绝大部分，本身就是'男女相与咏歌各言其情'(朱熹《诗经集传序》)的闾巷歌谣。它虽然经过加工写定，但大体仍保存原来面目。从《诗经》里可以看出集体生活的精神，群众创作的智慧。《楚辞》则基本上是一个伟大作家屈原所创造，有的是把原有的楚国民歌从内容到形式提高了一步。屈原是《楚辞》的奠基人。"(马茂元《楚辞选·前言》)

九歌：根据楚国民间祭歌的形式创作的一组清新优美的抒情诗，共11篇。"《九歌》者，屈原之所作也。昔楚国南郢之邑，沅、湘之间，其俗信鬼而好祠。其祠，必作歌乐鼓舞以乐诸神。屈原放逐，窜伏其域，怀忧苦毒，愁思怫郁。出见俗人祭祀之礼，歌舞之乐，其词鄙陋。因为作《九歌》之曲。”（王逸《九歌序》） 屈原（约公元前 340 年～278 年），名平，字原，战国时楚国人。曾得到楚怀王的信任，被任命为左徒。外交上主张联齐抗秦，因而遭到亲秦派的反对和诽谤，以至顷襄王时被放逐江南。楚国将亡时，怀着满腔的悲愤，自投汨罗江而死。在长期放逐中，屈原先后写了《离骚》《九歌》《天问》《九章》《招魂》等 20 多篇作品。屈原是中国文学史上第一位伟大的爱国诗人。 湘君：与湘夫人为湘水的一对配偶神，湘君为男神，湘夫人为女神。据《礼记·檀弓》《水经·湘水注》等载，舜南行，二妃娥皇、女英未同往。后二妃追踪而至，到洞庭湖滨，听到舜死于苍梧的消息，南望痛哭，自投湘水而死。当地人民将她们埋葬，并立祠祭祀，当作湘水的女神。马茂元《楚辞选》：“在人民普遍纪念、普遍流传的基础上，构成这一故事情节的两方面主要人物，就使得原来的抽象的神的概念逐渐凝成两个具体的形象，体现了故事的完整内容。这样不但二妃成为湘水的女神，而且帝舜也成为湘水的男神了。”

[2]君：湘君。 夷游：犹豫不定的样子。 蹇：楚方言，发语词。 谁留：被谁留在。 中洲：水中可居之陆地，似为湘君所居之地。 两句意为：你犹豫不决，不动身前来，是被谁留在洲中呢？

[3]要（yāo）眇：美好的样子。 宜修：修饰合宜得体。 沛：本为水流急下的样子，这里为行走迅疾的样子。 桂舟：桂木做的船。 两句意为：我长得美丽，修饰又合宜得体，此刻正乘着桂木之舟匆匆地来同你相会。

[4]令：命令。湘夫人是水神，所以可对水发令。 沅湘：两水名，沅水、湘水，在今湖南省境内，入洞庭湖。 江：长江。 安：平稳。 两句意为：使沅水、湘水、长江都无风浪，平稳地流。

[5]夫：助词。 未来：没有前来会面。 参差（cēncī）：洞箫名，以长短不齐的若干竹管组成。《风俗通》：“舜作箫，其形参差，像凤翼参差不齐之貌。” 谁思：思念谁。 两句意为：盼你来，你却不来，

我吹着排箫（以寄思念之情），心里还能思念谁？

[6]驾：乘坐。　飞龙：指上章的“桂舟”。　北征：北行。湘夫人当是从湘水北行。　邅（zhān）：绕道。　吾道：指湘夫人所经行的水道。　洞庭：在今湖南省境内。　两句意谓：乘坐飞龙之舟，我顺着湘水北行，在洞庭湖转道。

[7]薜荔（bìlì）：常绿藤本植物，多附石壁等生长。　柏：一作“拍”，壁衣。　蕙：兰草的一种。　绸：作“帱”，帷帐。　荪（sūn）：香草名。　桡（ráo）：这里指旗杆上的曲柄。　旌（jīng）：旗的一种。　两句意为：用薜荔作壁衣，以蕙草为帷帐，以香荪饰旗杆曲柄，以兰草饰旗杆头（旌旗美盛，荪、兰芳洁）。

[8]涔（cén）阳：地名，今湖南省澧（lǐ）县有涔阳浦，在洞庭湖西北岸，涔水之滨。　极浦：遥远的水滨。　横：横越。　扬灵：显灵。　两句意为：眺望那遥远水滨的涔阳，并准备横渡长江，在长江中显扬自己的威灵。涔阳当与湘君所居的“洲”相距不远，望涔阳正是希望能望见湘君。但毕竟未望到湘君，于是通过“扬灵”希望引起湘君注意，以让他来与自己相会。

[9]未极：未至，未到达。　女：湘夫人之侍女。　婵媛（chányuán）：眷恋同情。　余：湘夫人自谓。　两句意为：虽然显灵，湘君始终未至，侍女恋惜同情我，为我叹息。

[10]横流涕：涕泪横流。　潺湲（chányuán）：本指水徐流的样子，这里指涕泪涌流的样子。　隐：痛苦。　陫（fěi）侧：同“悱恻”，悲哀凄切。　两句意为：我涕泪横流，因思念而哀痛凄切。

[11]桂棹（zhào）：桂木做的长桨。　兰枻（yì）：木兰木做的船舷。枻，船旁板。　斲（zhuó）：斫，砍。　两句意为：用桂木、木兰做的桨、船，凿开冰雪行进。此喻会见湘君非常艰难。

[12]搴（qiān）：摘取。　芙蓉：荷花。　木末：树梢。　两句意为：到水中去采薜荔，到树梢上摘荷花。薜荔不生在水中，荷花不长在树梢，到水中去采薜荔，到树梢上摘荷花，都是不可能的事。比喻

乘船来会湘君事与愿违。

[13]劳：这里有枉自辛劳意。　不甚：不甚深厚。　轻绝：情意易断绝。　两句意为：两人心志不同，媒人枉自辛劳，彼此恩爱不深，情意容易断绝。

[14]石濑（lài）：沙石上的水流。　浅浅（jiān）：同“溅溅”，水声。　翩翩：疾飞的样子。　两句意为：石上水流溅溅，我的飞龙之舟如鸟轻快飞行。

[15]交：相交。　怨长：怨深。　期：约会。　不信：不守信约。　两句意为：相交而不忠，使人怨深，相约而不守信，却向我谎称没有空闲。

[16] 鼂（zhāo）：通“朝”。　骋骛（wù）：奔驰。　江皋（gāo）：江边。　弭（mǐ）节：按节徐行。　北渚（zhǔ）：似诗开头所说的“洲”，湘君所居之地。　两句意为：早晨在江中奔驰，傍晚在北渚缓行。

[17]次：栖息。　周：环流。　两句意为：鸟在屋上栖息，水在堂下环流。此言北渚竟如此荒凉，仍然未见到湘君。

[18]捐：弃。　玦（jué）：环形而有缺口的玉器。　遗：弃，丢。　佩：玉佩。　醴（lǐ）浦：澧水之滨。醴，通“澧”，澧水。　两句意为：把我的玉玦抛入江中，把我的玉佩丢在澧浦。玉玦与玉佩当湘君所赠，现要丢弃，系表示要与湘君决绝。

[19]芳洲：长满香花香草之洲，似为“北渚”。　杜若：一种香草。　遗（wèi）：赠予。　下女：此指湘君的侍女。　两句意为：我在芳洲采摘杜若，要送给你的侍女。这说明湘夫人并不能与湘君真正决绝。

[20]时：此指欢会之时机。　聊：姑且。　逍遥：优游自得的样子。　容与：悠闲自适的样子。　两句意为：欢会的机会已失而不能复得，我姑且在这里流连，悠闲自适。这当是自慰自遣之词。

[简析]

此诗系扮湘夫人之主巫以女神口吻所唱的歌词。诗中着重写了湘夫人对湘君的思念和追寻，表现了她对爱情的执着追求。全诗对湘夫人心理的刻画可以说是淋漓尽致。当她未见湘君前来应约时，便怀疑被人所留。前去追寻过程中的“扬灵”一举，实际上是女性的一种矜持心态的流露，意在希望对方因此而主动前来与她相会。“扬灵未极”时，作者又写了她因思念而哀痛凄切的心情，因刻骨的情思而产生的敏感、怀疑与怨恨。她怀疑湘君与她“心不同”“思不甚”，怨恨他“交不忠”并用“告余以不闲”来欺骗自己。诗的最后则进一步写了她的矛盾心理：一方面将玉玦、玉佩投入江中，表示决心与之决绝；另一方面又心存顾恋，因而折芳变情，可谓爱怨交融。

湘　夫　人

屈　原

帝子降兮北渚，
目眇眇兮愁予[1]。
嫋嫋兮秋风，
洞庭波兮木叶下[2]。
登白薠兮骋望，
与佳期兮夕张[3]。
鸟何萃兮蘋中，
罾何为兮木上[4]？
沅有茝兮醴有兰，
思公子兮未敢言[5]。
荒忽兮远望，
观流水兮潺湲[6]。

麋何食兮庭中？

蛟何为兮水裔[7]？
朝驰余马兮江皋，
夕济兮西澨[8]。
闻佳人兮召予，
将腾驾兮偕逝[9]。
筑室兮水中，
葺之兮荷盖[10]。
荪壁兮紫坛，
播芳椒兮成堂[11]。
桂栋兮兰橑，
辛夷楣兮药房[12]。
罔薜荔兮为帷，
擗蕙櫋兮既张[13]。
白玉兮为镇，
疏石兰兮为芳[14]。
芷葺兮荷屋，
缭之兮杜衡[15]。
合百草兮实庭，
建芳馨兮庑门[16]。
九嶷缤兮并迎，
灵之来兮如云[17]。

捐余袂兮江中，
遗余褋兮醴浦[18]。
搴汀洲兮杜若，
将以遗兮远者[19]。

时不可兮骤得，
聊逍遥兮容与[20]。

［注释］

［1］帝子：湘夫人，相传为帝尧的女儿。　北渚：北面的水中小洲，即《湘君》中之“北渚”。　眇（miǎo）眇：远望的样子。　愁予：使我忧愁。　两句意为：公主降临北面水中小洲，我望眼欲穿却看不到她，使我愁苦难言。

［2］嫋（niǎo）嫋：又作“袅袅”，本为柔弱曼长的样子，这里指微风徐徐吹拂。　波：这里用作动词，扬波。　木叶：树叶。　两句意为：秋风徐徐吹拂，洞庭湖扬起微波，树叶纷纷落下。

［3］白薠（fán）：草名，叶似荷草，生于陆上。　骋望：纵目远望。　佳：佳人之省文，指湘夫人。古代多以“佳人”称所爱之人。　期：期约，约会。　张：张罗，陈设布置。　两句意为：登上长满薠草的地方，纵目远望；我与佳人有约会；我已在黄昏时就作好各种准备。

［4］萃（cuì）：集聚。　蘋（pín）：水草名，生于浅水。　罾（zēng）：同竿撑起的一种鱼网。　两句意为：鸟为何不群集在树上而群集于水中蘋草之上？鱼网为何不设在水里而张上树上？两句喻所处不当，因而所求不得。

［5］沅：沅江。　茝（zhǐ）：同“芷”，白芷。香草名。　澧：澧水。　公子：即“帝子”，湘夫人。古人称女子也称“公子”。　两句意为：沅水有白芷啊澧水有幽兰，思念湘夫人啊未敢直言。

［6］荒忽：同“恍惚”，若有若无，隐约不清。　潺湲：流水缓缓流泻。　两句意为：我心神恍惚地向远方张望，失魂落魄地看着缓缓不断的流水出神。

［7］麋（mí）：鹿的一种。　食：这里指吃草。　水裔（yì）：水边。　两句意为：麋鹿应在山林，为何到庭院中找草吃？蛟龙应在深渊，为何困在水边？

［8］江皋（gāo）：江边的高地。　济：渡。　澨（shì）：水湾。

一说水涯。 两句意为：早晨，我在江边高地骑马奔驰，傍晚，我又渡过西面的水湾。此处写湘君到各处追寻湘夫人。

［9］腾驾：驾车奔腾。 偕逝：一同前往。 两句意为：听说佳人召唤我，我要驾车奔腾，和她一同前往。

［10］葺（qì）：本指以草盖屋顶，这里意为“覆盖”。 之：指屋顶。 荷盖：荷叶。 两句意为：在水中建筑宫室，用荷叶盖屋顶。 从这两句开始，写如何打算营建宫室，置备陈设，打算与湘夫人共度幸福生活。

［11］荪（sūn）壁：用荪草装饰墙壁。荪，一种香草。 紫坛：用紫贝砌饰中庭。紫，紫贝。坛，楚人称中庭为坛。 播：涂饰。 芳椒（jiāo）：香椒。 成堂：指涂饰堂屋的墙壁。成，同“盛”，涂饰。 两句意为：用荪草装潢室内四壁，用紫贝砌饰中庭，用香椒涂饰屋墙。

［12］桂栋：用桂木作房屋的正梁。 兰橑（liáo）：用木兰作屋椽。橑，椽子。 辛夷：香木名，又称迎春。 楣：门框上面的横木。 药房：用香草白芷装饰房间。药，楚方言，白芷。 两句意为：用桂木作正梁，木兰作房椽，辛夷作门上横框，又用白芷装饰房间。

［13］罔，即“网”，这里用作动词，编结。 帷：幔帐。 擗（pǐ）：剖分。 櫋（mián）：室中隔扇。 张：张设，陈设。 两句意为：把薜荔编结起来作为帷幔，又将蕙草剖开，装饰在隔扇上，并已经陈设好。

［14］镇：压，这里指压席之物。 疏：分布，这里指分散放置。 石兰：兰草的一种。 两句意为：用白玉作为镇席之器，分散布置石兰，以取其芬芳。

［15］芷葺：用白芷覆盖屋顶。 荷屋：以荷叶覆盖的屋顶。 缭：绕。 杜衡：香草名。 两句意为：在用荷叶覆盖的屋顶上，再盖上白芷，在房屋四周又用杜衡绕束。

［16］合：汇集。 实：充实。 建：设置，陈设。 庑（wú）

门：庑与门。庑，堂屋四周的廊屋。 两句意为：汇集百种芳草栽满庭院，又在廊屋及门前陈设花卉，芳香飘逸很远。

［17］九疑：山名，九嶷山，此指九嶷山之神。相传虞舜巡视四方，死于苍梧，葬于九嶷。 缤：纷纷众多的样子。 灵：指九嶷山上的众神灵。 两句意为：九嶷山上随湘君一同前来迎接湘夫人的众神灵多如云霞。这两句是湘君的想象之辞，实际未能迎到湘夫人，这使湘君大失所望。由此导入下文。

［18］捐：抛弃。 袂（mèi）：衣袖，这里与下句中的"褋"对举，似为夹衣。 遗：丢掉。 褋（dié）：单衣。 浦：水边。 两句意为：把您赠我的夹衣投弃于江中，把您赠我的单衣丢抛到澧水之滨。

［19］搴（qiān）：拔取。 汀（tīng）：水际平地，水中平地。 杜若：香草名。 遗（wèi）：赠予。 远者：指远去的湘夫人。 两句意为：我却又到汀洲采集杜若，且将它赠予远去之人，以聊表我的情意。

［20］骤得：屡得。 聊：姑且。 容与：悠闲自适的样子。 两句意为：欢会的时机难常得，我姑且在这里流连，悠闲自适。这当是自慰自遣之词。

［简析］

此诗系扮湘君之主巫以男神口吻所唱的歌词。诗着重写了湘君望而不见、相遇无缘的情景，表现了湘君对湘夫人的真挚爱情和对美好生活的执着追求。虽然写的是神，但反映的是当时人民的真实情感，也渗透着诗人屈原对理想的执着追求。与《湘君》一样，诗取材于神话传说，写的是想象中的爱情生活；诗中关于修房建屋、彩饰门面的描写，不仅是虚幻的，而且是夸张的；全诗又具有浓重的主观色彩与抒情色彩；诗人所用的词藻也十分华丽。所有这些，都体现了屈原诗的积极浪漫主义特色。"积极的浪漫主义，则企图加强人们的生活的意志，唤起他心中对于现实、对于现实的一切压迫的反抗性。”（高尔基《我的文学修养》）屈原的创作不仅具有这样的愿望，也具有这样的力量。

赠　妇　诗[1]

秦　嘉

人生譬朝露[2]，
居世多屯蹇[3]。
忧艰常早至，
欢会常苦晚[4]。
念当奉时役[5]，
去尔日遥远[6]。
遣车迎子还，
空往复空返[8]。
省书情凄怆[8]，
临食不能饭[9]。
独坐空房中，
谁与相劝勉。
长夜不能眠，
伏枕独辗转[10]。
忧来如寻环[11]，
非席不可卷[12]。

［注释］

[1]《赠妇诗》为汉诗。《玉台新咏》收此诗时有序：秦嘉“为郡上计，其妻徐淑寝疾还家，不获留别，赠诗云尔。” 秦嘉，字士会，生卒不详，陇西（今甘肃境内）人。桓帝（公元 147 年～公元 167 年）时，为本郡上计吏（每年到京城办事的郡国官吏），入京（洛阳），留

为黄门郎。　《赠妇诗》共三首，此选其一。

[2]此句意为：人生比如早晨的露水，很快会消失。

[3]居世：处世。　屯蹇（jiǎn）：《周易》中的两卦名。《彖辞》："屯，刚柔始交而难生，动乎险中。""蹇，难也，险在前也。"《屯》《蹇》均处于难，所以后人常用此语表示艰难不顺之意。

[4]苦晚：苦于来得太晚。

[5]奉时役：即指为上计吏被派遣入京。

[6]去：离开。　尔：你。

[7]子：你。　两句意为：派遣车子去迎接你回家，但空车前往又空车返回。秦嘉入京离家时，他的妻子正卧病在母亲家。秦嘉派车去接她时，还给她写了封信（《与妻徐淑书》），徐淑未回，但写了一封回信。

[8]省（xǐng）书：看了妻子告病的信。省，察看。

[9]饭：此处作动词，吃饭。　此句意为：妻子的信情致凄惋，令他倍觉怆然，以至于面临饭菜而不能下咽。

[10]辗转：翻来覆去，不能入睡。

[11]寻环：循环。　此句意为：愁思无穷如循环无尽。

[12]《诗经·柏舟》："我心匪席，不可卷也。"原意为席子可卷，人心不可卷。这里借用此意，形容自己的愁思无法收拾。

[简析]

诗以感叹人生短促、处世多艰领起，写了因不能面别妻子而独自伤怀的情景，表现了诗人对妻子的深切思念。全诗既没有《诗经》中的比兴，也没有《楚辞》中的想象夸张，只是平平叙事，但由于真事真情，因而有一种自然的感染力。

秦嘉之妻徐淑收到《赠妇诗》后，有《答秦嘉诗》一首，全诗如下：

妾身兮不令，婴疾兮来归。沉滞兮家门，历时兮不差。旷废兮侍觐，情敬兮有违。君今兮奉命，远适兮京师。悠悠兮离别，无因兮叙怀。瞻望兮踊跃，伫立兮徘徊。思君兮感结，梦想兮容辉。君发兮引迈，去我兮日乖。恨无兮羽翼，高飞兮相追。长吟兮永叹，泪下兮沾衣。

全诗同样“词气和易，感人自深”（沈德潜）。

有　所　思[1]

有所思，
乃在大海南[2]。
何用问遗君[3]？
双珠玳瑁簪，
用玉绍缭之[4]。
闻君有他心，
拉杂摧烧之[5]。
摧烧之，
当风扬其灰[6]。
从今以往，
勿复相思，
相思与君绝[7]！
鸡鸣狗吠，
兄嫂当知之[8]。
妃呼豨[9]！
秋风肃肃晨风飔，
东方须臾高知之[10]。

［注释］

[1]见于《乐府诗集》的《鼓吹曲辞·汉铙歌十八曲》。　乐府，

原为汉代音乐机关的名称，创设于西汉武帝时期，主要掌管宫廷所用音乐，兼采民间歌谣和乐曲。魏晋后，人们将汉代乐府所搜集、演唱的歌诗统称为“乐府”,乐府也就同时成为可以入乐的一种诗体的名称。宋人郭茂倩编辑的《乐府诗集》，是一部乐府歌辞总集，上起上古，下至五代，搜罗宏富。《铙歌十八曲》：“大约铙歌本来有声无辞，后来陆续补进歌辞，所以时代不一，内容庞杂。其中有叙战阵，有纪祥瑞，有表武功，也有关涉男女私情的。有武帝时的诗，也有宣帝时的诗，有文人制作，也有民间歌谣。”(余冠英《乐府诗选》)本篇大约为西汉时的作品，为民间情歌，后人取篇中首句为题。

[2]两句意为：有一个我所思念的人，他远在大海的南边。

[3]何用：何以，以何。 问遗(wèi)：赠予。问、遗同义。 君：指所思念的人。 此句意为：拿什么来送给你呢？

[4]瑇瑁(dài mào)：即玳瑁，一种龟类动物，其甲壳光滑而多文采，可制装饰品。 簪(zān)：古人用以连接发髻和冠的首饰。 绍缭：缠绕。 两句意为：玳瑁簪的两端各悬挂一珠，再用玉环把簪子缠绕起来，作为装饰。 这两句写女子用极为精美的礼物赠给自己的情人。

[5]他心：二心，异心。 拉杂：堆集。 摧：毁坏。 两句意为：听说情人另有所爱，就把原拟赠送给他的饰物堆集在一起砸碎、烧毁。

[6]当风：迎风。 两句意为：不仅把饰物烧掉，而且连烧成的灰也让风吹掉。这两句写女子怨恨之深。

[7]三句意为：从此以后，不再相思，与你断绝相思之情。

[8]两句意为：女子心中有顾虑，怕这么一闹，闹得鸡鸣狗叫，连兄嫂都知道。一说，鸡鸣狗吠指天色将明，写女子决心与她的情人断绝来往，可心里放不下，反复考虑了一夜，仍不能作出决定，眼看天快亮了，天一亮就会被兄嫂知道。

[9]从上下文看，这句似表叹息之声。上文言女子决心与之决裂，但心中不忍，又有许多顾虑，以至长叹一声。

[10]肃肃：即“飕飕(sōu sōu)”，飔飔，风声。 晨风飔：据闻一

多考证，晨风，鸟名，即雉，雉常朝鸣以求偶；飔，当为“思”（恋慕）。晨风飔，言晨风鸟慕类而鸣。 高（hào）：皜，皓的异体字，白，这里指天亮。 两句意为：阵阵秋风传来晨风鸟求偶的鸣声，我的心绪更烦乱了，好在天快亮了，天亮以后，我会知道该怎么做。这仍然是主意不定时的心情。

［简析］

全诗分三个层次。开头五句写物寄情，表现了女主人对远方情人热烈的相思爱恋；中间几句，写了在“闻君有他心”后出现的愤、恨感情，“拉”“摧”“烧”“扬”等一连串的动作描写，有力地体现了这种感情；最后，则写了由愤恨渐趋冷静后欲断不能、欲绝不忍的矛盾心理。全诗以爱情信物“双珠玳瑁簪”为线索，一波三折，完整而清晰地表现了女主人公从热恋、失恋到眷恋的整个过程。

上　邪[1]

上邪！
我欲与君相知，
长命无绝衰落[2]。
山无陵[3]，
江水为竭，
冬雷震震[4]，
夏雨雪[5]，
天地合，
乃敢与君绝[6]！

［注释］

[1]见于《乐府诗集》的《鼓吹曲辞·汉铙歌十八曲》。 上：指

天。 邪：同“耶”。

[2]相知：相爱。 命：犹“令”，使。 三句意为：天啊，我要与你相爱，让我们的爱情不破裂、不衰减。

[3]山无陵：意高山变平地。陵，山峰。

[4]震震：雷声。

[5]雨（yù）：下。

[6]乃敢：才敢。 以上六句意为：除非高山变为平地，江水干涸，冬天的雷声响得震耳，夏天下雪，天与地合而为一，我才敢与你断绝。

［简析］

关于这首诗，清人庄述祖认为“与《有所思》当为一篇”，“叙男女相谓之言”。闻一多、余冠英则认为两篇均为女子之言，前篇考虑决裂，本篇则打定主意后作出更坚定的誓言。

全诗构思奇特，吐情如注。前三句对天发誓，直抒胸臆，要与对方永远相爱；后六句，用了五种不可能出现的现象，作为“与君绝”的条件，从而捧出了一颗赤诚、坚贞的心，进一步表明，即便海枯石烂、地老天荒，也决不变心。“五者皆必无之事，则我之不能绝君明矣。”（王先谦）

行行重行行[1]

行行重行行[2]，
与君生别离[3]。
相去万余里[4]，
各在天一涯[5]；
道路阻且长[6]，
会面安可知[7]？

胡马依北风，
越鸟巢高枝[8]。
相去日已远，
衣带日已缓[9]；
浮云蔽白日，
游子不顾反[10]。
思君令人老[11]，
岁月忽已晚[12]。
弃捐勿复道，
努力加餐饭[13]！

［注释］

[1]本诗在《古诗十九首》中排列第一。《古诗十九首》，始见于梁昭明太子萧统所编的《文选》。"古诗"是当时对前人所作的诗的统称，《古诗十九首》则是沿袭《文选》而来的专称，即专指《文选》所收的十九首古诗。这十九首诗，都是无名氏的抒情短诗，是东汉末年一些下层失意文人的作品，内容多写夫妇朋友间的离别相思和文人士大夫的失意郁闷心情。在艺术上，则都是比较成熟的五言作品。钟嵘《诗品》说它"天衣无缝，一字千金"；谢榛《四溟诗话》说它"格古调高，句平意远，不尚难字，而自然过人"；陈绎曾《诗谱》说它"情真、景真、事真、意真，澄至清，发至情"。《古诗十九首》的出现，标志着五言诗在发展中已达到成熟的阶段；它对后世的诗歌创作起着深远的影响。

[2]此句意为：走啊走啊，不停地走。 "行""行"相重迭，为加重语气。重（chóng）行行，行走不止，并含越走越远的意思。

[3]生别离：活活分开，意生离死别。

[4]相去：相距。

[5]此句意天各一方，无法相见。

[6]阻且长：指道路险阻而且漫长。《诗经·蒹葭》："所谓伊人，在水一方。遡洄从之，道阻且长；遡游从之，宛在水中央。"

[7]安：怎，岂。

[8]胡马：北地所产的马。胡，古代常指北方民族，后用以泛指北方。 越鸟：南方的鸟。越，指百越，古代南方民族。 两句意为：北地的马总是依恋着北风，南方的鸟也爱挑选南向的树枝筑巢。意连动物都依恋故土，何况人呢？《韩诗外传》："《诗》曰：'代马依北风，飞鸟栖故巢。'皆不忘本之谓也。"

[9]远：久，意相离愈隔愈久。 缓：宽松。这里用衣带宽松形容人的消瘦。"与思君令人瘦一般用意。"（清人朱筠《古诗十九首说》）上两句为思妇从游子方面设想，这两句则从自己方面写。

[10]浮云：喻所爱之人在外另有的新欢。 顾反：回家。顾，返；反，同"返"。"'浮云蔽日'，是古代最流行的比喻。一般习用于谗臣之蔽贤。'白日'是隐喻君王的，这里则指远游未归的丈夫。我国古代封建社会里，君臣之间的关系和夫妇之间的关系，在观念上是统一的。'浮云'，是设想他另有新欢，象征彼此间情感的障碍。"（马茂元《古诗十九首初探》）这两句，历来看法分歧，这里从马说。

[11]此句是承前"衣带日以缓"说的。老，指老态、老相。意为因想念变老了。

[12]岁月：指眼前的时间。 忽已晚：言流转之速。

[13]弃捐：丢下。 勿复道：不必再说。 两句意为：既然所思念的人不会归来，那么说来说去还有什么必要呢！把这些都丢开，不必再说了，只希望你在外多多保重身体。"最后表示什么都撇开不谈，只希望在外的人自家保重。"（余冠英《汉魏六朝诗选》）

[简析]

这是一首思妇之词。前四句为第一层，写眼前夫妻的情况，即由于丈夫出门远行，夫妻两人天各一方，相隔万里；“道路阻且长”以下四句为第二层，写路远会难；“相去日已远”以下四句为第三层，在写思妇感情方面更进一层，不仅写了相思之苦，而且写了怨怒之情；最后四句为第四层，以宽慰自己、期待对方结束全诗。“观其结体散文，直而不野，婉转附物，怊怅切情，实五言之冠冕也。”(《文心雕龙·明诗》)直而不野，指语言率直而不俗不露；婉转附物，是说托物寓意，语意婉转；怊怅切情，意诗风悲怆，切合诗人惆怅的感情。刘勰所评的虽是“古诗”，但这首诗完全符合他的评语。

冉冉孤生竹[1]

冉冉孤生竹，
结根泰山阿[2]。
与君为新婚，
菟丝附女萝[3]。
菟丝生有时，
夫妇会有宜[4]。
千里远结婚，
悠悠隔山陂[5]。
思君令人老，
轩车来何迟[6]？
伤彼蕙兰花，
含英扬光辉[7]；
过时而不采，

将随秋草萎[8]。
君亮执高节，
贱妾亦何为[9]？

［注释］

[1]本诗在《古诗十九首》中排列第八。

[2]冉冉：柔弱下垂的样子。 泰山：太山，即大山、高山。 阿：山坳。 两句以孤竹生长于山坳喻女子依托于新婚之夫。“竹结根于山阿，喻妇人托身于君子也。”（《文选》李善注）

[3]菟丝：一种蔓生植物，属旋花科。 女萝：一种地衣类植物，全体为无数细枝。同样依附他物生长，而不能为他物所依附。 “诗里明明说‘与君为新婚’，‘为’，是‘成’的意思。‘为新婚’，指成婚不久。这不可能有另一种解释。‘婚’，古作‘昏’。根据《礼记》的记载，昏礼必须经过‘纳采’‘问名’‘纳吉’‘纳征’‘请期’‘亲迎’六个过程才算完成。古代没有‘订婚’这一名词，所谓‘媒妁成言之始’，是指‘纳采’‘问名’而言，不能算是成婚，更谈不上‘新婚’。《礼记·昏义》疏曰：‘谓之昏者，娶妻之礼。以昏为期，因名焉。’可知‘昏’是指嫁娶的当天，方廷圭所谓‘非嫁时’，这话是讲不通的。”（马茂元《古诗十九首初探》）两句以菟丝自比，以女萝比丈夫，有女子与夫成婚犹菟丝依附女萝之意。

[4]宜：适当的时间。 两句意为：菟丝适时而生，夫妇也应及时相会。

[5]悠悠：遥远的样子。 山陂：山坡。 两句，“上句说离家远嫁，结婚不易；下句说婚后不能相聚，又久别远离。”（余冠英）“上一句含有自感结婚不易，因而婚后生活应当珍惜之意，暗接‘夫妇会有宜’；下一句隐有丈夫轻离别，而有埋怨之心，点醒‘兔丝附女萝’之句。”（韩传达《一曲新婚别后的相思歌》）

[6]轩车：有蓬帐的车。这里指丈夫乘坐归来的车。古代大夫以上

乘轩车。“轩车”是女子的想象，非实指。 这两句，上句言相思之苦，下句说丈夫久游不归，盼望早日得志归来。

[7]蕙兰：都是香草名。蕙，兰的一种。《尔雅翼》：“一干一花而香有余者兰，一干数花而香不足者蕙。” 含英：含苞待放。含，指花初开而未尽发的神态；英，花，“木谓之华，草谓之荣……荣而不实者谓之英。”(《尔雅·释草》)

[8]萎：凋谢枯萎。 以上四句意为：可悲那蕙兰之花，正含苞待放，散发出诱人的光辉，可如果不采而过了时，就将同秋草一样凋谢枯萎。这里用蕙兰自比，言自己正处青春盛时，容光焕发。

[9]亮：同“谅”，想必。 高节：高尚的节操，指对爱情坚贞不渝。 两句意为：想必你会坚贞不渝，早晚要回来，既如此，我又何必这样自伤自怨！“上句是唯恐他的丈夫不如此，也只有相信其如此，因而聊以此自慰。下句是说，既然如此，我还有什么可表示的呢？唯有耐心等待而已。”（马茂元《古诗十九首初探》）

[简析]

这是一首一名女子新婚别后的相思歌。明代闵齐华《文选瀹注》说：“此结婚之后，夫有远行，而有是作。”刚结婚，丈夫为什么就离家远行？最大的可能是寻求封侯的机会。这就从一个侧面，反映了东汉末年中下层知识分子的生活。

“本篇所写的是新婚的离别，从‘悠悠隔山陂’，可以知道别离之远；从‘轩车来何迟’，可以知道别离之久。新婚后的远别、久别，而且会面难期，这对青年少妇来说，除了殷切地怀念对方而外，更敏锐的，那就是一种顾影自怜的心情，青春不再的感觉。本篇抓住这一心理特征，突出了描写的重点。”（马茂元《古诗十九首初探》）

唐代大诗人杜甫有《新婚别》一诗，开头说“兔丝附蓬麻，引蔓故不长；嫁女与征夫，不如弃路旁”，结尾说“人事多错迕，与君永相望”。从中，我们可以明显地看到本诗的影响。“《新婚》一章叙室家离别之情，及夫妇始终之分，全祖乐府遗意。”（仇兆鳌《杜诗详注》）

迢迢牵牛星[1]

迢迢牵牛星[2]，
皎皎河汉女[3]。
纤纤擢素手[4]，
札札弄机杼[5]。
终日不成章[6]，
泣涕零如雨[7]。
河汉清且浅，
相去复几许[8]？
盈盈一水间[9]，
脉脉不得语[10]。

[注释]

[1]本诗在《古诗十九首》中排列第十。

[2]迢（tiáo）迢：遥远貌。　牵牛星：星名，天鹰星座的主星，即民间所称之牛郎星。

[3]皎皎：明亮貌。　河汉：银河。　女：织女星，天琴星的主星，在银河北，和牵牛星隔银河相望。　迢迢、皎皎文意互见。

[4]纤纤：细长貌。　擢（zhuó）：举。　素：白，指肤色。

[5]札札：象声词，织机声。　杼（zhù）：织机上的梭子。

[6]终日不成章：尽日没有织出成品。章，织成的布上的纹理。《诗经·小雅·大东》：“跂彼织女，终日七襄。虽则七襄，不成报章。”（报章，往复成章。）　此句意为：织女因思念牛郎，无心织布。

[7]涕：泪。零：落下。 此句意为：哭泣流下之泪如雨点落下。

[8]相去：相距。 几许：多少。 此句连上句意为：银河看起来既清又浅，相距又能有多远？

[9]盈盈：水清浅貌。 水：银河。 间（jiàn）：隔。

[10]脉脉：相视貌。 此句连上句意为：清浅的银河还是把他们隔开了，他们只能隔河相望。

[简析]

牛郎、织女的记载，最早见于《诗·小雅·大东》，但其中织女与牛郎是各不相涉的。至本诗，发展、定型为一个较为完整的故事。虽然牛郎、织女仍为天上的两颗星，但织女的形象已隐现于故事中。织女手指细长而白嫩，而且善于巧织。她本来是可以织出彩云般美丽的布匹的，只是由于与牛郎分隔天河两岸，思念心切，而无心织布，并因痛苦万分而禁不住泣涕如雨；她虽然与对方仅一水之隔，但不能说话而只能含情相望。全诗通过生动的描写，不仅勾勒出一个美丽、勤劳、能干的手工业劳动者的形象，而且深刻地反映出她面对残酷现实时的忧伤心情。全诗就借此表达出爱情遭受挫折时的一种女性的心态。

诗表现上的一个特点是叠字的运用。全诗共十句，其中六句的开头用了叠字：迢迢、皎皎、纤纤、札札、盈盈、脉脉。这一方面加强了节奏感，另一方面增强了描写效果。

卷七

他们身上体现出的上述传统，其实是一种民族精神，是民族的血脉。继承与弘扬这种民族精神，延续与偾张这一民族血脉，就一个国家而言，将蕴蓄持续发展的后劲而屹立于世界，就一个古老地区而言，将永葆生机而为我中华民族不断增光添彩。

○《格古要论》是松江历史百花园中的一枝奇葩，它的悄然出现，为园中增添了一抹春色，是我松江的骄傲。

曹昭与《格古要论》

这几天的散步地点，一直在新松江路沈泾塘桥北侧这个空旷所在。

这里，还真正是春汛如潮。花木中，有的热情豪放，有的娇娟含羞，有的娴淑端庄。海棠中，铁梗的深红，垂挂的粉白，开那种绿花的，其花犹碧玉翡翠。就这上百株各色海棠，相互映衬着，也够你感受的。一些叫不上名的小草，一簇簇，一堆堆，似麦苗，似韭菜，鲜嫩得发亮，它们的小花，蓝黄相杂，分外醒目。大概是紫薇吧，昨日还枯死了一般，今日就萌生出粒粒绿豆，让那些枝条顷刻生动起来，精神起来。还有一种树，也还没有生出叶片，却缀满紫色花蕾，如众鸟聚栖枝桠。所有的花卉，在这个季节里，都在尽情地释放自我，展现自我。

曾经为《松江档案》中专门记述松江历史人物的“云间星河”一栏写过一句话：璀灿的群星构成了云间的美丽。此刻，这空旷所在的姹紫嫣红，又让我想到了松江历史上的那些人，那些事，那些书……

前些时候，写过《丁佩与〈绣谱〉》。这《绣谱》，可能已为多人所知。还有一本书，却不见有松江人提及过（当然就我阅读所及）。这本书名“格古要论”，也是一位松江人著述的。

《格古要论》作者曹昭，字明仲，生活在元末明初，华亭人。明代另有华亭人名舒敏的，《格古要论》就是他编校的。据其说，曹氏“世为吴下簪缨旧族”；曹昭也自称“先子贞隐处士，平生好古博雅”。曹昭《格古要论》序文的落款时间，由于流传的版本不同，今有两种，一是“洪武二十年三月望日”，一是“洪武二十一年戊辰春三月望日”，前者为公元 1387 年，后者为公元 1388 年。由此可见《格古要论》成稿于洪武年间，这时候的曹昭，已届晚年了。《格古要论》原本刻印于明万历二十六年（公元 1598 年），后有人对其作了增补，并多经翻刻，以至出现三卷本、五卷本、十三卷本和节录本四个版本。

《格古要论》原本分三卷。卷上收“古铜器论”“古画论”“古墨迹论”“古碑法帖论”四论；卷中收“古琴论”“古砚论”“珍奇论”“金铁论”四论；卷下收“古窑器论”“古漆器论”“锦绮论”“异木论”“异石论”五论。全书凡一万二千余字。其中，卷上四论、卷中前两论、卷下“异石论”，对所论对象前人多有论及，属编撰性质，其余则为曹昭原创。

“格古要论”中之“格”，意为推究。《扫迷帚》中说：“天可测，海可航，山可凿，道可通，万物可格，百事可为。”所谓“万物可格”，意为万物的原理是可以推究的。《格古要论》实际上是一部关于文物的论著，对文物鉴藏的论著。

《格古要论》首先传承了前贤有关文物鉴藏的研究成果。在“古画论”中，作者引用了谢赫（南朝齐人，有《古画品录》）的绘画六法：“画有六法：一曰气韵生动，二曰骨法（指书画的笔力法则）用笔，三曰应物象形，四曰随类傅（fū，敷，涂抹）彩，五曰经营位置（筹划料理，此指构思），六曰传模移写（指传写、摹画）。”曹昭认为此“六法精论，万古不移”。在这一节中，作者又将画作分为三品，即所谓“神品”（指气韵生动而出于天成的）、“妙品”（指笔墨超绝、傅染得宜、意趣有余者），“能品”（指得其形似、不失规矩者），这些论述，始出于唐书画理论家张氏的《画断》（已佚）。“六法三品”实际上是中国画论的传统观点，散诸前人著述，曹昭将它们组编在了一起。

《格古要论》对元末明初江南文人士大夫所收藏的诸多古玩的优劣、真伪系统地进行了品鉴。这是书中最为珍贵的论述。涉及到的有古琴、古砚、玉器等珍奇异宝、金铁、古窑器、古漆器、织刻等锦绮、用于建筑家具等的各种珍稀木材，还有各种异石。魏武帝曹操曾筑铜雀台，所用之瓦，“入水经年之久”，用以制作之砚，“滋润发墨”，但作者认为，世间的铜雀砚，“多伪者”。今新疆和田一带产玉，中国古代用玉，绝大部分来自和田。和田玉“有五色，利刀刮不动，温润而泽”；作者认为，“凡看器物，白色为上，黄色、碧色亦贵”。作者首次将漆器列入鉴藏范畴。以金银制成的器物，则早就为人们所珍藏，但从理论上加以论述，曹昭是第一人。汝窑瓷器是宋代烧制的，有“名瓷之首，汝窑为魁”称誉。在论及汝窑时，作者认为，“淡青色，有蟹爪纹者真，无纹者尤好”。蟹爪纹，其实是水裂纹，但是真品特征。曹昭关于古窑器的有些论述，不仅在我国陶瓷史上为首次，还为后世保存了珍贵的资料。

当代学者杨春俏认为，《格古要论》在前人相关研究的基础上，按文物性质分类，“创立了一种全新的著述体例，构筑起通论性古物鉴定专著的基本框架”，从中国文物研究史来看，“不仅是明代同类著作的第一部，而且堪称后世文物鉴定类专著的开山鼻祖”。

《格古要论》是松江历史百花园中的一枝奇葩，它的悄然出现，为园中增添了一抹春色，是我松江的骄傲。

○ 万古千秋，闺阁无穷，但由于种种原因，红香小册，绿窗零帙，流传极少，能有此两本《绣谱》存世，幸矣；其中之一，又为我松江才女所著，尤有感焉。

两本绣谱

匆匆写就《丁佩与〈绣谱〉》一文时，西窗上已有夕阳映照，理了理稿纸赶紧走了出来。医生曾关照，老年人下午外出散步，最好在日落之前。

身在马路边，心还留在《绣谱》上。

在我国刺绣史上，比较有影响的女子所撰的绣谱有两本：丁佩的《绣谱》及沈寿的《雪宧绣谱》。沈寿（1874～1921），江苏吴县人，原名云芝，字雪君，丈夫余觉（兆熊）为书画家。丁佩《绣谱》始刊印于公元1821年，沈寿《绣谱》则出版于1929年（一说1919年），出版前后相差100年许。丁著内容侧重于“艺”论，沈著内容侧重于“技”法。丁著为亲著，沈著则在晚年病中口授由张謇记录整理而成。虽各有侧重，但沈著的论述更为全面。两人除同为刺绣艺术家，丁佩还是位诗文家，沈寿则又是位教育家，生徒遍布大江南北。

万古千秋，闺阁无穷，但由于种种原因，红香小册，绿窗零帙，流传极少，能有此两本《绣谱》存世，幸矣；其中之一，又为我松江才女所著，尤有感焉。

附：

丁佩与《绣谱》

丁佩，字步珊，据朱澄（浙江嘉善才女）说，为名门之后，沈善宝（浙江钱塘才女）则说其兰心蕙质，花容月貌，但生卒年不详，大致生于清代嘉庆道光年间（1796～1850）。娄县人。丁佩自云：“佩少居三泖，长适双溪。”当代学者考证，双溪为今浙江金华至兰溪一段金华江，应代指兰溪。丁佩丈夫为陈毓棡，号两桥，浙江金华人[①]。丁佩常常与丈夫诗文唱和。夜温香砚，绘月下梅花；春到垂帘，吟风中柳絮，由此可见两人风雅情深。丈夫死后，丁佩抚养三个女儿，藉刺绣度日，境遇困厄。

丁佩善诗文，但作品存留至今的不多。沈善宝《名媛诗话》录她赠沈善宝的七律一首；还称丁佩“尺牍最佳”，引录了丁佩寄她的题为《梅讯》的文字，其中有“月下暗香，水中疏影”，“惟是匆匆放棹，一面缘悭（qiān），林下清风，山中幽抱，未获详悉一二。南枝消息，尚少端倪，回首孤山，益增惆怅”等句，可见其文采之一斑。陈毓棡进京赴考时，丁佩曾寄诗，其中有“陌上不知杨柳绿，楼头惟盼杏花红”之句。《树香阁诗遗》收录了她的《绿凤仙花唱和诗》四首。

丁佩最大的贡献为《绣谱》一书。丁佩在服侍长辈、主馈调羹之余暇，拈针理线，乐此不疲；在刺绣实践中，她又不时思考总结，积

---

① 陈毓棡（gāng），“工尺牍，善书画，清淡干云，饮酒数斗不乱”（光绪《重修华亭县志》），“雕龙吐凤才如海，侠骨仙心气似云”（沈善宝《寄挽两桥先生》），道光十二年（公元1832年）进士，任职吏部一年后病故于京寓。

累心得，终成《绣谱》一稿。书稿开始“未敢出以示人”，后因金听秋（即朱澄）、沈湘佩（即沈善宝）“驰书见索，词意甚殷，势难藏拙”，于是“各寄一册”（见《绣谱·例言》）。《绣谱》正式刊行于道光元年（公元1821年），又有1928年神州国光社排印本，列入《美术丛书》二集第七辑。《绣谱》是中国刺绣有史以来首部公之于世的刺绣技艺专著。

《绣谱》共两卷，分“择地”（又分“闲”等4节，地即环境，丁佩认为刺绣“必以择地为最要”）、“选样”（又分“审理”等11节，丁佩常自画自绣）、“取材”（又分“绒线”等6节，丁佩主张选择材料要“不厌其精”）、“辨色”（又分“红”等17节，丁佩强调，“物物无色不备”，绣者须“斟酌尽善”）、“程工”（又分“齐”等7节）、“论品”（又分“能”等8节），共6章53节，约7000字。正文前有朱澄《序》、李琬遇（山东梁丘才女）《后序》、丁佩《自序》、顾作琮和黄蕴生《题词》《例言》金湘（浙江嘉善才女）《跋》，正文后有沈善宝《后序》。正文内容侧重于“艺”论。

《绣谱》在自序中首先讲述了撰写的缘起。“工居四德之末，而绣又特女工之一技耳。”四德即为妇德、妇言、妇容、妇功。妇功旧时指纺织、刺绣、缝纫等，即女功、女工。刺绣既为“四德之末”，又只是“女工之一技”，自然“无足重轻”，以致“古人未有谱之者”。但刺绣可以“陶淑”妇女之“性情”，能使好动者静下心来（“使好动者静”），言多者沉默少言（“好言者默”），可以戒治懒惰（“戒慵惰”），摒除外界纷扰（“息纷纭”），让人专心一致、全神贯注、反复体会观赏（“一志凝神，潜心玩理”）。这是一。缘起之二在绣品用途广泛。绣品大到可以布置庙堂（“大而施之庙堂”），小到成为衣服的装饰（“小而饰之鞶帨”，鞶帨（pán shuì，衣带佩巾之类），使其色彩光丽，得自然之趣（“莫不瞻黼黻〈fú fú，古代礼服上绣的半白半黑、半青半黑的花纹〉之光，得动植之趣”）。

其次，《绣谱》讲述了刺绣的原则。丁佩指出，必须在观察与师法自然、探究万物情态的基础上进行制作（“师造化以赋形，究万物之情态”），只有这样，才可以与才子文字、名家画作一样，达到美妙的境界（“与才人笔墨、名手丹青同臻其妙”）。《绣谱》中有一个很典型的例子。一年春日，她乘舟经过梁溪（无锡南郊河流，源出惠山，北通运河，南入太湖），发现斜照满山，岚光成彩。回来，绣成一幅《遥山一桁（háng，浮桥）》图，“山椒（山巅）新绿成林，溪中碧水麟次”，连她自己也“顿觉耳目一新”。

第三，《绣谱》总结了苏绣工艺的技法特点。苏绣在宋代就闻名于世，“针线细密……设色精妙，光彩射目，山水分远近之趣，楼阁具深邃之体，人物具瞻眺生动之情，花鸟极绰约嚵唼（chán shà，水鸟吃食）之态，佳者较画更胜。”（明张应文《清秘藏》）但从理论上总结工艺，在历史上，丁佩是第一人。她认为，苏绣具有“齐”“光”“直”“匀”“薄”“顺”“密”等特点。齐，则界限分明，则精神爽朗，则全体浑融；光，指所用丝线洁净光亮；直，指绣面平如春水生发精彩，如琴弦节奏缓急均适；匀，指粗细适均，疏密相称；薄，将绒线判成极细之丝，只有这样，绣品才倍觉熨帖；顺，绣直线要绣直，横线要绣横，圆折之处，也要自然连贯；密，关键在“细”，做到了细而密，即使千丝万缕，绣品也能如镜面，光亮、纯粹。丁佩总结的这 7 个特点，既各有侧重，又互为联系，揭示了苏绣的本质，影响深远。

第四，《绣谱》评析了绣品的美学价值。《绣谱》中的第六章“论品”，集中论述了刺绣的品格。丁佩在该章第一节中提出，“绣近于文，可以文品之高下衡之；绣通于画，可以画理之浅深评之”。她首先将刺绣分为“能”（合乎规矩，富有神采）、“巧”（惨淡经营，匠心独运）、“妙”（丰韵天成，充盈灵气）、“神”（变幻无穷）、“逸”（“神”中之极）五个等级；其次论述了绣品具有“精工”“富丽”“清秀”“高超”四种品格。这实际上也就为评价、鉴赏绣品确立了标准。

金湘在跋文中提及，自己在撰写跋文时，正值盛夏，“炎气正炽，雨溽云蒸”，她腕力不逮，落笔如“蚊脚欹斜”，但“心所乐从，几忘酷暑不自知”。语意恳切，诚挚，非谦虚之辞。丁佩之《绣谱》确是难得之精品、珍品，谁都可以为之忘情。

○ 真正的收藏不管为了什么，客观上为国家保存了珍贵的文物；不少收藏家在收藏过程中所具有的品格让人敬佩。

收藏《平复帖》

进入奔八之年后，为防老年痴呆，散步时常带一二首古诗词或摘录的有关警句，反复吟诵，强使自己记住。今日出门前，读了董桥的《何可一日无此君》一文。董先生的文章写得真好。在这篇文章中，他说他喜好收藏明清文房雅器等，慢慢进入了敏慧而挑剔的境界，几经去芜存菁，如今藏品不多，却都入流。“灯下回首前尘，虽然庆幸此生有癖，不致沉闷，个中得失甘苦，竟也教人深深体会有情易老的沧桑之感”。由此想到了陆机的《平复帖》。曾经阅读过有关其流传考证材料，并随手录抄下流传的经过情形，于是将它找了出来，带在了身边。

有关资料记载，《平复帖》作为“晋贤十四帖”之一，由唐末鉴赏家殷浩收藏。

后被王溥（著《唐会要》《五代会要》等，五代末、宋初大收藏家）购取，保存了三代。

李玮又从王溥之孙王贻永（宋真宗咸平中授右卫将军驸马都尉）

手中买到。因李玮与赵宋宗室有亲戚关系，《平复贴》后入宋御府。

元代初，《平复帖》流入民间。

明万历年间，帖转入韩世能（大收藏家）手中。在韩世能保藏期间，《平复帖》经许多名家鉴定，董其昌曾为帖题签，后又为之作跋。韩世能死后，帖传给其子韩逢禧。

后为张丑（与韩逢禧友好）所买，张丑曾撰《真晋斋记》，其中提及，《平复帖》与谢安《慰问帖》同轴。

明亡后，《平复帖》转入葛君之手，葛君又将帖售于冯涿州（即冯铨），又流入梁清标（明崇祯进士，后降清，官至保卫殿大学士）之手，复流入安歧（与梁均为清大收藏家、鉴赏家）家。

安歧死后，帖入清府，经傅恒之手卖给了弘历（清高宗乾隆）。

1911年辛亥革命推翻清王朝后，帖又落入溥儒（心畬）手中。

溥儒为溥仪堂兄，恭亲王之孙，一位“差一点当上皇帝”的国画老师，20世纪50年代曾在台湾师大艺术系任教（董桥语）。

溥儒后为母治丧，将《平复帖》以四万元售给了张伯驹。

重新阅读这些早年阅读时录下的资料，我仿佛穿越时空，进入了沉重的历史岁月中。

张伯驹与袁世凯的第二子袁寒云为表兄弟，两人志趣相同。袁寒云曾劝父亲不要称帝，“剧怜高处多风雨，莫到琼楼最上层”。张藏有柳如是蘼芜砚、钱牧斋玉凤朱砚。

张伯驹为购买与保存《平复贴》曾撰文叙其经过。

张伯驹在文中说到，初见《平复帖》，是在湖北赈灾书画展览会上。为恐《平复贴》被“沪估”（上海商人）盗买而流出国门，曾费尽心思。卢沟桥事变前一年，他在上海听闻溥儒藏有韩干《照夜白图》，被沪估叶某买去。当时宋哲元主政北京，他急函“述此卷文献之重要”，请宋查询，“勿任出境”，“比接复函，已为叶某携走，转售美国”。为免发生类似情况，张伯驹请古斋韩君传言给溥儒，说他可以收购《平复帖》，如需要押钱也可给。韩转复溥言，帖价20万元。张当时实在无力购买。

次年，张挽张大千致意溥儒，以六万元求让。溥仍坚持原提之价。到该年年底，听说溥母丧，需款正急，张伯驹提出，以《平复帖》作押，可借给他万元。溥提出，只需四万元即可出售，张于是先付两万元，其余分两个月付竣。《平复帖》终于到了张伯驹手中。后北京沦陷，张蛰居四年后入秦，帖藏其衣被中，虽经乱离跋涉，未曾一刻离身。张珍藏《平复帖》至此！张 59 岁那年，与内子（潘素）商定，将《平复贴》捐赠给国家[①]。“终于宿愿，亦吾生之一大事”。

董其昌说，玩骨董有却病延年之助，风月晴和之际，与达人端士，谈艺论道，次第出其所藏，列而玩之，可以舒郁结之气，可以敛放纵之习。

真正的收藏不管为了什么，客观上为国家保存了珍贵的文物；不少收藏家在收藏过程中所具有的品格让人敬佩，如张伯驹。

---

① 近读到唐师曾《张伯驹门前的泔水味》一文，文中提及，张伯驹购得《平复帖》后，即遭人“绑票”，“索金 200 根金条，意在逼索《平复帖》”，僵持了八个月，绑匪妥协，将赎金降到 40 万大洋，张家多方筹措，变卖首饰，才救出张。1956 年，张将《平复帖》及杜牧《赠张好好诗》、范仲淹《道服赞》、黄庭坚《草书》等无偿捐给国家。此举轰动四海。张先后捐赠给国家的文物价值数百亿元。张 1957 年被打成“右派”，“文革”中负“反动文人”等 8 项罪名又遭批斗，因受到周恩来、陈毅等保护，得以幸存，1982 年谢世。

○ 陆游曾言："爝火不能为日月之明，瓦斧不能为金石之声，潢汙不能为江海之涛澜，犬羊不能为虎豹之炳蔚。"我这文，虽为爝火、瓦斧之属，但总算是了却了一桩夙愿，成就了一块引玉之砖。

秋　日

又一次来到了沈泾塘大桥上。正是金风送爽、晴空万里的季节。塘两岸，柳树成行，照影清浅。岸边的草地上，簇簇野菊，点缀着绿色与枯黄，给这季节，增添一分绚丽。东西各有一垂钓者，悠然，静默，还真有了联语中"隔河两岸，二渔翁对钓双竿"的意境；一对情侣，则并坐柳下，衬着天光云影，在喁喁私语。

似乎听到了南宋诗人陆游的吟唱：

桑竹成阴不见门，
牛羊分路各归村。
前村雨过云无迹，
别浦潮回岸有痕。

诗人笔下的农家，恬静自然，充满生活气息。只是此刻非为"雨过”，那云，拥抱晴空，形态洒脱，或如奔马，或如老翁，如楼阁，如花木，倏忽万状；忽然想起，它不仅可观，还或化为彩霞，或酿成雨雪，映照世界，滋润万物，覆盖污秽，甚是可敬。

一段时间来，心情似乎从不如此刻，轻松，愉悦。或许不仅仅是这怡人的景色。就在刚出来散步前，我的一篇一直想写的论文终于完稿。曾与几位文化人在喝茶时聊及，松江历史悠久，底蕴深厚，但究竟有着怎样的优秀文化传统，都说多少知道一些，但未曾系统、深入整理过。这次编撰松江人物，积累了许多具体生动的事例，觉得是撰写“松江优秀文化传统”的有利时机。陆游曾言：“爝火不能为日月之明，瓦斧不能为金石之声，潢汙不能为江海之涛澜，犬羊不能为虎豹之炳蔚。”我这文，虽为爝火、瓦斧之属，但总算是了却了一桩夙愿，成就了一块引玉之砖。

附：

松江的优秀文化传统

（《松江人物·代前言》）

传承与弘扬中华民族的优秀文化传统，从来没有像今天这样受到切实而广泛的重视。正在为实现“中国梦”而阔步前进的中华民族，越来越认识到，历史是不能割断的，传统、尤其是优秀传统是不能丢弃的；这一传统，是中华民族的珍贵遗产，是历史发展的内在命脉，是开创未来的必要条件。

松江，历史悠久，底蕴深厚。有人统计，松江在明、清两代共出进士 457 人，在全国名列前茅，明代的数量甚至跃居全国榜首。明嘉靖二十三年松江府出了五个进士（宋贤、王会、彭应麟、袁福徵、杨允绳）；嘉靖三十五年也出了五个进士（杨道亨、赵灼、杨铨、姚体信、夏时，其中三人是华亭人）；嘉靖四十四年，则出了八个进士（潘允哲、陆树德、张明正、乔懋敬、徐汝翼、陈懿德、王圻、李自华，其中四人是华亭人）。有明一代，仅华亭一县至少出了三个状元（钱福、唐文献、顾凤翔），其中，一人是武状元。还有个张以诚，也是个状元，万历朝的，有些府志说他是青浦人，但他是张弼四世孙，张弼是华亭人；再说，青浦也属于松江府。庞大得惊人的进士群体，是一道人文景观，是松江历史上的一个突出现象，是历史底蕴的有力证明。还有一个现象也许同样是个佐证：在松江历史上，历朝各代，都有不少外地的文人雅士来到松江游寓甚至长期定居、占籍以至故老安葬，这一现象，元代更为突出。元代寓居松江大师（如赵孟頫、杨维桢、陶宗仪等）之多，使松江令全国瞩目。之所以如此，原因是多方面的，但松江的历史底蕴绝对是一个重要原因。

既然如此，研究松江的历史底蕴、文化传统，就成为一个十分重要的课题。习近平总书记指示我们要“讲清楚中华优秀传统文化是中华民族的突出优势，是我们最深厚的文化软实力”（《把宣传思想工作做得更好》），还说：“在 5000 多年文明发展进程中，中华民族创造了博大精深的灿烂文化，……要系统梳理传统文化资源，让收藏在禁宫里的文物、陈列在广阔大地上的遗产、书写在古籍里的文字都活起来。”（《提高国家文化软实力》）为让“书写在古籍里的文字”活起来作准备，2014 年 3 月，我们承担了松江的一个重点文化建设项目，即整理有关史料，编撰松江历史上的人物传记。这项工作，也为上述课题提供了研究的基础。历史是人创造的，历史人物又是传统的载体。在整理、编撰过程中，我们一直在思考：松江的优秀文化传统究竟具体体现在哪些方面？

在我们看来，大致有以下几个方面——

一、以民为贵，视民如天

松江人物中之为官者众多。其中不乏正直、清廉而称职的，他们无论是在松江出生的，还是来松江任职的，都深受儒家“民为贵，社稷次之，君为轻”（孟子）、“君人者，以百姓为天”（管仲）思想的浸淫，有着重民传统。《荀子·王制》引云：“水则载舟，水则覆舟。”喻民可拥护君主，也能推翻君主。他们深深地懂得“为民者昌，失民者亡”的道理。三国吴陆逊侄陆凯就曾上疏吴帝孙皓：“民者，国之根也。诚宜重其食，爱其命。民安则君安，民乐则君乐。”宋代华亭人殷澄也说过：“夫民犹水也。水顺则流，逆则激；民顺则宁，逆则乱。”从另一个侧面反映了重民理念。

陈舜俞，宋华亭人，登进士第后，一时声名赫然。行青苗法时，他不奉令，曾上疏自劾。青苗法为王安石变法改革时推出的一项政策，本意在由农户自愿向官府借贷，加息二分或三分，粮食收获后纳税时归还，以免借贷地主、商人的高利贷。但在地方执行时，“诱以便利，督以威刑”，实“非王道之举”，“况正月放夏料，五月放秋料，而所敛亦在当月。百姓得钱，便出息输纳，实无所利。是使民一取青苗钱，终身以及世世一岁尝两输息钱，乃别为一赋，以弊生民也”。且不论疏见如何，陈舜俞作为地方官，根据本地实际，为民请命，冒丢官之危险，敢于对政府制订的政策提出异议，其为民众考虑的情怀可见一斑。陈舜俞上疏后，果然被贬，居华亭，曾骑白牛往来风泾（今枫泾），自号白牛居士，无有悔意。

为官一任，当造福一方。方岳贡，明代湖广襄阳人。崇祯元年（公元 1628 年）出任松江知府。他为官清廉，清操严厉，颇著丰裁，爱民如子。松郡滨海带江，渔盐灌溉，民命寄于水利；然海水清浊甘咸不一，所以沿海皆筑塘以为障。但潮汐直薄塘下，日剥月削，咸潮有冲人之虞。方岳贡一到松郡，即建筑石塘二十里以护之，蜿蜒绵亘，力障狂澜，濒海是赖，百姓称善。松江府漕运京师数十万石粮食，各粮仓相距五里，他命筑墙保护，名之为“仓城”。他救济灾荒之民，使富裕者出钱，让穷苦者与役而获得经济收入，称之为“救荒助役”，是救济灾荒的“土政策”。又兴办学校，考核人士。在松为官多年，办事公正，以至于怨情渐灭，讼事无多，社会安定，民众口碑甚好。后来受诬被捕，松郡士人、民众纷纷到京城为其诉冤。皇帝复其官职，并嘉奖其操守清正，政绩卓异。

如何对待民众的上访、判断民间的诉讼，是考察一个为官者有无“民为邦本”意识的又一项标志。赵豫，安肃人，曾为兵部员外郎。明宣德五年（公元 1430 年），奉命前来松江任知府。刚上任时，深以民风多争斗诉讼为患。争斗诉讼者来到，赵豫往往好言相劝：“明日来。”多次以后，民众都为此而发笑，有“松江太守明日来”之歌谣。赵豫如此做法之本意，是让争斗诉讼者过一夜后，原来的气忿渐趋平缓，到第二天再来时，往往容易被劝解。多次如此劝解，诉讼者就少了。古时衙门，是国家权力的象征，官员则是行使权力的代表，掌握着百姓的生杀大权。在衙门大门沉重、公堂阴森、等级戒严的情况下，赵豫能如此对待“上访者”“诉讼者”，与那些高高在上的墨官酷吏相比，当是难能可贵的。史书记载，正统年间，赵豫任松江知府已满九年，要考核其政绩，然后调离。民众闻讯，集五千余人叙述理由要他留任，巡按御使将此情报告皇帝，皇帝给他加二级俸禄而顺民众所求，让他留任。赵豫在松江任职十多年，清静如一日；离任时，松江老幼前来攀住他乘坐的车辕不让离去，赵豫留下一只鞋子以作遗爱的标记。后配享于周忱的祠堂。

二、实学售君，经世致用

实学售君，经世致用，向为封建士大夫所追求，所谓“学成文武艺，赋予帝王家”。而在封建王朝的统治危机日显时，为克服危机，寻找出路，尤其注重经世致用之学。陆游《喜潭德称归》云：“少鄙章句学，所慕在经世。”经世，治理国事；致用，尽其所用。这方面，松江文人尤为注重。

松江人陆贽（一说为嘉兴人）为大唐名相，谥号宣，也称陆宣公。贞元时，主持进士考，韩愈等八人登第，时称“龙虎榜”，誉为“天下第”，他则成为韩愈等人座师。宋代苏轼等人，也深受其影响。陆贽在位时，重经世致用。其经世之才，相业之隆，有唐近三百年中，实属凤毛麟角。陈子龙曾择其文辑为《陆宣公文集》刊行。陆贽文章，尤其是为唐德宗起草的《奉天改元大赦制》、奏议《均节赋税恤百姓六条》及《论裴延龄奸蠹书》等，都体现了他为国为民、经世致用之理念。被贬后，他在郡十年，闭门避谤，考核药方，撰《集验方》50 卷，为世所用。

晚明松江府上海人徐光启，有治国经世之才干，并立志用世。“博究天人，而皆主于实用”(《农政全书·凡例》)。曾与意大利传教士利玛窦一起，研究天文、历法、数字、地学、水利等学问，又与其共同翻译了许多近代科学著作，成为中国介绍西方科学的先驱。在科学技术研究方面，他用力最勤、收罗最富的是在农业方面。《农政全书》是他几十年心血的结晶，是一部集中国古代农业科学技术大成的著作。全书凡六十卷，五十多万字，分农本、田制、农事、水利、农器、树艺、蚕桑、蚕桑广类、种植、收养、制造和荒政十二大项，其中不乏他的独到见解。

以陈子龙、夏允彝为首的云间文学派，同样注重实学和经世。朱东润曾将陈子龙一生分为三个阶段：名士，志士，战士。由于受黄道周影响，陈子龙认清了对国家的责任和国步的艰难，以国事为己任。出任南明王朝兵科给事中后，他决心把自己的一切献给国家，为力挽朱明王朝的覆灭而战斗，直到牺牲。他曾偕徐孚远、宋徵璧网罗明朝名卿巨公之文有涉世务国政者，编成《皇明经世文编》一书。该书凡 504 卷、补遗 4 卷，收录了有明一代 424 位士大夫的文章 3145 篇。时任松江知府的方岳贡认为："览其规画，足以益才智；听其敷奏，足以壮忠怀；考其始终，足以识时变。"复社领袖张溥也赞叹："伟哉是书！明兴以来未有也。"黄澍称其为"一代之鸿章，千秋之盛业"。许誉卿也云："吾郡诸子，志在用世，参订往哲，备一代经济之书也。"（以上均引自《皇明经世文编·序》）陈子龙与夏允彝等倡立幾社，在张溥之后又主持复社，始终注重实学经世。他的这种主张与精神，对清初顾炎武、黄宗羲等经世致用思想也产生了很大的影响。

三、崇尚气节，坚正操守

历代文人中的相当一部分十分重视气节、操守，把它们看得比仕途、生命更为重要，所谓"宁为玉碎，不为瓦全"。这种情况在异族入侵、改朝换代之际，尤为突出。

清兵入主中原、朱明王朝倾覆之际，松江一批文人，奋起勤王。夏允彝是幾社的创始人和领袖，文章道德，负士林重望。南都沦陷，中兴无望，他赋诗曰："少受父训，长荷国恩。以身殉国，无愧忠贞。南都继没，犹望中兴；中兴望杳，安忍长存！"遂投池而死。书法家、诗人李待问，官中书舍人。南京失守后，列城望风下。他偕沈犹龙等募壮士守卫松江城。当松江将失守时，守东门之百户某挽之曰："闻君读烂《四书》，今日将安之？"李待问笑曰："臣死忠，古人常事，第下城与家一诀，稍尽其私。"百户曰："君能如此，我先断头待之泉下。"即拔刀自刎。李待问凭尸而哭，仓猝抵家，少妾挽衣涕泗，众争劝之逃。李待问曰："若一旦苟活，梦寐何以对此老兵？"引绳自经，气未绝，而追者至，于是遇害。章简曾为罗源知县，南明隆武二年、绍武初年（公元 1646 年）八月，守松江城南门，清军破城，章简不屈遇害。其弟章旷犹支持残局，后也壮烈牺牲。陈子龙、夏完淳等，皆为死节之士。各地可能都有这样的人士，但松江竟出现这样的群体，则是罕见的。

专权的宦官，向为士大夫所不屑。非但不阿谀奉承权倾朝野的宦官，而且在其淫威下誓死不屈，这是崇尚操守的又一方面的表现。松江不乏这类人士。较为突出者为许誉卿。他官拜吏部给事中。时魏忠贤专权，他上疏痛斥魏忠贤大逆不道："视汉之朋结赵娆，唐之势倾中外，宋之典兵矫诏、谋间两宫何异！"魏忠贤为之大怒。许誉卿又言："内阁本是行政重地，却将初步审议奏疏的大权拱手授之内廷；为内廷掌控之厂卫一旦奉行审问嫌犯的圣旨，就五毒备施。近来又用立枷法，士民遭受酷刑而惨死者不知凡几。又行数十年不行之廷杖，流毒缙绅，岂所以昭君德哉！祖制，宦官不掌兵权，今禁旅日繁，宫内练兵不停，聚虎狼于萧墙之内，逞金革于禁闼之中，不为早除，必贻后患。"许誉卿如此做，自然知其可能产生的后果，果然，他为此而丢官，并被驱逐回家。但他赢得了众臣的推颂，魏忠贤被处死后，复被起用。

清代有两兄弟，都是画家。兄陈枚，娄县人。雍正四年（公元1726年）以供奉内廷劳，赏内务府掌仪司员外郎衔。弟陈桓，兼能诗，其所作《十破》诗中，《破瓢》一首，尤脍炙人口，人因呼为"破瓢先生"。他又工刻印，驰声印林。还善书，尤章草。当然，他最精绘事。山水规抚倪（瓒）、黄（公望），以天趣胜。就是这么一位多才多艺之人，丧偶后，竟携子栖身湛然庵，忍饥犯寒。但他从不乞贷于人，也不求援于其兄。古有宁饿死而不食嗟来之食者，而他即使日子没法过也不乞、不求。这种在贫穷、窘困之中的操守，即松江人所谓的"硬气"，实为可贵，为此，时人多高之。

四、清廉自律，贫困有守

清廉是一种生命的境界，一种人格的修养，一种精神的磨砺，向为贤者智者所自守，民众所期盼，正直官员所追求和坚守。

松江为官者同样恪守"宽一分则民多受一分赐，贪一文则官不值一文钱"的理念。明代华亭人张悦（字时敏），历仕工、礼、吏三部侍郎，南京右都御史、吏部尚书。他为官以不欺为本。陈继儒说他“性素清约，自小官至重任，终始一节，为缙绅表率者四十余年”（见崇祯《松江府志》）。相传他家的屏风上有一段话昭示来宾：“客至留饭，俭约适情；肴随有而设，酒随量而倾；虽新亲不抬饭，大宾不宰牲；匪直戒奢侈而可久，亦将免烦劳以安生。”有人说有些人善于读书而不善于做官，他笑道：“这正说明这些人不善于读书。”他曾言：“今天的人们与古代圣贤相差甚远；古代圣贤每次办事竭尽公正忠诚之心还犹恐不及，还有什么心思考虑私利！”明华亭人沈霁，在福建海道副使任上时，有士大夫带了银币上门请托，沈霁说：“我了解您，您怎么不了解我？”这位士大夫惭愧离去。改任贵州兵备，临行时，当地民间有“沈青天不爱钱，日饮清溪水，夜来不着眠”的歌谣流传。他致仕时，行李萧然，囊中只数卷书籍。明华亭人叶宗行一生也为官清廉。时按察使周新久闻叶宗行为人，一次乘其外出，暗中到其住室，看到室内只有一包松江银鱼干，为之感叹，临走带了些许鱼干，第二天召叶宗行宴聚。席间，周新拿出鱼干，说“这是你家的东西”；宴后用三品仪仗送他归去，叶宗行推辞。当时人们称他为“钱塘一叶清”。

林则徐终生不置财产，认为：若子孙有能，遗财有何用；若子孙无能，遗财又有何益！在松江历史上，不乏林则徐这样的官吏。他们不仅无有遗财，甚至十分贫困。明代华亭人袁恺（字舜举），进士及第后，历官刑部主事、江西按察佥事、广东按察使、云南左布政使，为官凡三十年，而去世之日，竟家徒四壁。清雍正二年进士、娄县人周吉士，官刑部郎中，兼提牢厅事。视察牢狱时，“冬月被敝裘”；因念母请假归家时，“环堵依然，粥不继”。更有甚者，长史李伯玙之子李清，官工部主事，南京刑部员外郎、郎中，南京兵部郎中，改右丞。死后竟无钱殡葬。还真是：“世上穷官谁与比，罢官不见炊烟起。”为官而清廉，已属不易；贫困而有守，尤为难能可贵。

不少为官者不但不贪，而且用自己俸禄为民办事。明永乐年间，任韶州府同知的松江人许进，在任时，就曾捐自己俸禄修建学校，除害兴利。史载，有明开国以来，郡州佐官的政绩以许进为第一。还有一人，历史上更是鲜见。他叫张昕（字宾旸），华亭人，家境较富裕。明仁宗（朱高炽）为监国（君王外出，太子留守，时朱高炽为太子，代理国政）时，曾命其辅佐，官职也不小。他为官期间，竟不受俸禄；致仕后，仍不断救贫恤孤。为官不受禄，致仕恤孤贫，此等官员，罕有其匹。

元代寓居松江的陶宗仪曾云："'潮逢谷水难兴浪，月到云间便不明。'松江古有此语，谷水、云间，皆松江别名也。近代来作官者，始则赫然有声，终则阘茸贪滥，始终廉洁者鲜。两句竟成诗谶。"（见《南村辍耕录》）看来，陶宗仪此云或有例证，但不无偏颇。

五、克习家学，承续门风

中国封建社会，颇重传统教育。松江的士大夫，由于重视家教、家学、家风，又薪火相传，因而积累了深厚的家学文化，形成了不少文化名门世家。

这种文化名门世家，中国历代均有，如东汉的史学世家班氏（班彪、班固、班昭）家族，宋代的文学世家苏氏（苏洵、苏轼、苏辙）家族，清代的朴学世家（王安国、王念孙、王引之）家族等。这是一个重要的历史文化现象。这种现象，不仅反映出一个家族的发展史，而且折射出该地区的文化传统。在松江历史上，这样的家族，这样的历史文化现象，也屡见不鲜。

以明代为例。

父子同为进士：孙衍及其子孙承恩，分别为成化十四年、正德六年进士；冯恩及其子冯时可，分别为嘉靖五年、隆庆五年进士；陈所闻及其子陈子龙，分别为万历四十七年、崇祯十年进士；等等。父子三人同为进士：王会为嘉靖二十三年进士，长子王庭梅、次子王庭柏分别为万历四十一年、万历四十七年进士；等等。

兄弟同为进士：钱溥及其弟钱博，分别为正统四年、正统十年进士；顾中立、顾中孚兄弟同为嘉靖五年进士；包节及其弟包孝，分别为嘉靖十一年、嘉靖十四年进士；陈梦庚及其弟陈嗣立，分别为万历二年、万历二十六年进士；等等。

祖孙同为进士：朱瑄及其孙朱大昭，分别为正统十三年、嘉靖二十六年进士；吴忱及其孙吴哲，分别为天顺元年、弘治十八年进士；唐珣及其从孙唐文献，分别为天顺元年、万历十四年进士，而唐文献侄孙唐昌世又是天启五年进士；曹鼐及其孙曹嗣荣分别为成化二年、嘉靖十四年进士；张缙成及其孙张承宪，分别为成化十七年、嘉靖二十三年进士；李日章及其从孙李凌云，分别为嘉靖二年、万历三十二年进士；袁福徵及其孙袁思明，分别为嘉靖二十三年、万历三十五年进士；宋尧武及其孙宋徵璧，分别为隆庆二年、崇祯十六年进士；徐阶、徐璠、徐元春“三世皆三品上”，“为人伦之极”（王世贞语），徐元春登第时，徐阶方谢政家居，“遗书戒以毋躁进，毋上人，毋标榜立门户”，徐元春揭诸座右，朝夕讽览，率循惟谨；等等。

更有一门四进士之家：张弼一家，张弼为成化二年进士，长子张弘宜、次子张弘至分别为成化十七年、弘治九年进士；张弼四世孙张以诚，则为万历二十九年状元；杨玮一家，杨玮及其弟杨璨同为正德六年进士，杨璨子杨秉义、杨玮孙杨允绳，分别为正德九年、嘉靖三十二年进士；陆树声一家，陆树声及其弟陆树德、其子陆彦章、陆彦祯，分别为嘉靖二十年、嘉靖四十四年、万历十七年、万历二十三年进士；等等。

不仅有政治世家，松江更不乏文学、书画世家。其中不少人，甚至成为一代大家。

明季夏允彝，好古博学，工属文，为江南名士、复社重要成员、幾社创始人。“当时称文章者，必称两社；称两社者，必称云间；称云间者，必推陈、夏。”（施蛰存、马祖熙《陈子龙诗集·前言》）夏允彝著有《四体合传》一卷，《私制策》一卷，《禹贡合注》十卷。临终前，著《幸存录》。其子夏完淳，少年英雄，旷世神童，亦是著名诗人。他被捕后撰写的《南冠草》，充满战斗气息，诗风悲壮激昂，汪辟疆曾评其首篇《别云间》："慷慨激昂，真情流露，不当以字句求之，皆字字血泪也。"白坚在《夏完淳集笺校·前言》中也说："完淳的诗，并非以年少而见称，因殉国而得传，就诗论诗，亦足以睥睨一代，辉耀千秋，屹立于古今爱国诗人之林。"夏允彝还有两个女儿，一为夏淑吉，一为夏惠洁，都是名闻当时的才女。

沈度一家以书法著称于世。沈度为沈易之子，善篆、隶、真、行等书，书风婉丽雍容，为帝所欣赏，日侍便殿，凡金版玉册，必命其书写。沈度之弟沈粲，善正楷与草书，与其兄同在秘书阁办事，人称"大小学士"。沈度之子沈藻，亦善书法，兼承父、叔，真、行、草并佳。明孝宗爱沈度书，访其后代，得其第四代孙沈世隆，沈世隆也以善书承其家学，被授中书舍人职。莫是龙则能诗，工书，尤擅画。挥染时，磊磊落落，郁郁葱葱，神醒气足，而气韵尤别。有《画说》一卷行世。"吾国山水画南北宗派之画分，即始于莫氏。"（潘天寿《中国绘画史》）莫是龙孙莫秉清，承祖善画，其画孤梅铁干，猗兰芬芳，雪淡风高，与俗径庭。莫是龙裔孙莫汝涛，清代人，其画青秀思沉，可称为后来之俊，为华亭写生名家。

一郡之中，这么多家族，其家学世代相传，门风又如此兴盛，实为他邦所罕见。

六、侍奉父母，孝感天地

旧时有《二十四孝》一书（未著撰人，或认为是元郭守敬之弟郭守正编），后又有《二十四孝图诗》，宣扬了二十四位尽孝的典型人物。其中"怀橘遗母"的陆绩，即为华亭人。《三国志·吴书·陆绩传》："绩年六岁，于九江见袁术。术出橘，绩怀三枚，去，拜辞堕地，术谓曰：'陆郎作宾客而怀橘乎？'绩跪答曰：'归欲遗母。'术大奇之。"

在松江历史上，类似这样恪尽孝道、恭奉父母者，可以说数不胜数。他们竭力事奉，让父母晨夕得欢，称之为色养；父母病了，煎奉汤药，必先尝而后进，以免伤害父母；父母故世，在坟墓旁结茅棚而住，不入内室；为官者逢父母去世称遭丁忧，当离职回家守孝三年。

章简之祖父、华亭人章宪文，万历进士。为诸生时，家境贫苦，但他偕同妻子事奉双亲唯谨。每进献美食，不乏山珍海味，但其实家里窘困得瓶内无酒、袋中无粮，自己享用的则是锅釜之余，残羹焦饭。娄县人焦袁熹，人称“南浦先生”。康熙三十五年乡试中举，念祖母、母亲年寿已高，绝意进取。朝廷诏命寻求实学之士，焦袁熹被荐，且奉旨召见，仍坚决推辞。后不得已任山阳教谕，还是乞求回家奉养。母亲患病，他已六十六岁，一如既往地亲自服侍、进奉饮食，连续三四个月毫不懈怠。母亲去世，他勺水不入口达十日，至性纯孝到如此程度。更有甚者，明代华亭人杨允绳因忠谏而被判处死刑，其子杨应祈正当弱冠之年，痛心于父亲的冤屈，穿破衣，喝粥汤，伏地而行，每天到监狱探望父亲。回来即蓬头赤脚，寝席而食，悲号呼天，愿以身代。后又以臂血书疏，书毕，他母亲怕复蹈危机，徒死无益，将疏文烧毁。杨允绳在狱五年，杨应祈五年不入妻室。父亲将被处死，他穿奴仆衣帽，伏行长安街头，绝食而死。为杨允绳所撰的悼文中，有“父死于忠，子死于孝”，一时以为名言。后终获朝廷昭雪、表彰，又造忠孝祠，画父子像，用以祭祀。杨应祈献身于为父鸣不平、替父伸冤，其孝行可谓感天动地。

古有孝悌为立身之基之训，以为孝是人伦之始，是伦理道德实践的根本。又有“百善孝为先”之说。为行孝，可以舍弃一切，包括为官，甚至生命。明代华亭人吴炯，六岁失怙，茅茨数椽，与母形相吊。中举后，追念父亲，沿途涕泗不绝。抵家拜母，母子相向痛哭。万历十七年中进士，但因念及母亲孤单，不为官而回家陪伴母亲，设馆传授经书以供养母亲。明代松江府人徐三重，隆庆丁丑登进士第，曾拜官于比部（刑部），因父亲年寿已高，他托病回家后，坚决不愿为官，朝廷内外推举引荐的文书，每年有数十以上，他始终不予应允。吴炯、徐三重等人的不愿为官，可能还有其他原因，但为尽孝则是主要原因。另，华亭朱瑄，乡试中举后，当进京参加会试。正逢父亲从戍守之所回家，他说："吾以不得侍亲为恨，奈何复远游乎？"竟坚持不去京师参加进士考。郡人汪嵩年，因丧母及祖母，哀痛成痼疾，自知不起，作绝命辞，中有"吾到黄泉无别恨，惟怜夜哭有高堂"之句，令闻者伤感不已。

时代在前进，社会在发展，人们的观念自然也在不断改变。对先贤的这些做法，我们当然可以有自己的分析，不能、不必也不需要全盘照搬。但"孝""敬"相连，"孝"为行，"敬"为心，行由心生，对父母师长持有敬爱、感恩之心，尊重、照顾、赡养父母长辈，应是子女晚辈应有的品德与应尽的义务，过去是这样，今天也当如此。

我们曾一度轻视孝道，甚至认为孝道是封建统治者欺骗民众的精神枷锁，是陈腐的思想。但当今学者已形成共识：经过几千年的提倡和传播，孝，已沉淀为中华民族的道德观、文化心理的重要内容。由此而至于"老吾老以及人之老，幼吾幼以及人之幼"，我们民族的道德修养就可以达到一个相当的高度，许多社会矛盾可以由此化解，和谐社会也可以由此实现了。

七、热爱家乡，眷恋故土

松江有一浮雕"十鹿九回头"。《松江府志》称，以做事不全者谓"十鹿九回头"。但民众自有理解。在民众看来，松江是战国四公子之一的春申君黄歇的故乡，仅自建城始，也已有一千二百多年的历史。松江的水土哺育了众多国家级乃至世界级的杰出人才，拥有着诸如陆机《平复帖》《文赋》等许多"中国第一"，松江还曾经是全国棉纺织的中心。松江无疑有着特别的骄傲。"十鹿九回头"，实际上反映了松江人对家乡的眷恋。无论是怎样辽阔的空间，还是怎样悠邈的时间，都不会使这种眷恋淡化或消失。这是一种乡土情结。如果说每个地方的人都有这种情结，那么松江人的这种情结尤为深固而难以化解。

热爱家乡，眷恋故土，是松江的又一个历史文化传统，是贯穿古今的历史文脉。

松江人的热爱家乡，常常表现在钟爱家乡的物产上。月是故乡明，故乡的一切，总是让人魂牵梦萦。松江大米“老来青”，曾让多少海外人士啧啧赞叹！松江还曾有名闻海内的四腮鲈鱼，古人常以它为松江情怀的凝聚点、松江的象征、松江的骄傲。晋时张翰的《思吴江歌》广为传诵：“秋风起兮佳景时，吴江水兮鲈鱼肥。三千里兮家未归，恨难得兮仰天悲。”张翰，崇祯《松江府志》《娄县志》（乾隆年间）都注明是松江人，据《案前志》载，他回乡后居住在“思鲈巷”（今有人考证即今思巷弄）。当初他在洛阳任职，见秋风起，思念家乡的菰菜、莼羹、鲈鱼脍，叹曰：“人生贵得适意尔，何能羁宦数千里，以要名爵！”毅然决定还乡。他的回乡，应该说还有其政治原因，但诗中流露出的对家乡的感情是十分真切的。

古代与近现代松江人还常常通过歌咏家乡的自然风光来抒发爱乡之情。北宋景祐年间华亭知县唐询的《华亭十咏》，南宋松江诗人许尚在淳熙年间的《华亭百咏》，分别描写了白龙潭、西林、陆机宅等，南宋另一位松江诗人凌岩，也有《凤凰山》《佘山》《天马山》等诗。天朗气清，惠风和畅，莺飞草长，青树翠蔓，桃红梨白，还有新月如镰，河流若带，夕照炊烟等，在他们的笔下，都美得让人心颤。诗是诗人情怀的反映，胸中若无热情爱意，眼中之景焉能这般美好？许尚的《白龙潭》写道：“神物幽潜地，沧沧水接空。不缘尚应祷，谁识有殊功？”不仅写出了水天相接、水天一色的景致，而且借神物白龙，写出了白龙潭护佑松江民众的恩泽。字里行间，满溢着诗人的眷恋之情。

白龙潭为古今人士所钟爱。施蛰存曾对笔者说：“我小时候在松江，所见之白龙潭就已不过十许亩了。”他曾有《白龙潭》一文，其中写道：“旧时为吾邑胜景，每春秋佳日，画舫笙歌，惊莺织燕。端阳则龙舟竞渡，士女阗咽，鼓吹鼎沸，船上岸上，百戏纷呈，耳目不暇款接。”那情景不亚于南京的秦淮河。作者的笔触饱蘸乡情。

关注、眷念家乡的父老乡亲，以拳拳之心造福乡里，是热爱家乡的深刻表现。元代黄道婆，在知命之年，自崖州回到故乡乌泥泾，推广棉花种植，革新棉纺织机具，传授改进了的棉纺织技术，使家乡人民的生活很快富裕起来，影响所及，推动了松江棉纺织业的发展，到明代中叶，松江已成为中国棉纺织业的中心。

在某些特殊的情况下，尤其是生离死别之时，诗人的爱乡文字如血泪所凝，尤为令人感慨。夏完淳被解往南京而告别松江时，有《别云间》一首：“三年羁旅客，今日又南冠。无限山河泪，谁言天地宽。已知泉路近，欲别故乡难。毅魄归来日，灵旗空际看。”诗中充满了对故乡的依恋，有力地表达出对国破家亡的满腔悲愤，全诗“字字血泪也”（汪辟疆语）。

从古代到近现代，从二陆、张翰到陈夏师徒，到施蛰存等，故土之思，故土之爱，可谓一脉相承。这的确是松江的一个优秀传统，是一笔丰厚的文化遗产。

八、巾帼德才，不让须眉

中国漫长的封建社会中男尊女卑的观念，使女子长期处于被压抑、受歧视的地位。她们中的大多数，甚至连名字也未能保存下来。松江也如此。然而“休言女子非英物”（秋瑾语）。“郡中苦节之及格得达于朝者，岁凡数人矣。”（嘉庆《松江府志》）苦节者有之，其他方面的自然也有；达于朝者有之，穷乡僻壤不能告于有司者，更不知凡几。

总观松江女子，她们不但不逊色于男子，而且与男子相比，品行尤为难能可贵。她们前后相因，风化流行，成为一支重要文脉。其行其品，大致有以下几类。

危难关头，挺身而出，忠烈为民。松江不乏安国夫人梁红玉这类人物。晋代陆机侄女陆氏是吴郡太守张茂的妻子。王敦谋反而遣沈充攻城时，陆氏毅然倾尽家资，率领丈夫的部队，亲为先锋，英勇抗敌，击败沈充军。随后，陆氏上书朝廷，为自己丈夫不能预先阻止反叛表示谢罪。朝廷下达诏书，褒奖张茂夫妻忠烈。宋代官至同知枢密院事、被封秦国公之章粢始祖练氏，曾救过一位将军。这位将军后掌兵权于南唐，破城后，获悉练氏还健在，于是派人送上金帛，且授予一面白旗，说："我们要屠城，夫人可将此旗树于门前，屠城士卒就不会侵犯。"练氏退还礼物，说："我与城共存亡，希望将军保全全城百姓。"将军被感动而不再屠城。此等情形，历史上，男子中，也鲜有之。

身处困境，至亲至孝，不改操守。宋代一名詹姓女子，姿貌甚美，平时以女工给年老的父亲添补家用。后遭贼寇侵扰。父亲哭着对她说："我死无所谓，你怎么办？"詹氏让父亲放心。不久贼寇至，要杀她父亲，她说："我父亲贫且老，你意不在金帛，只想得我。放了我父亲，我愿执巾帚以奉君侯，不然父女俱死。"她挥手让父亲赶快离去。贼寇挈詹氏行数里，经过一座桥时，詹氏纵身跃入水中而死。明代女子袁真真，见婆婆持刀入祠想割股疗救重病卧床的公公时，急忙跑上去哭着说："婆婆年老且又多病，不宜这样做。"说罢连忙抢过刀，自割腿肉，和枣子煎汤给公公喝。学士钱溥曾为袁真真立传，说她举刀割腿时，心目中只有公婆，一念精诚，可贯通金石，可感动鬼神；御史薛骥赞她的遗像：你的孝行百世流芳，如同九峰壁立，长存于世。

还有一类，由于彰明妇教，潜心研修，以致德艺双馨。这类女子，多出自名门望族。明末章简女儿章有淑、章有湘、章有渭、章有泓，个个都是才女，或擅诗名，或以文章显。章有湘字玉筐，著有《澄心堂集》《望云草》《再生集》《诉天杂记》等；章有渭字玉璜，著有《燕喜楼草》等。施蛰存《云间语小录》收有《闺彦》一文，其中说："余观吾郡女士诗，极有高手。"文中就提及章有湘。清代吴朏，在丈夫遇害后，甘贫守志，以诗、书、画自遣，时称三绝。她尤善绘事，山水、花鸟笔墨生趣，人争宝之。媳李玉燕、孙女曹鉴冰，均能画。一门风雅，均有声于时。三代合编集《三秀》。松江之顾绣，扬名海外。明代顾名世之子顾会海妾缪氏，为顾绣创始人。刺绣人物，气韵生动，字亦有法。顾名世次孙妻韩希孟，自署武陵女史。她的突出贡献在于熔画、绣于一炉，即将画理与顾绣秘传有机结合。她所绣之花鸟草虫，生气回动，五色烂发。她的绣作，传世的有沈阳故宫博物馆藏册页八幅、上海博物馆藏册页四幅、北京故宫博物院藏册页八幅，为世所珍。顾名世孙女顾兰玉，二十四岁夫亡，她守节抚孤，为生计，设幔授徒凡三十余年，使顾氏家传特技传布于世。一家三女子，各具成就，各有贡献，共为我国手工事业百花园中培植了一支新的奇葩。

不管是士大夫，还是平民百姓，他们身上体现出的上述文化传统，其实是一种民族精神，是民族的血脉。这种文化传统，其他地区也有，但在我们松江地区，表现得尤为突出和鲜明。继承与弘扬这种民族精神，延续与偾张这一民族血脉，就一个国家而言，将蕴蓄持续发展的后劲而屹立于世界，就一个古老地区而言，将永葆生机而为我中华民族不断增光添彩。

编撰组

二〇一五年六月于云间

○ 一老的养生之道：身要动，
脑要用，肚要空，心要松。

脑还要用，心可以松了

D生陪我在一家足浴店做了一次足浴与脚摩。

在小说《黄道婆》中，我曾写到过泡足。黄道婆（当时还称黄姑）在去崖州前，被抓为乌泥泾一家奴。主人是个恶霸地主，但其母有一副菩萨心肠。黄为寻求保护，悉心尽力服侍这位老人。一天，她在镇上的中药店配了十四帖草药为老人泡脚。小说写及："人体是一个小宇宙，一个有机体。人体中的胃经、脾经、膀胱经、贤经、肝经等经脉，都或始或止于足部。老年人足部血液流动滞慢，通过草药泡足活血，打通了有的经脉，就能使相应的脏腑得到保健。"而在泡足之后，如果对脚趾、脚底进行按摩，保健效果会更好。

我们这次泡足，用的也是中草药，但当代的足浴，重点在脚摩上。离开足浴店，我还想在街上走走。D生脱口说："已经晚了，再说，这地方——"他没有说下去，但我猜到了他想说的：有什么好玩的！见我没有反应，就改口说："好吧，我们再走走。"

每到一个新的地方，不管是什么样的地方，我都想丈量一下那里的土地，访察那里的环境，阅读其中蕴含着的民俗、民情与民风，这是我的习惯。

已经是春光老去、梅逐雨熟的季节，但自昨天开始，气温突然下降。此刻，夜风吹来，脸上感到了丝丝凉意。路两边，除几处娱乐场所亮着灯光，其余处都沉入了黑暗中；路也不宽，店门前，依稀看到堆放着一些其实无甚用处却舍不得丢弃的物件。没有行道树，自然也没有花带。一个垃圾桶前满是垃圾，一个夜行者，还在旁边小便。

是的，这地方没有都市的繁华，没有古镇的韵味，也失却了乡村的质朴。这地方不喧闹，也不静美。这地方没有诗，没有画，没有乐曲。这地方其实是从乡村到城镇的过渡地段中被扭曲了的一段。我不知道，在目前的城市化进程中，这样的地方还有多少。

确如D生说的，这地方没有什么好玩的。但此刻，我的脚底是暖和的，心也是轻松的，曾听到一年逾八十者讲的养生之道：身要动，脑要用，肚要空，心要松。我虽有同感，但这两年多来，为完成一项任务，心实在“松”不了，不仅松不了，还似被一块大石压着，压得甚至喘不过气。焚膏油以继晷，恒兀兀以穷年。我还真是日夜兼程。在编撰上海市的中学语文教材时，有一阵，为赶发排，连续三夜通宵达旦，直到第四天白天两眼全瞎，才无奈中断。但那是在以前。在身体每况愈下的奔八之年，我自己都不相信能坚持两年之久。当然在这两年中，也曾有这么二三次被学生带出来过，但身子出来了心依然被压着。直到两天前，这项任务终于完成了，这块石头终于落下了，心，也终于可以“松”了。正是在这样的情况下，我让D生带到了“这地方”。

“风好像大了，夜也深了，”D生提醒我，“我们还是回去吧。”

“好吧，我们回去。”我像一个听话的孩子。

每次外出过夜，第一夜通常是整夜无眠，但愿今天夜里能破个例，睡个好觉，还奢望做个好梦。

附一：

《松江人物》凡例

一、《松江人物》以正德《松江府志》、崇祯《松江府志》及嘉庆《松江府志》、光绪《松江府续志》所收人物为基础，删去四志中部分人物，增补未收的。增补人物以松江府为限。元置府（至元十四年，公元1277年）前也以该地区为限；民国元年（公元1912年）撤除松江府，华亭、娄两县合为华亭县，以华亭县为限；民国3年（公元1914年）改华亭县为松江县，则以松江县为限。共收3688人（不含涉及的）。

二、松江物华天宝，人杰地灵，史悠蕴丰，历朝各代，名宦、贤达、大家、佳媛、仙释等荟萃，隐逸的高士及客居的胜流，也难以计数。诸志乘百方收集，仍难免沧海遗珠。《松江人物》亦然。及至现当代，松江更可谓群星璀璨；限于篇幅及诸多原因，《松江人物》所收只能迄于民国；新中国成立后有重要成就及全国影响者，则择其中之一二。为此，我们深以为憾，也敬请大方见谅，且盼后贤续编弥补。

三、对四志中所收之有些人物，是否为松江人或有争论，《松江人物》沿袭四志，但注明“另说”；有些其实非松江人，但在松江做过官，或曾在松江游寓，《松江人物》从上述四志中酌选少数；对有些人物，四志介绍较为简单，则补入其他史料所载之有关内容；对有些人物，弃志所记而取二十四史、《清史稿》本传及有关史料编写，但附录府志传文；民国时期及生活到新中国成立后的人物，则参考了其亲族和故旧之所记，以及其所在单位的档案资料，部分人物参考了县志（包括续志）。尽管或谓“定论何须盖棺，清风可师百代”，但我们所收之人物，仍均为已作古的。

四、每一人物内容，大致为姓名、字号、籍贯、科名、官职及经历（择要）、主要成就、谥号等，为增强可读性，或列作品（或摘句），或叙故事，或录他人评述等。以所拥有史料编撰，不以文字多少示上下。人物按朝代排列，同朝的依其生年先后排列，生年不详而有科名可查的次之，都无可考者又次之，同时参以四种府志人物排列次序，也只能大致如此；也有父子相继、兄弟同列、夫妇并述的；隐逸、贤媛、方外及游寓者，除少数人物散置，其余均分别列于该朝末。为了方便查阅，又按姓氏音序及姓氏（繁体）笔画排列传主，置于卷末。

五、四志中，常有“作乱”“盗贼”等词，其含义较为复杂；对不仕新朝、入仕新朝者，也有褒贬；有割股疗亲等事例，虽为至孝，但似悖常理；夫死而殉或终生守寡、毁容或断臂以明志之类作为，虽可见贞节，但不可取；另有祈祷晴雨之类，也难以置信。凡此等等，作为史料，《松江人物》沿录，相信读者自有分析。四志中对诸如“节妇”“烈女”等所列浩繁，内容却十分简单且大同小异，《松江人物》录选少量有代表性的。

六、近年新出版的《松江府志》（包括上述四志），标点错误较多；一些人姓名被印错；陆明扬、张大纶、方道行、郭良俊等当为明代人，却被误划入清代；排版方面也有疏忽，如将陈子龙排入李蒸条，而非单独立条。凡发现此类情况，二十四史、《清史稿》和其他善本如有可查考的，就按其校勘；无可查考的，我们慎重处之。

七、在成稿过程中，我们参阅了四志外其他各志的有关记述，参考了历朝诗纪事（尤其是陈田《明诗纪事》、钱仲联《清诗纪事》）、顾嗣立《元诗选》、朱彝尊《明诗综》、叶恭绰《全清词钞》等，参考了中华书局《中国文学家大辞典》各朝卷、俞剑华《中国美术家大辞典》等，以及多种有关别集。

附二：

组建编撰小组后提供的样稿

赵孟頫（1254～1322）

赵孟頫，字子昂，号松雪道人，又号水精宫道人，宋太祖儿子秦王赵德芳的后代。他的五世祖是秀安僖王赵子偁，四世祖是崇宪靖王赵伯圭。宋高宗没有儿子，立赵子偁的儿子为太子，这就是宋孝宗。赵伯圭是孝宗的哥哥，皇帝赐给伯圭的宅第在湖州，因而赵孟頫就成为湖州人。他的曾祖父赵师垂、祖父赵希永、父亲赵与訔，都在宋朝当过大官。到了元朝，因孟頫为贵官，累次追赠赵师垂为集贤侍读学士，赵希永为太常礼仪院使，两人都被追封为吴兴郡公，赵与訔被赠为集贤大学士，追封为魏国公。

孟頫自幼聪明，看过的书就能背诵，拿起笔来就能成篇。他十一岁丧父，十四岁以父荫补官，经吏部考试合格，调任真州司户参军。宋朝灭亡后，在家闲住，更加致力于学问。

至元二十三年（公元 1286 年），行台御史程钜夫奉元世祖之命去江南搜访隐居的人才，找到孟頫，带他去觐见元世祖。孟頫才气横溢，神采焕发，有神仙风骨，元世祖看到他很高兴，让他坐在右丞叶李的上位。有人说孟頫是宋朝皇族的子弟，不应该让他坐在皇帝身边，世祖不听。当时刚刚设立尚书省，世祖命孟頫起草诏书，颁布天下。世祖看了他起草的诏书，很满意，说："把我想说的话都写出来了。"世祖命群臣在刑部议订法律条款，很多人主张赃款达到至元钞二百贯者处死，孟頫说道："起初制造纸币时，是以白银的价值为标准的，纸币是虚的，白银是实的，虚实价值相等，现在已经过去二十多年，纸币和白银的价值，轻重相差至数十倍之多，因此才改中统钞为至元钞，若再过二十年，至元钞又会像中统钞一样贬值，如果让百姓按赃钞的面值抵罪，恐怕是太重了。古代因米和绢是民生所必须的物品，称之为‘二实’，白银、铜钱和米、绢等值，称之为‘二虚’。这四者的价值虽然因时有升降，但终究不会相差太远，用绢来核算受赃的数额，最为合适。再说，纸币从宋代开始使用，只在边地郡县流通，金朝沿用，那是出于不得已而为之。若想用这种办法来判人的死罪，似乎是不足取的。”有人认为孟頫年纪轻，又刚从南方来，竟非难国法不便于民，对此，心里忿忿不平，责备赵孟頫说：“现在朝廷发行至元纸币，因而犯法的人以至元钞计赃论罪。你认为不合适，难道你想破坏至元钞的发行吗？”孟頫回答说：“法律，关系到人的身家性命，判决畸轻畸重，就会出现罚不当罪的情况。我奉皇帝之命参加讨论，不敢不说。现在中统钞贬值，因而改为至元钞，若认为至元钞永远不会贬值，哪有这样的道理！您不考虑事理之必然，却想以势压人，这样行吗？”那人面有愧色。世祖本来想重用孟頫，但参加讨论的人却提出非难。

至元二十四年（公元 1287 年）六月，任孟頫为兵部郎中。兵部统管天下的驿站。当时供应来往使臣的饮食花销，比以前多出几十倍，驿站官吏无法供应，便用强制手段向民间索取，百姓不胜其扰，于是孟頫向中书省申请，增加各驿的饮食用钞。至元纸钞的发行遇到困难，世祖派尚书刘宣和孟頫乘驿马到江南，责问行省丞相怠慢政令的罪过，凡是左右司官员以及各路官员，可以自行拷打。孟頫接受命令前去，到他回京时，没有拷打过一个人，丞相桑哥为此对孟頫大加谴责。

当时有一个叫王虎臣的人，上书检举平江路总管赵全有不法行为，朝廷即派王虎臣去调查，叶李上书，认为不应派王虎臣，世祖不听，孟頫进言说：“赵全的问题当然应该调查审问，但王虎臣以前曾任该地长官，他强行买下别人的很多田地，又纵恿他的门客获取不法利益，赵全多次和他争论，王虎臣怀恨在心。若王虎臣前去，必然陷害赵全，即使赵全的不法行为得以证实，人也不能没有疑问。”世祖恍然大悟，于是派遣其他人前去。

桑哥在晨钟初鸣时即坐在尚书省大堂上，六曹官员迟到者，则加以鞭打。有一次孟頫偶然迟到，断事官立刻拉孟頫去受刑，孟頫进入大堂申诉，右丞叶李说："古时对士大夫不用刑，这是为了培养他们的廉耻观念，教育他们重视节义，再说侮辱士大夫，等于是侮辱朝廷。"桑哥马上多方安慰孟頫，让他回去。从此以后，所鞭打的只是曹史以下的吏员。有一天，孟頫行经东御墙外。因道路险狭，他的坐骑跌入河里。桑哥听说以后，报告给世祖，于是把御墙西移了二丈多。世祖听说孟頫一向清贫，便赏给他钞五十锭。

至元二十七年（公元1290年），孟頫升任集贤院直学士。这一年发生地震，大都尤其严重。地面下陷，黑沙水喷涌而出，百姓死伤数十万，世祖深为忧虑。当时世祖在龙虎台，派阿剌浑撒里快马回京，合集贤、翰林两院的官员，询问发生灾害的原因。与会的人出于对桑哥畏惧，只不过泛泛地引证经典以及说些五行灾异等话，笼统地以修人事、应天变来回答，没人敢于联系现实政治。在此之前，桑哥派忻都和王济等人统计天下的钱粮，已经征收了数百万，未征收的还有几千万，严重地损害了百姓，弄得民不聊生，自杀事件不断发生，逃往荒山野林的人，朝廷发兵追捕，谁也不敢阻止这件事。孟頫和阿剌浑撒里的关系本来很好，劝他奏明皇帝，赦免天下百姓，全部免除所征的钱粮，这样或许能消除天灾。阿剌浑撒里上奏，和孟頫所说的一致，世祖听从了。诏书的草稿已经拟出，桑哥却大为恼火，认为这不是皇帝的本意。孟頫说："凡是钱粮还没征收的民户，家里人非死即逃，空无一人，向谁去征收？如不趁这时免除，日后提意见的人如果把亏欠数千万钱粮归罪于尚书省，这对于丞相您不是个沉重的包袱吗？"桑哥恍然大悟，百姓因此才得以喘息。

世祖曾问及叶李和留梦炎的优劣，孟頫回答说："留梦炎是我父亲的朋友，他为人忠厚重信义，而且非常自信，长于谋略而能决断，有大臣的器度；叶李读过的书，我都读过，他的知识能力，我都具备。"世祖说："那么你认为留梦炎比叶李好，是吗？留梦炎是宋朝的状元，官至丞相，当贾似道欺骗君主贻误国事时，留梦炎则曲意逢迎讨好；叶李是个平民百姓，却能冒死进宫向皇帝上书，这样看来叶李要比留梦炎强。你因留梦炎是你父亲的朋友，不敢直斥他的错误，可以写诗进行讥讽。”孟頫所写的诗，有“往事已非那可说，且将忠直报皇元”的句子，受到皇帝的赞赏。

孟頫出殿之后对奉御彻里说：“皇帝评论贾似道贻误国事时，责备留梦炎默不作声，现在桑哥的罪过比贾似道还严重，而我们这些人如果不出来说话，日后怎么能推卸责任！但我是个被疏远的臣子，我说话皇帝必然不听从，在皇帝身边的大臣之中，读书知理、慷慨有大节而又得到皇帝信任的，没人超过您。不顾个人身家性命，替百姓除去残国害民的贼臣，这是仁人君子义不容辞的任务。大人您一定要勉力去做!”然后彻里来到世祖面前，历数桑哥的种种罪恶，世祖大发雷霆，命卫士打彻里的耳光，彻里被打得口鼻流血，瘫在地上。过了一会儿，世祖又把他叫到跟前询问，彻里的回答与原先一样。当时大臣们也有继彻里之后揭发桑哥罪恶的，于是世祖下令将桑哥论罪处死，撤销尚书省这一机构，许多大臣因罪被罢免。

世祖想让孟頫参与中书省的政务，孟頫坚决推辞。世祖又下令，孟頫出入宫门不要阻拦。他每次进见，总是不厌其详地谈论治国之道，他的意见对处理国家政事很有帮助。世祖又问他：“你是宋太祖的后代，还是宋太宗的后代呢？”孟頫回答：“我是太祖的十一代孙。”世祖又说：”太祖的所作所为，你了解吗？”孟頫回答不了解，世祖又说：“太祖的所作所为，有很多可取之处，我都了解。”孟頫心想，自己如在皇帝身边太久，一定会遭到猜忌，便坚决请求外任。至元二十九年（公元 1292 年），他外任为同知济南路总管府事。当时总管缺员，他独自主持总管府政事，政务也比较清简。有个叫元掀儿的人，在盐场服劳役，因不堪忍受盐场的艰苦生活，乘机逃走。他的父亲找到他人的一具尸体，竟然诬告一起服役的人杀害了元掀儿，被诬告的人屈打成招，孟頫怀疑这是一起冤案，压下来没有判决。过了一个月，元掀儿回来了，当地人都称颂孟頫断案如神。廉访司佥事韦哈剌哈孙为人一向苛毒暴虐，只因孟頫不肯顺从他的意志，便借机陷害。正逢朝廷撰修《世祖实录》，召孟頫回京城，孟頫才得以解脱。过了很久，迁知汾州，没有赴任，皇帝传旨要他书写金字《藏经》，写完以后，升任为集贤院直学士、江浙等处儒学提举；又迁任泰州尹，孟頫没有赴任。

至大三年（公元 1310 年），孟頫被召进京，以翰林学士的身份，与其他学士撰写南郊祭天的祝文，以及拟进宫殿的名称，因与众人意见不同，便请假回家。仁宗在东宫做太子的时候，就知道孟頫的名字，即位以后，升任他为集贤侍讲学士、中奉大夫。延佑元年（公元 1314 年），改任翰林侍讲学士。迁任集贤侍讲学士、资政大夫。延佑三年（公元 1316 年），升为翰林学士承旨、荣禄大夫。皇帝对他很爱重，称他的字号，而不直呼其名。仁宗曾和身边的大臣评论文学侍臣，认为孟頫可以和唐朝的李白、宋朝的苏轼相比。又曾称赞孟頫品行端正、博学多闻，书法和绘画超过时辈，并旁通佛、道二教的学说，别人都不可企及。有不喜欢他的人在仁宗面前说长道短，仁宗只装听不见。又有人上书说，国史所记载的内容，不应让孟頫这样的人了解和参与其事，仁宗说："赵子昂这个人，是世祖皇帝选拔的，我特别尊重优待他，把他安排在馆阁中任职，主管著述，修史流传后代，这些人喋喋不休，干什么呢！"接着赏给孟頫钞五百锭，对身边的大臣说："中书省常说国家经费不足，必定不肯给他，就从普庆寺另藏的钱钞支付给他。"孟頫曾几个月不到宫中，仁宗问身边的人，都说他年岁大了又怕寒冷，仁宗下令，让内府赐给他貂鼠皮衣。

当初，赵孟頫因程钜夫的推荐，初入仕途，被任为兵部郎中，后来程钜夫官至翰林学士承旨，请求退休，孟頫代替他的职务。孟頫先去程钜夫家拜望，然后才进入翰林院，当时人认为此举是士大夫中间的一段佳话。延祐六年（公元 1319 年），孟頫请假回南方。仁宗派使者赏给他衣料，催他回京。因生病，孟頫未能成行。至治元年（公元 1321 年），英宗派使者去他家，让他书写《孝经》。二年（公元 1322

年），英宗赐给他上等美酒和两套衣服。这年六月，孟頫去世，终年六十九岁。追封他为魏国公，谥号“文敏”。

孟頫在青壮年时期曾闲居江南，期间，曾与妻占籍松江，与明董其昌、清张照合称“松江三文敏”。

孟頫以赵宋宗室历仕元世祖、成宗、武宗、仁宗及英宗五朝，并在世祖面前赋诗“往事已非那可说，且将忠直报皇元”云云，所以在赵氏宗族眼中被视为逆子。据传，其族兄赵孟坚只准其从后门入，又对他冷嘲热讽，他走后竟洗其坐具。而在一些蒙古贵族看来，他是贰臣。由于受到世祖、仁宗等恩宠，招致人怨，孟頫常遇宦海风波。

孟頫和平简易，嗜好冲淡，不骄不奢。后虽贵也无矜色。客求文字，与他周旋终日，虽极劳惫，未尝拒人。性诚实率直，人有过必致讽谏无隐，直而不讦，人也易从。冼玉清曾举一轶事。当其提举浙江时，有新安贾人欲得其书而又虑其赝，乃谋诸其门客。客令具宾主礼入见，命僮磨墨。墨浓，孟頫挥毫授贾。贾大喜拜谢，归悬室中称绝品。明年贾复至松江过府署，见肩舆而入者，人曰“赵公”也。贾望其容绝不类去年为已作书者，俟出审视果远甚。不禁大声呼屈。赵停舆问其故，贾涕泣述始末。孟頫笑曰，君为人所绐（意欺骗）矣。怜君之诚，今可同往为汝书。贾大喜载谢，始得真迹。

孟頫文采风流冠绝当时，诗文书画开一代之风气。

孟頫长于诗文。虽仕元，但诗中不免有故国之思，如著名的《岳鄂王墓》诗写：“南渡君臣轻社稷，中原父老望旌旗”“莫向西湖歌此曲，水光山色不胜悲”。陶宗仪称赞说：岳王墓诗不下数十百篇，其脍炙人口者，莫如赵魏公作。孟頫有的诗则表达了“一生事事总堪惭”（《自警》）的自我谴责，其中《罪责》一篇长歌当哭。孟頫诗文不务雕琢。他和戴表元是知己好友。戴不轻意赞许人，而为其作序称：“子昂古赋，凌厉顿迅，在楚、汉之间；古诗沉涵鲍、谢。”孟頫诗在元前期诗坛有较大影响，明胡应麟称他“首创元音”（《诗薮》）。他的诗风格清丽，富于情趣，含义深远，表现出一种超世的风致，读了以后，使人产生飘飘欲仙的感觉。孟頫的著作，有《松雪斋集》《尚书注》，还有《琴原》《乐原》，这两篇著作道出了乐律的奥妙。

孟頫工书。他的篆书、籀书、八分书、隶书、真书、行书、草书，种种皆妙。而真、行尤为当时第一。小楷又为诸书第一。其书凡三变，初临思陵，中学钟繇及羲、献诸家，晚学李邕，落笔如风雨，一日能书一万字，遂以书名当时而法后世。天竺国有一位僧人，远涉数万里来求孟頫的书法作品，带回去以后，天竺国视为宝物。孟頫曾往来本一禅院，楚宇栋梁，多手题，而亭林宝寺碑，尤为世所重。

孟頫又善画。画入逸品，高者诣神。工释像、山水、木石、花竹，尤精人马。少时步武李思训、王维、李成，皆缣素滃染之笔。及壮，有唐人之致去其纤，有北宋之雄去其犷。他人画山水、竹石、人马、花鸟，优于此或劣于彼，孟頫悉造其微，穷其天趣，至得意处不减古人。作画初不经意，对客取纸墨，游戏点染，欲树即树，欲石即石。曾自题画马："自幼好画马，自谓颇尽物之性。友人郭佑之曾赠余诗云：'世人但解比龙眠（李公麟），那知已出曹、韩上。'曹、韩固是过许，使龙眠无恙，当与之并驱耳。"能以飞白作石，金错刀作墨竹，则又古人之所鲜能者。而刻印与吾丘衍齐名，专尚玉筋，一洗唐、宋陋习。

曾任史官的杨载认为，孟頫的才能在很大程度上被书画名声所掩盖，了解他在书画方面成就的人，不了解他在文章上的成就，了解他在文章方面成就的人，不了解他经世致用的学问。人们认为杨载的说法是很中肯的。

他的儿子赵雍、赵奕，都因长于书画而知名。

浙江出版联合集团、浙江古籍出版社 2012 年 3 月版《赵孟頫集》，是现代较为完备的赵氏诗文集。

附崇祯《松江府志》赵孟頫传（译文）：

赵孟頫，字子昂，号雪松，吴兴人。宋太祖秦王德芳的后裔。元王朝搜访遗贤逸士，得孟頫于江南，累官翰林学士承旨（承旨，官名，属翰林院。唐宪宗元和元年，命郑絪为翰林学士承旨，位在诸学士上。凡大诰令、大废置、重要政事，皆得专对，宋元因其制。明废。又属枢密院。五代置枢密院承旨、副承旨，以诸卫将军充任；宋时又增置都承旨、副承旨，不常置），谥号“文敏”。

文敏刚诞生时，母亲丘夫人梦见一位僧人入室。他十一二岁时，喜欢书写《金刚经》，他说与僧人交谈十分亲切，如同眷属。兄长名孟僩，称文文山客（文文，古代传说中的兽名。《山海经·中山经·中次七经》：“又东五十里，曰放皋之山，有兽焉，其状如蜂，枝尾而反舌，善呼。其名曰文文。”山客，山居之人），避兵乱而皈依中峰禅师于松江本一禅院，文敏也称弟子。每次接受禅师所给之书，必先焚香叩拜而后开卷，且亲自画了禅师肖像送给同参（佛教徒称同事一师为同参）。

他往来郡城南禅、普照、亭林及泖上崇福寺次数最多，梁栋之上都有他的亲笔题字，而宝云碑尤其为世人所传播推重。其他书画或藏佛像腹中，或藏殿阁拱版上，后人偶而得之如获奇宝。

娶郡西管氏为妻，名道昇，即管夫人，能绘竹画大士像，工于书法。小蒸（今属上海市青浦区）还称她为管道。

附三：

《松江人物》编撰小结

编撰《松江人物》，是区文广局2014年的重点项目，为此，全组成员，在主编和副主编的全程关心、鼓励、指导下，尽心尽力编撰。尤其是两位老人，以衰迈之躯，焚膏油以继晷；几位在职作者，在一段时间内，几乎耗尽了所有业余时间。书稿已于2016年5月正式出版，总字数为1668000，收3688人。

整个工作，就编撰组而言，分三大块。2013年年底开始，做好几项主要的准备工作，如确定编写原则、体例，完成样稿，物色人员等；2014 年 3 月全面启动，到 2015 年 7 月，初步完成编撰，尔后印制三大本送审；2016 年开始，陆续收到出版社的校样，前后两次校对。

所收人物，以正德《松江府志》、崇祯《松江府志》、嘉庆《松江府志》及光绪《松江府续志》为基础。选择上述四志，基于以下考虑：正德志是松江第一部府志，崇祯志为陈继儒编撰，嘉庆志完成于清中后期，光绪续志为松江最后一部府志。

《松江人物》与上述四志中的人物传，有以下几点不同：

1. 将所收上述四志中的人物传文，全部译成现代汉语；译文在尊重原意的基础上，力求流畅而有文采。

2. 删去四志中部分人物，如嘉庆志用 9 卷计 170 页（凡 4000 多人）记女子，大多数内容极为简单，且大同小异，甚至只列姓氏，如“XXX 妻 X 氏”。

3. 增补了不少人物，如民国时期的，还有其他史料及书籍中记载的，如有影响的笔记小说《五茸志逸》作者吴履震，游寓松江的才女柳如是、中国刺绣有史以来第一部公布于世的刺绣专著《绣谱》作者丁佩、为顾绣都做出了贡献的缪氏、韩希孟、顾兰玉，等等。

4. 对所收上述四志中的有些人物传文，在原有内容基础上，补入其他史料所载之内容及新发现的有关内容，如船子和尚，府志传文仅 200 余字，《松江人物》近 700 字，其中，引用了他的作品及后人的评价。

5. 有不少人物，弃志所记，而取二十四史、《清史稿》及有关史料重新编撰，但附府志传文（或译文），如赵孟頫，府志原传译文仅 600 多字，《松江人物》传文近 6000 字，内容远比府志传文丰富，一些细节生动可读。

6. 以上四志人物大都分类排列，如正德志分为“名臣”“孝友”“节义”“文学”“艺术”“隐逸”“游寓”“仙释”等。《松江人物》基本按朝代排列，同朝的依其生年先后排列，生年不详而有科名可查的次之，都无考者又次之，也有父子相继、兄弟同列、夫妇并述的。如明代，我们分了“明 1（洪武朝至天顺朝）”“明 2（成化、弘治、正德朝）”“明 3（嘉靖朝）”“明 4（隆庆、万历朝）”“明 5（泰昌、天启、崇祯朝）”。

《松江人物》由李君如作序，表示“对于区领导提出的编撰一部比较翔实的、能够反映松江优秀文化传统的《松江人物》这一构想，我是非常赞成的。这是弘扬以爱国主义为核心的民族精神和社会主义核心价值观的重要举措”。著名人士金坚范也认为《松江人物》，“既是很好的乡土文化教材，也是传承和弘扬优秀传统文化的有效途径”，“纪念先贤，是与历史对话，向历史致敬，有利于当下的精神文明建设”。柳亚子辞南社主任后的继承者姚光之子、上海市文史研究馆终身馆员姚昆田有《〈松江人物〉出版志贺》：“云间自古蓄文渊，每有灵泉出岫巅。映日贞松吟百籁，临风古塔颂千贤。祥稽信史群芳谱，博考遗经不朽篇。盛世驰增桑梓念，勤搜隐逸总陶然。”

2011 年 10 月，曾出版十一卷《松江府志》点校本，就上述四志而言，标点、人物名、人物所处朝代，还有排列等，错误多多，就我们所发现的，都作了更正，避免以讹传讹；将分处各志及他书的人物，汇总一起，除编设人物目录，又附人物姓氏音序目录及人物姓氏（繁体）笔画目录，便于读者方便查阅。

编撰过程犹如登山，虽然十分艰辛，但一路风光无限；为推进文化强区建设的一项基础性文化工程尽一份绵薄之力，我们甚感欣慰。

编撰组

2016 年 6 月 8 日

○ 李群玉：早觅为龙去，江湖莫漫游。

须知香饵下，触口是铦钩。

修　改

一个周六的下午，侯生与先生散步时，见一老者在河边垂钓。他们走近他时，发现两条小鱼在草地上蹦跳着，挣扎着（显然是刚钓上来的，为钩鱼饵，未及放入水桶中）。侯生顿生恻隐之心，就悄然将其放生，自以为做得神不知鬼不觉，没想到临离去时被老者喊住。老者和蔼地问她为何要放走他钓的鱼。在后来的攀谈中，老者告诉她，关注他钓的鱼，她是第三人。第一人是一位年轻的母亲，因她的刚学会走路的女儿见鱼可爱，就问他可否将鱼卖给她，他说可以送，但只能养两天就要放回河里；第二人是一个老者，说他的老伴正病倒在床，见刚钓上的鱼新鲜，想买，他就送给了他。侯生听了后似有所悟，回家后写了篇小文，但觉得在将鱼放生时，应有些心理描写，最好能引一首古诗表达她当时的想法。侯生好学，为此来请教于我。我说，我们一起想想吧。

这天散步时，我在记忆的仓库里想到了几首关于垂钓的古诗，觉得其中唐人李群玉的一首比较合适。于是在快到她小区南大门时打了个电话给她，没想到还没听到她接听，就远远地见到她牵了条小狗正朝我走来。临近，她高兴地说："老师，我找到了一首诗。"说完就背诵了起来："早觅为龙去，江湖莫漫游。须知香饵下，触口是铦钩。"我们算是想到了一起。

修改是我国文学创作的优秀传统。杜甫有句："新诗改罢自长吟，颇学阴何苦用心。"(《解问》)"为人性僻耽佳句，语不惊人死不休。"(《江上值水如海势聊短述》)又想起前些日读到的清人袁枚的一首诗："爱好由来落笔难，一诗千改始心安。阿婆还似初笄女，头未梳成不许看。"袁枚这里强调文章要反复修改，锻句炼字，就如白发阿婆，非修饰干净不肯见人。顺便说一句，如果杜诗圣多少有点刻意的话，袁才子的这首似乎更为自然、有趣、可读。

附：

垂　钓

两条五六厘米长的穿条鱼在河边的草坪上不停地翘起头和尾，做着最后的挣扎。这两条鱼对一大块的草坪而言，实在是太渺小了。它们竭尽全力地跳动，竟然没有得到身旁小草的怜悯。不过，话又说回来，它们即使怜悯，又有何用？

要不是想看看垂钓者身旁水桶里是否有鱼，还有就是用三脚架支起的一个圆柱体是何物（垂钓专用手电，是一位垂钓享受者），还真难以发现这两条小生命的存在。

离开水后的鱼实在是痛苦到了极点，难受得犹如人不能正常呼吸。我不知道此刻的它们想到的是什么。是想跳离草坪、逃归离它们不远的河水中，还是在悔恨自己的贪吃惹祸，抑或是在抗议垂钓者用假惺惺的手段把它们引诱起钓又不屑一顾地把它们甩在岸上……我不知道，但我只想救它们。

先生意识到了我的意愿，悄悄告诉我："你把鱼放生水中，垂钓者会生气。因为放生的鱼会通风报信，鱼就不再上钩了。”我犹豫了一下，还是轻轻地走到垂钓者的身后，像偷一样地用拇指和食指抓起一条，跑向离开垂钓者 20 米远的有一块花草做掩护的河边，把鱼放入了水中。只见鱼儿一会儿翻起白肚皮，一会儿又背朝上扭动了几下，再顺着石驳岸边游边往下沉。

看着它沉下去，我想起了唐代李群玉的《放鱼》：“早觅为龙去，江湖莫漫游。须知香饵下，触口是铦钩！”

我放鱼的举动似乎做得神不知鬼不觉。当我返身踮起脚尖，走向垂钓者的右后侧时，垂钓者似乎没有发现我，坐得直直的，但直觉告诉我，他眼睛的余光应该可以看到我。我害怕他随时大吼一声，紧张地抓起又一条小鱼，跑向刚才放生的地方。这条鱼，显然比第一条鲜活多了，有了水的空间，鱼马上欢快地游向了远方。

看着水波，我祈祷：“你们一定要坚强地活着，你们也一定会活得好好的。一定！”

我返回到了垂钓者身边，示意先生赶紧离去。可我刚走几步，身后传来了垂钓者的话：

“怎么，你拿走了我钓的鱼，就这么走了？”

我返回去，解释说：“不是，不是我拿走的，是……”我似乎无法说清楚。

“你是说不是你拿走的？”他看了一下原来丢弃鱼的草地，“它们难道会飞？”

“丢在草地上会死的，是我将它们放生了！”

“你征得我同意了吗？”他抬起头，朝我看看。

他的眼光中没有透出恶意，似乎也没有怒气。我鼓起勇气，说：“您不认为它们也是有生命的吗？两条生命！”

“……我要让它们受到小小的折磨，知道自己以后不能贪吃。”

他缓缓地站起，看着江面，沉默了好一会，才转身说：“关注我钓的鱼，你是第三人。第一人是向我要的。那一次她带着大约五六岁的女儿，女儿说这鱼很可爱，她想要，我就送了她，希望她们好生饲养。第二人是一位老人，是要我将鱼卖给他，语气很恳切，那天钓到了三条鱼，都很大——”

“您卖给他了？”

“我送给了他，他说他的老伴病倒了，说这鱼新鲜。”

“是这样！”我有点心动，似又有所悟，“您，您钓鱼，是为了送人？”

“不全是。”

“要是钓到了鱼，又无人讨要，这鱼怎么处理？”

“跟你一样，放掉。”

“那您为什么要垂钓？”

他讷讷地：“是啊，我为什么要钓呢？”

我想起了姜太公。“您是在学——”

“不不，”他打断我的话，“我一介草民，做梦也未敢有此奢望。”

……

“他究竟为何要垂钓呢？”我与先生告别他以后，一直想着这个问题。

○ 在这样的环境中阅读，兼观风景之情，览草木之貌，也良多趣味。

重 阅

且不说阅读的对象应该包括自然与社会，就是阅读纸质品，也不应该是阅览室、图书馆、书斋或办公室的专利。

古人曾教导读书得正襟危坐；可我阅读纸质品，除了在书桌边，还有临睡前半躺在床上进行的，而自开始户外散步后或出去旅游时，也常在草坪上、山脚下、小河边小憩时阅读。读物除书刊，还有随带的旧作和平时阅读时摘录的文字。在这样的环境中阅读，兼观风景之情，览草木之貌，也良多趣味。

以下一些文字，便是带至户外阅读中的一部分。它们或古典诗词，或人物逸事，或历史掌故、市井传闻，或写过的一些语段等。

《心经》解译

（《心经》被认为浓缩了六百卷大般若经之要义，是大藏圣教之纲宗）

观自在菩萨（即观世音菩萨。观自在，意观照自己，认识自己，觉得自在得很），运用智慧到达彼岸的修行功夫达到很深程度的时候（般若波罗蜜多，梵语。般若，读 bōrě，意为智慧。波罗蜜多，意到达彼岸，即阿弥陀佛所住的西方极乐世界），发觉五蕴（指潜藏着的色、受、想、行、识）都是空的，能度脱、清除一切苦难、灾厄。（玄装《大唐西域记·施鹿林东涸池》："受胎出胎，备经苦厄。"）

（这一层，讲观世音菩萨的修行。）

释迦牟尼的弟子舍利子（即舍利弗多）问观自在菩萨，应该如何修行，观自在菩萨回答：

舍利子，色（指眼、耳、鼻、舌、身，天、地、山、河等）与空无异，空与色无异，色就是空，空就是色；受（指领受色等尘）、想（指妄想）、行（指各种妄想接连产生）、识（指由妄想产生的识见、意识），也是如此，即也是空的。

舍利子，这五蕴，都是空的，因此，无所谓生，无所谓灭，无所谓垢（污秽），无所谓净，无所谓增，无所谓减。空中只有一片清光，无色，无受、想、行、识。无这五蕴，自然无眼、耳、鼻、舌、身、意（佛教称之为"六根"，是多种罪孽之根源），无色、声、香、味、触、法（佛教称之为"六尘"，与六根相接，会染污净心，导致烦恼。"六根"与"六尘"合起来，称"十二入"，也叫"十二处"）。不仅这十二入是空的，从眼界（佛教认为，"六根""六尘"等，都可称法，也可称界）开始，一直到意识界，也都是空的。清空里，什么也没有，也就不存在什么明不明事理的情况，也没有完不完了的情况，一直到所谓的老与死，也都不存在。不仅如此，苦、集（种种烦恼的聚集）、灭（灭除种种苦难）、道（这"苦""集""灭""道"，佛教称之为"四谛"），也都是空的。既然一切都是空的，那么还有什么智慧可言？无智慧也无所得。

（这一层，从"无色"到"无得"，是大乘法的观点，讲的是修因之道。众生本性是灵明的。智慧是针对愚迷而言的，众生本无愚迷，也就无智慧可言；众生之心被"尘"等污染了，也就需要用智慧修行，而修行到最高境界就无智无得。）

因为无所得的缘故，所以就成了菩萨（原经中的“菩提萨埵”，原为释迦牟尼修行而未成佛时称号，省称菩萨）。因为运用智慧到达彼岸的缘故，心中就没有什么牵挂，就自在。因为无所牵挂的缘故，就没有恐惧。远离了各种妄念，最后就涅槃（佛教指超越生死的境界）。三世（指过去、现在、未来）的一切佛，都是运用智慧到达彼岸后而成的（原经中的“阿耨多三藐三菩萨”，即无上、正等、正觉，意至高无上、无邪恶偏见、真心觉悟，即成佛）。运用智慧到达彼岸，是大神咒（意始终持有大神力），是大明咒（意始终持有大光明），是无上咒（意始终持有不可战胜的意志），是无等等咒（意始终持有凡俗间无与伦比的与佛相等的智慧）。说它能够消除一切苦难，这是真实的，不虚伪的。

（这一层，讲证果之道。）

因此，在这里宣讲到达彼岸的智慧修行之道，也就是宣讲如下咒语（咒，梵语，意为真言）：揭谛，揭谛，波罗揭谛，波罗僧揭谛，菩提萨婆诃（“揭谛”及以下几句，为梵文音译，意为：渡过去，渡过去，渡到彼岸去，大家一起渡到彼岸去，快快觉悟。菩提，指豁然彻悟的境界）。

（这最后一层，是呼吁众生，赶快度离苦海，抵达彼岸。整部《心经》，意在劝诫众生，持善不失，持恶不生，具备众德，运用智慧修行，以入道，以觉悟。）

附《心经》原文（标点是根据自己解读点的）：

观自在菩萨，行深般若波罗蜜多时，照见五蕴皆空，度一切苦厄。舍利子，色不异空，空不异色，色即是空，空即是色；受、想、行、识，亦复如是。舍利子，是诸法空相，不生不灭，不垢不净，不增不减。是故，空中无色，无受、想、行、识，无眼、耳、鼻、舌、身、意，无色、声、香、味、触、法。无眼界，乃至无意识界，无无明，亦无无明尽，乃至无老死，亦无老死尽，无苦、集、灭、道，无智亦无得。以无所得故，菩提萨埵；依般若波罗蜜多故，心无挂碍；无挂碍故，无有恐怖，远离颠倒梦想，究竟涅槃。三世诸佛，依般若波罗蜜多故，得阿耨多罗三藐三菩提。故知般若波罗蜜多，是大神咒，是大明咒，是无上咒，是无等等咒，能除一切苦，真实不虚。故说般若波罗蜜多咒，即说咒曰：揭谛，揭谛，波罗揭谛，波罗僧揭谛，菩提萨婆诃。

爱书甚于美人

董桥有文曾提及我华亭朱吉士一逸事。吉士好藏书。某日，发现一部宋版《后汉书》，爱甚而欲得之。收藏该书的主人看中吉士家的一名美婢，告吉士以该美婢可换之。吉士于是以此美婢易之。美婢临行题诗于壁："无端割爱出深闺，犹胜前人换马时。他日相逢莫惆怅，春风吹尽道旁枝。"真是人俏诗怨。这等爱书胜过美人之事，可赞乎？可叹乎？可悲乎？董先生还提及，吉士见诗惋惜不已，不久就死了。

毛宗岗评《三国演义》时，说貂蝉"以衽席为战场，以脂粉为甲胄，以盼睐为长矛，以笑颦为弓矢，以甘言卑词为运奇设伏，女将军真可畏哉"；惜乎这朱吉士家的美婢未曾学得貂蝉的一星半点，于是只能题怨诗于壁。

松江太守明日来

《明史·循吏传》中，记有一叫赵豫的官吏，曾官兵部主事、员外郎、郎中等。宣德五月始为松江知府。任职期间，巡抚周忱有所建置，必与赵商议。赵所辖之华亭、上海两县，民俗多讼。人常为一些小事，上衙门击鼓鸣冤。讼者至，赵就好言谕之："明日来。"如此再三，民众笑之，有"松江太守明日来"之谣。但"讼者踰宿渐平，或被劝阻，多止不讼"。

我 侬 词

曾在《松江文学》第三章中写到，赵孟頫曾想纳妾，作曲云意：“我为学士，尔做夫人。岂不闻陶学士有桃叶桃根，苏学士有朝云暮雪？我便多娶几个吴姬越女，无过分！尔年纪已过四旬，只管占住玉堂春！”夫人管道昇作《我侬词》：“尔侬我侬，忒煞情多。情多处，热似火。把一块泥，捻一个尔，塑一个我。将咱两个，一齐打破，用水调和，再捻一个尔，再塑一个我。我泥中有尔，尔泥中有我。我与尔生同一个衾，死同一个椁。”

有趣的是，明代有一首《锁南枝·风情》，构思与《我侬词》类似。曰：“傻俊角，我的哥，和块黄泥儿捏咱两个。捏一个儿你，捏一个儿我，捏的来一似活托，捏的来同床上歇卧。将泥人儿摔破，著水儿重和过。再捏一个你，再捏一个我。哥哥身上也有妹妹，妹妹身上也有哥哥。”此曲明代中叶开始流行，“以其真”传唱甚盛。

失去与得到

李隆基迷恋杨玉环后，将曾经的爱妃江采蘋打入冷宫，一日忽然秘赐江一斛珍珠，江作诗曰：“柳叶双眉久不描，残妆和泪污红绡。长门自是无梳洗，何必珍珠慰寂寥。”将诗托使者给李，并退还珍珠。就事论事，江算是持有了一份自尊。

忽然想起赵鑫珊的一则故事。

赵鑫珊认为，第一次总是难忘的，却不一定是最好的。比如，对所写的第一首诗，印象是深刻的，但它显然不是一生所写的诗中最好的。

赵的初恋失败了，但他“从初恋的执着血泊中爬起来”，他“失去了一个女子”，“却得到了一个世界，一个科学、艺术和哲学的世界”。一次，他在北大文史楼前从她身边走过时，用“一种无声的内在最强音”冲着她说：“我再也不求你、不稀罕你了，我找到了另一种爱了！”曾经的“初恋的折磨”成了“智慧的启蒙和开端”。

五个少数民族

走进历史，发现北方有五个民族，在经过一段时间的觊觎之后，开始入主中原。拓跋魏以鲜卑人入主中原，历北齐、北周，使中国进入南北朝时期。无比慓悍的契丹与女真，先后与赵宋王朝摩擦，女真建立的金，还掳了徽、钦两帝，使宋王朝苟安江南。之后的蒙族与满族，还统一了全国，建立了元朝与清朝。元朝将中国疆域大大拓展了，清朝还维持了二百六十多年。

十　里　洋　场

沪渎，本是一条水名。沪，捕鱼的竹栅；陆龟蒙《〈渔具〉诗序》：“列竹于海澨曰沪。”渎，可指沟渠，可指大河、大川，是水道。因民以捕鱼为业，这里后成为一座渔村。由于位于海边，随着漕运和造船业的兴盛，后改沪渎为上海，成为上海县治所在。

在书刊及人们谈话中，常有“十里洋场”一语。只知很多情况下指代旧上海，不知初辟时是怎样一个范围。近读陈定山《春申旧闻》一书，方知“所谓十里洋场者，仅以抛球场为中心点，南至洋泾浜，北至苏州河，东至黄浦滩，西至泥城桥”，“弹丸瓯脱，所谓十里者，乃周匝十里，非直径十里也”。明明是中国之地而称其为“洋场”，是因为初辟时上海已成为英国的通商口岸。这也是外国人在中国有租界之始。

佳　对

清·张潮曾得句："枯叶带虫飞""乡月大于城""亦殊可喜""惜无佳对，遂未成诗"。由此想到流传的一些名对。

有故事说，晏殊先得"无可奈何花落去"句，多日未能对出下句，适逢春暮，偶向江都尉王琪提及，王对之以"似曾相识燕归来"，受到晏殊赏识。

又一副名联"风声、雨声、读书声，声声入耳；家事、国事、天下事，事事关心"，邓拓曾为之写过《事事关心》一文，廖沫沙又曾题书，悬挂于无锡的东林书院，上面注明由明代东林先贤顾宪成撰联。但据顾文璧考证，此联由无锡人陈以忠出对，而由顾宪成属对。一次，陈以忠从县学回家，船经张泾桥，恰值风雨交加，于是停泊避雨，夜访顾家，见顾宪成兄弟正挑灯苦读，陈见状生情，吟出上联，顾宪成才思敏捷，对出下联，而当时顾才十三四岁，顾所对后句其实是"事事在心"（见苏迅《与其他错么还不如你错》）。如是，顾虽年少，但所对实属佳对。

又据传，苏轼曾到宜宾看望被贬的黄庭坚，两人游竹海，见仙寓洞口有半副对联"天地出悬岩，石窍玲珑，问混沌何年凿破"。东坡问何不见下联，乡人告曰："此联语为在洞中坐化的邵道士所书，他生前曾说，后人能对者，必一代文宗。"东坡略思片刻，提笔对曰"云中寻古洞，篆烟飘渺，看神仙海外飞来"。黄庭坚叹道："神联绝对！"

还有史料载，金圣叹在某庙宇中时，长老曾出上联"半夜二更半"，金时未能对；直到因哭庙案于中秋问斩时，金才有所悟，对出"中秋八月中"。

某报载，古代某国相千金出联选夫："寸土为寺，寺旁言诗，诗曰：明月送僧归古寺"；一林姓书生对曰："双木成林，林下示禁，禁云：斧斤以时入山林"。也颇有趣。

关于松江，有一副名联："四腮一尾，独出松江一府；八足二螯，横行天下九州。"上联讲的是四腮鲈鱼，下联讲的是蟹，都是松江名产。曾有人出上联"方塔点灯普照云间第一楼"，都由地名组成，至今未见佳对。

狗

报载，2012年端午节，一只可卡狗在南京杨新路被汽车撞击，两条后腿骨粉碎，血肉模糊。好心人试图将它带走，它却执拗地靠两条前腿爬行穿过马路，回到原地（应该是主人与它约定的地方）。民警找到狗主人，一位老太太，见狗伤情状，说"不要了"。

曾读到过梁晓声的《思想的盛宴》，其中记到他在法国遇见的一件事。他们的车在路上撞着了一只农家犬，只不过是"碰"了那犬一下。它跑开时，一条后腿稍微有那么一点儿瘸。法国青年将车停了下来，去找养那只犬的人家。十几分钟后回来，说没找到。半小时后，他们决定在一个小镇的快餐店吃午饭，那法国青年说他还是得开车回去找一下，要不然心里很别扭。梁晓声出于一种了解的念头，决定陪他去找。他们终于找到了养那犬的农家，于是郑重道歉，于是主动留下名片、车号、驾照号码，而那条犬已经若无其事了。

孟子曾云"无恻隐之心，非人也"，认为"恻隐之心，仁之端也"。但愿以上的事例只是两个特例。

山野之诗

明代松江大儒陈继儒从年轻时就"谢去青襟"，取儒衣冠焚弃之，隐居山野，先在小昆山，后迁居东佘山。我曾有他的《妮古录》《陈眉公集》(万历四十三年史兆斗刻本影印本)》等作，一直希望得到他的诗词全编。在阅读中，曾先后集得多首小诗，说是陈继儒作，但未得查证；且不管为谁作，我甚喜爱之，现抄录于下，与喜爱者共飨。

山中坐

野寺一里二里，
山邻四家五家。
烧笋味兼兰蕙，
煑茶香带梅花。(“煑”一作“煎”)

桥上

兄弟自两两，
逍遥板桥上。
一道柳风来，
褰裳渡花浪。

山中

溪边不垂钓，
山中不开门。
开门山鸟惊，
垂钓溪鱼浑。(“浑”一作“肥”)

春雨

春江欲入户，
雨势来不已。
小屋如渔舟，
濛濛水云里。

山　中　作

手持斑竹锄头，
睡起删花理草。
忽然走入深林，
惊散一群黄鸟。

新　凉

燕子飞来枕上，
荷花开到桥西。
新凉几番客至，
永日不住鸡啼。

赠　山　叟

有个小扉松下开，
堂前蔬药绕畦栽。
老翁抱孙不抱瓮，
刚欲灌花山雨来。

题竹里馆

有个诗人闲更闲，
焚香日日掩松关。
万章老树千竿竹，
遮断溪南枕上山。

题卖茶山家壁

东西崦曲半山家，
种剩梅花种果茶。

茶坞落英堆满寸，
怪来茶味是梅花。

花中午饷

何处停车午饷时，
乱山深处有茅茨。
高高下下梅千树，
家在花中香不知。

春日雨霁泛舟

柳叶沈沈芦笋肥，
碧湖青青鹭鸶飞。
桃花一树鱼三尺，
不醉月明船不归。

山　　居

西崦茶坞有人家，
云抱青山水抱沙。
记得春深无个事，
梅花落尽又桃花。

一个闲适、淡定、有野趣而知乐（陈眉公《花史》云：“有野趣而不知乐者，樵牧是也。”）之形象跃然纸上，一股山野清新之风扑面而来。

朋　　友

鲁迅在给萧军、萧红写的一封信上曾说：“装假固然不好，处处坦白，也不成，这要看是什么时候。和朋友谈心，不必留心，但和敌人对面，却必须刻刻防备。我们和朋友在一起，可以脱掉衣服，但上阵要穿甲，您记得《三国演义》上许褚赤膊上阵么？中了好几箭。金圣叹批道：谁叫你赤膊？”鲁迅这里所谓的朋友，当不是一般的朋友，尤其不是曾经是“朋友”其实是小人的“朋友”。所以这“朋友”前应有个限词：知心，这样的朋友，就是“知己”。只有对知己才可以坦诚相见，不设防区。一些一般的朋友，到了某些关头，为了自己，也是可以将你出卖的。

我　的　书

德国犹太作家沃尔特·本杰明说过一句别出心裁的话：“猎书访书蹊径不少，最值得称赞的方法，该是自己写书。”(《开箱整理我的藏书》)我写书，不是为猎书、访书，但写书时，看到类似的书，或同题的书，也就买下，看看人家是怎么写的，如人家都写了，自己又没有新东西，就立即中断；写历史人物时，就得尽可能索取这一人物的著述，比如写《云间柳如是》，至少得读读柳如是的诗作，陈子龙的诗作，这些诗作，如自己未曾买过，就得设法索购，索购不到，到高校图书馆找来复印，再装订成册；当然可以借，但借的书，翻阅时不自由，再说，我的经济条件还可以。有这么一二年，我作《历代才女传记选注》，为方便起见，咬咬牙，买下二十五史。如此这般，我的藏书自然就多出了许多。

○ 张载：在可疑而不疑者，不曾学，学都须疑。

质　　疑

散步时，经常见中小学生背着沉重的书包从我身旁走过，大多数脚步匆匆，大概急着要赶回家完成老师布置的繁重的作业，今天遇着的一个学生则捧着书本，边读边走。他个子矮小，看上去还是小学中低段的学生。读的是一首古诗，意图显然是要将它背出来。他神情十分专注，以至差点撞在了我的身上。我把他叫住，指出他读错了一个字。他睁大了双眼，很不以为然地说："老师是这样读的！"

我没有与他争辩，望着他前去的背影，忽然想到当前的语文教材与课堂教学。

由于种种原因，而今上海的语文教材中，有许多处值得质疑。

小学语文教材中有一篇题为"一颗希望的种子"的课文，内容讲："我"在爷爷的农场撒下了一些西瓜籽，第二天再去瓜地时，发现一个大西瓜正瞅着"我"笑。直到后来才知道，这个大西瓜是爷爷从家里搬到地里的。课文作者原意是：既然播下了种子，就一定会有收获。但在表述时，显然是有问题的。课文中，在写到播种后还写了爷爷的一句话："接下来就是等待了。"众所周知，从播种到收获，有一个漫长的过程，还要付出许多艰辛的劳动，比如浇水、施肥、除草等等管理。这是一篇翻译作品，我在上世纪编写教材组时曾读到过，因为这问题，没有入选。这次，我在与一位老语文教育家探讨时，她也指出，这篇文章有负面影响，如果不加处理，不启发学生质疑，会误导学生。

类似这样的问题，以及语言上的问题，还有一些。

编写教材是一项要求严谨而一丝不苟的工作，但教材中出现这样那样的瑕疵甚至错误，或许是难免的。既然教材中有错误，作为教师，既要尊重教材，又不能迷信教材；尤其需要注重培养与提高学生的质疑能力。

○ 列宁：你们不仅应当领会你们学到的知识，而且要用批判的态度来领会这些知识。

教材中的错误

这几天散步时，常常想到教材中的错误。

郑州一彭姓语文教师为新版语文七年级上册中的错误，将出版方人民教育出版社告上法院。据彭老师说，他是在向出版社指出教材中的错误却得不到回应的情况下才提起诉讼的。人教社负责人向《北京青年报》记者表示，对于这些错误，早前就已有其他老师反映过，但只是一对一交流，并未发表官方声明。对出错原因，这位负责人解释说，对教材作修订时，“由于时间仓促，所以出现了一些编校问题”。

这里有两点疑问：

一、既然“已有其他老师反映过”这些错误，为何只作“一对一交流”而不及时采取有效措施纠正，非得要有人上告法院，被媒体曝光，才发表致歉声明？

二、教材错误率一般要求控制在万分之零点二五以内，有人还认为，“对一些常识性差错，更要实行‘零容忍’”。一册教材中，出现如此多的“硬伤”错误（负责人已承认有 6 处），其原因，用一句“由于时间仓促”就能解释得了吗？

考订书籍、纠正书籍中的错误，历来为有关方面所重视。唐曾置校雠官，一曰学士，一曰校理。其中之“学士”为五品以上，唐以宰相张说为大学士。所谓“校雠”，一人独校为校，二人对校为雠。有人还形象地说，校雠就是把错误当作仇人，一个个揪出来，加以改正。古代对书籍中的错误，尚且如此严肃对待，今之教材，关乎千百万学生，谁都知道其影响深远，修订时岂能“仓促”待之？又岂能对出错只作“一对一交流”？

对出现众多错误的教材，有文章提出：一要“建立健全教材召回制度”，二要“在召回制度基础上设立黑名单，将犯过严重错误的出版方列入教材招投标的黑名单”。另外，对有些错误，还应该追究教材编写方的责任，编写方除编写好教材，还当负有校雠的责任。上世纪八十年代上海实施一期课改时，设教材编写组，编写人员都专职从事编写，又设教材审查组，编写组与审查组同属教材编审委员会领导。教材校样出来后，上海教育出版社有三审五校，编写组也同步进行。不知人教社出版教材有如此机制乎？

附：

不妨借此启发学生质疑

——语文教材中的错误之我见

郑州语文教师彭帮怀为新版语文七年级上册中的错误将人民教育出版社告上法院一事，一时引起热议。《中国青年报》《北京青年报》等报刊都发了文章。彭老师指出 30 多处，人民教育出版社在其网站人教网承认的确存在 6 处错误。对此，有人认为，“语焉不详又王顾左右的致歉，显得过于轻佻而缺少担当”，认为应该“建立健全教材召回制度”。

一册教材多处出现如此常识性的错误，确实让人吃惊。人教社负责人承认，“教材一般要求错误率控制在万分之零点二五以内”。教材关系千百万学生，其影响之深广是不言而喻的。为此，笔者当年编上海市中学语文教材（H）时，慎之又慎，反复核查、校对，在此基础上，或请作者修改，或修改后让作者审正，即便如此，我们的初版本中，仍难免有错。

上海实施二期课改时所编的语文教材，无论初中还是小学，都存在着可商榷之处。这里仅举两例。

在《藏羚羊跪拜》（收六年级上册）中，有这样两段文字：

> 藏区流行着一句老幼皆知的俗语：“天上飞的鸟，地上跑的鼠，都是通人性的。”此时藏羚羊给他下跪自然是求他饶命了。
>
> ……
>
> 他的眼前老是浮现着给他跪拜的那只藏羚羊。他觉得有些蹊跷，藏羚羊为什么要下跪？

既知“藏羚羊给他下跪自然是求他饶命了”，又为何“觉得有些蹊跷”而问“藏羚羊为什么要下跪”？

二年级上册教材中，收有《山里的桃花开得迟》一文，其中有一段文字：

> 一天，少年沈括读到两句诗：“人间四月芳菲尽，山寺桃花始盛开。”意思是说，四月百花都凋谢了，而山寺里，这时桃花才刚刚盛开。

诗句中明明是说“人间四月芳菲尽”，怎么就变成了“四月百花都凋谢了”？在阐述“意思”时，诗句中的“人间”这个限制词是不能省略的，它是针对“山寺”而言的，应当不包括“山寺”；而“四月百花都凋谢了”中的“四月”，就可既指“人间”四月又指“山寺”四月了。

类似这类不够严谨的表述，还有一些。

既然教材中存在着这些可商榷之处（甚至是“硬伤”），而教材又到了学生手中，怎么办？《北京青年报》记者问及“是否有可能把教材召回”，人教社表示，“不可能把所有教材召回来，这是出版界史无前例的事情”。“召回”确乎不现实。笔者想起了一件往事。

20 世纪 80 年代，全日制十年制学校小学语文课本第三册中，有一篇题为“小马过河”的童话故事。故事中提到，“小马整天跟着老马，从不离开一步”，一次，老马让小马单独把半口袋麦子驮到磨坊去。小马在去磨坊途经一条小河时，为难了，“我能不能过去呢？”

上海市实验小学的一位教师在教学这篇课文时,有名学生突然问：老马要劳动，不可能没去过磨坊、经过小河；平时，小马又“整天跟着老马，从不离开一步”，小马怎么会在河边感到“为难”了呢？

在该年上海召开的全国语文教学研究会第一次年会上，一位领导同志在讲到这个例子时，与会老作家吴伯箫插话说：“这个提出问题的小学生还胜过了编书的编辑。”

在那次会议后，我曾撰《孩子是可以敬服的》一文（刊 1980 年 7 月《语文教学通讯》），其中写道：“学生提出问题后，可能有几种不同的对待和处理。说是‘胡闹，教材还会有错吗’大概还不至于；说是‘你的意见让老师再考虑考虑’可算是合乎情理；当场表扬这个学生的,应该说是好教师了,应该说是在进一步发掘孩子的潜在智力。但如果我们因势利导，在肯定意见的同时，发动全班同学一起修改这篇课文，那么，跃跃欲试、热气腾腾的局面恐怕就会很快形成。相信，孩子是完全有能力把课文改好的。”

对教材中的错误及可商榷之处，不妨采取引导学生质疑的方法，这样，不仅让学生知道教材中的错误，而且培养了学生的质疑能力。不是一直在倡导学生要有创新思维？创新思维的基础和前提应该是质疑。质疑能力的培养应该成为语文教学的重要任务。

上面举到的上海教材中的两例，曾经由两位教师在教学时试着让学生修改。第一处，学生将“此时藏羚羊给他下跪自然是求他饶命了”一句，可改为“藏羚羊面对举枪的猎人显然在求他饶命”（这里不出现“下跪”，后对“下跪”感到蹊跷就合理了）。另一处，在“意思是说，四月百花……”中，在“四月”前加个限制词就可，如“平原的”。

后 记

一

元曲家卢挚有《折桂令·失题》，其一为："想人生七十犹稀，百岁光阴，先过了三十。七十年间，十岁顽童，十载尪羸（犹言瘦弱、疲病）。五十岁平分昼黑，刚分得一半儿白日，风雨相随，兔走乌飞。仔细沉吟，都不如快活了便宜。"

这首曲，台湾著名作家、教授张晓风有译文："号称人生百岁，其实能活到七十也就算古稀了，其余三十年是个虚数啦。更何况这期间有十岁是童年，糊里糊涂，不能算数。后十载呢？又不免老年痴呆。严格来说，中间五十年才是真正的实数；而这五十年，又被黑夜占掉了一半。剩下的二十五年，有时刮风，有时下雨，种种不如意。至于好时光，则飞逝如奔兔，如迅乌，转眼成空。仔细想想，都不如抓住此刻，快快活活过日子划得来。"

二

2012 年 7 月，上海教育出版社出版了十卷本《吴春荣文稿》。时我已进入奔八之年，韶华早逝，生命卡上的余额已经不多，于是想就此搁笔，学学过那知足常乐、含饴弄孙的生活；“您可以充值啊!”有学生建议。能充值吗？如何充值？我记起了卢挚的意为抓住此刻“不如快活了便宜”的曲，读到了张晓风“‘当下’，应该有理由被视为人间最美丽的字眼”的文字，另一名人又提醒“人生可以把握的，只是‘当下’”。于是复想，且不管已经超出中间“五十岁”实岁的范围，不管还有多少个“当下”，我得抓住这每一个“当下”。西方有句格言：“今天，是此后余生的第一天。”第一天总是令人欣喜的，也总让人满怀希望。趁着还没有痴呆，我得过好这“第一天”，做些自己喜欢做、可能做而又能使自己“快活”的事。这算不算一种充值？

三

想不起谁曾说过，人老，或许正是进入了人生的最高阶段：逼近了宇宙、自然和生命的本相，让人坦然通透，无禁忌，无算计，无挂碍，无功利，活得平平淡淡，自自然然，和和气气。我已老，虽也从未算计过人，平生也厌恶势利小人，但还未能达到这样的境界。

可以聊以自慰的是，我一生与书结缘。除中小学，在师院就读时，就啃读过近百种中外名著，工作及退休后，阅读的时间就更多了；为能让学生读懂“语文”两字，在讲台前一站就是几十年，直至一二年前，还在学校里听课、点评、讲授；有十年时间，在徐振维老师带领下，与几位同事一起，为我国的中学语文教材百花园栽种了一种新品种；教、编之余，也“下水”作文；还藏书万卷，至今仍在购藏。在读、教、编、写、藏书过程中，尤其在读写中，我找到了自己的生活方式与乐趣，有了一份精神寄托。既然如此，在今后的每个“当下”，当将一以贯之。

四

天道酬勤，当下酬勤。

2014 年 3 月开始，我与仁良，与侯建萍、颜萍、周金萍诸生，共同承接了松江的一个文化建设项目。历时两年许，我们日夜兼程，终于在今年 5 月完成校对。这段时间里，我们如在登临一座高山，一路上十分艰辛，却风光无限。书稿最后定名为“松江人物”，收 3688 人，凡 1668000 字，已由上海古籍出版社于今年 8 月出版。

因编撰《松江人物》而阅读了一些史料，还成就了《松江优秀的文化传统》《赴宴》等文；因欧阳代娜老师寄赠《草明文集》，与她一度有书信往来，让我备受鼓舞；绍生、琚珩、锡仪、银弟诸君及颜生曾先后索序于我，盛情难却，于是勉为其难；这几年来，每天散步时，时有所思所得，回来也偶有所记，这次整理了一下，竟有数十篇。于是，将“当下”上述各类所作，用“散步思絮”组编在了一起，作为另一部书稿付梓。

二〇一六年大暑中，是年八十初度

先 生 如 书

——代编后记

江上月

记得当年读书时，老师常提“老吾老以及人之老”的古训来要求大家讲文明、讲礼貌，做一个尊敬长辈的好学生。走出校门后，身边常常有人会说“不听老人言 ，吃亏在眼前”的道理，至于在浩如烟海的书籍之中，诸如“老骥伏枥，志在千里”“老当益壮，宁移白首之心”之类的名言警句，就读得更多了。

也许是耳濡目染的缘故，在我的北漂生涯里，结交的“忘年交”也越来越多，他们当中有历尽沧桑、尝遍甘苦的铁血将军，有博学多知、满腹经纶的专家学者，有童心未泯、青春依旧的不老顽童，有侠骨柔肠、多愁善感的慈祥老者。他们或多或少都曾给予我指点、帮助，使我的人生过早地成熟起来。随着时光的流逝，我越来越感觉到，老人其实就是一部博大精深的书：多少喜怒哀乐、多少悲欢离合 ，多少踌躇满志、多少孤独寂寞，多少成功喜悦、多少彷徨失落……写遍他们头上的每一根白发，填满他们脸上每一道纵横交错的沟壑。哲人说“世上没有两片一模一样的树叶”，我敢说世上也绝对没有两位人生经历一模一样的老人，倘若把他们的言行举止用有形的文字记录下来，留给我们这个丰富多彩的红尘世界，该是一幅多么精美神奇的人生画卷和一份用财物无法代替的贵重礼物啊！这或许就是我从事文字编辑工作近二十年来的内在动力之一吧。

吴春荣先生就是我所结交的“忘年交”群体中的一分子，按我的分类，先生当属博学多知、满腹经纶的专家学者：中国作家协会会员、上海市作家协会会员；1987年被评为中学高级教师，1994年被上海市人民政府授予特级教师称号；1988-1996年被正式聘为上海市中学语文教材专职编写人员；为1-3届上海市中学教师高级职称评审委员会语文学科评委，1-12届上海市中小学图书评选委员会语文学科评委。1965年开始发表文学作品，先后出版各类书稿数十部，主编各种图书上百种。2012年7月，上海教育出版社出版发行十卷本《吴春荣文稿》。既可传道授业解惑，又愿为人作嫁衣，还能字海里煮熬提炼，这样硕果累累的建树，无疑奠定了他在当代松江这片文化沃土上不可动摇的领军地位，特别是《少年英雄夏完淳》《黄道婆》《云间柳如是》系列长篇小说的出版发行，简直就成了“云间”的一张新名片，让读者得以窥见“云间本是风流地，笔墨撼动红尘客”的庐山真面目。

是真金就得用炉火来煅炼，是书香就得靠文字来熏染，此事来不得半点虚假，古人说得好：板凳要坐十年冷，文章不写一句空。十卷本《吴春荣文稿》出版发行后，先生已步入高龄，行动日趋不便且受病魔之侵害，但几经鏖战，在茶余饭后的散步空隙里，精骛八极，心游万仞，大凡所见所思所感所悟，无不记录在册，一部二十几万字的书稿很快又横空出世，这是我没有想到的。每次我和先生通电话闲聊时，总是力劝先生保重身体，以先生著作等身的成果，晚年纵使不著一字亦尽得风流，何况先生又率弟子数名，焚膏油以继晷，在两年时光里编撰出一部几近二百万字的《松江人物》，就算圣人重生亦当刮目相看，不可轻视矣！

但先生的文字清样稿《散步思絮》还是如期摆在了我的案头，细细读来，闲淡恬冲，无杀伐之气，言简意赅，有华彩之美；信手拈来，即兴演绎，无章法之羁绊，有格调之高雅。正所谓大象无形，大音稀声。其间步之所趋，笔之所触：举凡一草一木，一山一石，一虫一鸟，乃至民间风情，世俗冷暖，文人轶事，都在先生笔下如渔樵闲话，娓娓道来，给人以启迪、深思。真应了朱熹“世事通明皆学问，人情练达即文章”的联中之义，无疑具有较高的审美价值和收藏价值。

先生如书，读之愈深，研之愈久，获之愈多，悟之愈古；先生之书，厚重如山，清澈似水，山高水长，终身难忘。

是为编后记。

2017年春日于京华

（江上月，江西修水人。作家、编辑兼及文艺评论，系江西省作家协会会员、中华诗词学会会员，中国红色文化研究会副秘书长。现居北京）